Heiko Thieß
Dicke Eier

PIPER

Zu diesem Buch

Die bewährten Ausreden für die Musterung waren nutzlos: Timo muss seinen Zivildienst im kirchlichen Freizeitheim St. Stephanus antreten. Als Hilfshausmeister will er eigentlich nur seine Zeit absitzen, bis das richtige Leben anfängt. Doch St. Stephanus ist das richtige Leben: wirtschaftlich am Abgrund, mehr Arbeit als gedacht und jede Menge Frauen. Vor allem seine verheiratete Kollegin, die hotte Charlotte, hat es ihm angetan und gewährt ihm tiefe Einblicke ins Dekolleté. Aber auch Suse ist nicht zu verachten – dummerweise ist sie die Nichte seines Chefs. Als wäre das nicht schon genug Stress, lernt er auch noch Lena kennen, mit der ihn eigentlich nur freundschaftliche Gefühle verbinden. Gemeinsam machen sie sich auf die Suche nach einem Schatz, den angeblich jemand im St. Stephanus Haus versteckt haben soll …

Heiko Thieß, geboren 1979, lebt als Single und Werbetexter in Hamburg. Nach unzähligen Songtexten, einigen Kurzgeschichten und einem frühen Roman – den man nach eigener Aussage niemandem guten Gewissens zumuten kann – hat er mit »Arschkarte« und »Dicke Eier« bereits zwei Romane um seinen hormonumnebelten Helden Timo Feuer veröffentlicht.

Heiko Thieß

Dicke Eier

Roman

PIPER
München Berlin Zürich

Mehr über unsere Autoren und Bücher:
www.piper.de

Von Heiko Thieß liegen im Piper Verlag vor:
Arschkarte
Dicke Eier

MIX
Papier aus verantwortungsvollen Quellen
FSC® C083411
www.fsc.org

Originalausgabe
November 2016

Umschlaggestaltung: ZERO Werbeagentur, München
Umschlagabbildung: FinePic®, München
Satz: Kösel Media GmbH, Krugzell
Druck und Bindung: CPI books GmbH, Leck
Printed in Germany ISBN 978-3-492-30868-7

Für den Weltfrieden

Pazifisten-Pamphlet

Ich gebe dem Frieden eine Chance.
Stellen Sie sich vor, es ist Krieg, und jeder geht hin. Das Ergebnis: Dritter Weltkrieg, Apokalypse und radioaktiver Niederschlag, der auf Ihre Asche fällt. Und auf meine. Um dies zu verhindern, verweigere ich den Dienst an der Waffe. Ich denke, eine Milliarde Tote im Namen diverser Gottheiten, des Volkes, des Kampfs gegen den Kommunismus, Zionismus, Imperialismus und der demokratischen Zwangsbeglückung ferner Länder reichen fürs Erste.
Ich selbst würde mich als passiven Pazifisten bezeichnen. Das heißt, ich verabscheue Gewalt so sehr, dass ich selbst Antikriegsdemonstrationen meide – nur um tätliche Auseinandersetzungen mit Polizeibeamten zu umgehen, die bloß ihren Job machen.
Bereits im Kindergarten habe ich Sandburgen-Zertretern vergeben, ohne den Abdruck meiner Schaufel in ihren Gesichtern zu hinterlassen. Als Kind wollte ich jahrelang keine Schlagsahne essen, weil mir die geschlagene Milch so leidtat. Auch beim Cowboy- und Indianerspiel war ich stets der unbewaffnete Fährtenleser mit dem Biberschwanz am Hut. Mein Vorbild war nie John Wayne – sondern John Lennon.
Es wird Sie sicher nicht überraschen, dass ich den

Jahreswechsel nach dem Motto »Brot statt Böller« begehe – und lieber Schwarzbrot statt Schwarzpulver kaufe. Ich schäme mich nicht zu sagen, dass ich um Punkt Mitternacht in all dem Geböller alljährlich »Ein bisschen Frieden« anstimme.
Selbst Mücken spende ich bereitwillig Blut, anstatt sie zu töten.
Aber würden Sie nicht, trotz allem, auf jemanden schießen, der versucht, Sie umzubringen, mögen Sie jetzt »fangfragen«? Ja, würde ich. Aber das nennt man Notwehr und nicht Krieg.
Nach diesen Ausführungen sollte deutlich geworden sein, dass ich für den Dienst an der Waffe untauglich bin. Wenn Sie mir unter Zwang eine in die Hand drücken, werde ich einfach nicht schießen. Das spart zwar ungemein Munition, hilft aber nur dem Gegner, den sich Ihre vorgesetzten Politiker gerade als besonders bösen Bösewicht aus dem reichhaltigen globalen Despoten-Angebot herausgepickt haben.
Peace
Timo Feuer

Für einen ersten Entwurf nicht schlecht. Könnte einen Schuss mehr Glaubwürdigkeit vertragen, um dem erweiterten Suizid auf dem Schlachtfeld zu entgehen. An der einen oder anderen Stelle werde ich noch ein bisschen feilen, aber im Großen und Ganzen trifft das den Nagel auf den Kopf. Ich denke gar nicht daran, mir mit sieben Kameraden eine Stube zu teilen. Eine derartige menschliche Enge war mir bereits beim Sportunterricht in der

Umkleidekabine ziemlich unangenehm. Auf keinen Fall möchte ich jeden Morgen nach dem Aufwachen als Erstes sieben Typen in Unterhosen sehen. Ich lasse mich von Vater Staat in keine Kaserne einweisen. Ab heute befinde ich mich offiziell im Widerstand.

Ein Dreivierteljahr Wehrdienst, um das gute alte Handwerk des Tötens zu erlernen? Ohne mich. In Wirklichkeit schlägt man da bekanntlich sowieso nur die Zeit tot. Drei Monate durch den Schlamm robben, und der Rest ist tödliche Langeweile. Insofern würde mich eher das Nichtstun umbringen als ein von der deutschen Rüstungsindustrie mit allem Terroristenzubehör bestens ausgestatteter Taliban.

Dabei hatte ich gehofft, auch über das Jahr 2004 hinaus die Karteileiche zu bleiben, die ich beim Kreiswehrersatzamt jahrelang war. Außer einem belanglosen Schreiben zu meinem achtzehnten Geburtstag hatte ich nie wieder von denen gehört. Und dann schicken die mir mit Anfang zwanzig den Musterungsbescheid. Haben die aufgeräumt, oder was? Zu wenig nachwachsender humaner Rohstoff aufgrund des demografischen Wandels?

Während der würdelosen Musterung habe ich alle Trümpfe ausgespielt, die sich angeblich seit Jahrzehnten bewährt haben. Kniebeugen? Ein Wunder, dass ich überhaupt noch laufen kann! Beweismaterial in Form von Röntgenbildern hatte ich selbstverständlich dabei. Mein Rücken? Längst kaputt. Die Mühe, mir das Rückgrat brechen zu wollen, können sich die Feldwebel sparen. Meine Augen? Mit minus fünf Dioptrien nur noch reine Attrappen.

Natürlich wurden mir vom Arzt auch die Eier gekrault. Im Beisein seiner blutjungen, bildhübschen, blonden Assistentin. Wegen solcher Frauen wurden schon Kriege angezettelt. Bei ihr will halt jeder den ersten Schuss abgeben.

Also T1. Ich freu mich. Nicht!

Angetreten!

»Hast du deine Verweigerung schon abgeschickt?«, will Markus, einer meiner besten Freunde, drei Tage später wissen. Wie so oft haben wir uns an der Tanke ein Sixpack und dieses geile englische Weingummi geholt, das auch Stunden später noch die Zahnzwischenräume abdichtet. Unwahrscheinlich, dass es was Besseres gibt, als damit auf einer Parkbank mit Seeblick den lauen Sommerabend zu verbringen.

»Jep, Verweigerung ist unterwegs. Hab ich bestimmt zehnmal überarbeitet, bevor die zur Post ging. Hoffe, es ist deutlich genug rübergekommen, dass ich dem Schützenverein nicht beitreten will.«

»Dann kümmer dich bloß rechtzeitig um 'ne gute Zivi-Stelle. Sonst landest du am Ende noch im Altersheim. Dann biste trotzdem am Arsch.«

»Im wahrsten Sinne des Wortes, ich weiß. Nee, Hintern abwischen mach ich nicht. Hab vom Bundesamt für Zivildienst eine Liste mit offenen Zivi-Stellen bekommen.«

»Und?«

»Fünfundneunzig Prozent Jobs in Altersheimen. Zwei bei Essen auf Rädern, aber das ist mir auf Dauer zu öde. Und eine Hausmeisterstelle in einem christlichen Freizeitheim.«

»Hausmeister? Na, Mensch, davon hast du ja schon immer geträumt.«

»Richtig, und morgen kann der Traum wahr werden. Hab um zehn ein Vorstellungsgespräch.«

»Morgen schon?«

»Pure Pflegeheim-Panik. Der frühe Wurm hat Gold im Mund und so.«

Vier Bänke weiter lärmt ein Haufen minderjähriger und offensichtlich geistig minderbemittelter Halbstarker mit ihren körperlich erstaunlich weit entwickelten Verehrerinnen herum.

»Kaum Haare am Sack, aber saufen und bumsen, das können sie«, bemerke ich gesellschaftskritisch vorm nächsten Schluck Bier, während ich einer vermutlich Siebzehnjährigen in ihr tief dekolletiertes Tanktop linse.

»Aber echt! Kein Benehmen mehr. So was hätte es zu unserer Zeit nicht gegeben«, pflichtet mir Markus bei und rülpst betont vornehm nur in Zimmerlautstärke.

»Kannste halt nicht vergleichen. Ist bei uns ja schon über fünf Jahre her. Das ist einfach ’ne andere Generation.«

»Hoffentlich kommt gleich die Polizei und bringt die Bengel zu Mama und Papa.«

»Richtig. Die mit dem Tanktop können sie aber gern unter unserer Aufsicht lassen. Die bring ich nach Hause. Also zu mir.«

»Auf die guten Tugenden!«, sagt Markus.

Zufrieden stoßen wir an. Es geht doch nichts über ein klares Weltbild.

Genauso klar ist leider, dass ich allein nach Hause gehe. Nüchtern bin ich schüchtern, angetrunken wird's nicht viel besser. In der Brunftzeit bin ich eher Bambi als der Platzhirsch. Wie immer tröste ich mich mit dem Gedanken, dass die Mädels sicher bald erkennen werden, dass derartige Arschlochtypen wie die Jungs von der Nebenbank nichts fürs Leben sind. Höchstens was für eine Nacht. Irgendwann werden sie meinen Humor, meine Zuverlässigkeit und meinen respektvollen Umgang mit ihnen zu schätzen wissen. Das Blöde ist nur, dass ich bis dahin weiter ein Leben als konfessionsloser Mönch fristen muss. Mein Liebesleben ist so tot und vertrocknet wie der Ötzi. Eiszeit statt glühender Leidenschaft. Im Grunde könnte man mein Herz direkt für eine Organspende vorbereiten. Brauch ich eh nicht mehr.

So richtig verliebt war ich nur zwei Mal. Einmal in der Grundschule und einmal in der Abschlussklasse. Unnötig zu erwähnen, dass ich in beiden Fällen weiter allein den Schulweg antreten musste. Dazwischen gab es noch einige andere, in die ich zwar nicht verliebt war, die ich aber ziemlich toll fand. Mit einer dieser Angehimmelten kam es sogar zum Austausch von Zärtlichkeiten. Später konnte ich noch eine mehrwöchige Affäre vorweisen. Aber das war's dann im Grunde.

Am nächsten Vormittag muss ich zum Vorstellungsgespräch antreten. Nervös fahre ich in den westlichen Stadtteil meiner Heimatstadt Eutin, nach Neudorf. Selbstverständlich mit dem Fahrrad, schließlich will ich in einem christlichen Haus einen guten Eindruck erwecken. Gottes schöne Erde sollte man ja nicht unnötig mit Abgasen verpesten. Wir müssen die Schöpfung bewahren. Für die nachfolgenden Generationen, von denen wir die Erde nur geliehen haben. Wie man etwas von jemandem ausleihen kann, der noch nicht geboren ist, habe ich zwar nie ganz verstanden, aber was tut man nicht alles für einen Job.

Punkt zehn stelle ich mein Fahrrad auf dem Parkplatz des St.-Stephanus-Hauses ab und betrete die kleine Eingangshalle. Die Stille verheißt paradiesische Arbeitsbedingungen. Wenn der Job ähnlich ruhig ist, zieh ich das durch bis zur Rente.

Das Büro des Heimleiters liegt direkt neben der Eingangshalle. Zaghaft klopfe ich an den Holzrahmen der offen stehenden Tür.

»Hallo, ich bin hier wegen der Zivi-Stelle. Timo Feuer, wir hatten telefoniert.«

Der Heimleiter schaut von seiner Akte hoch. Müsste so um die sechzig sein, der gute Mann. Seine Fettreserven dürften für eine ähnliche Zeitspanne ausreichen.

»Ah, richtig, Herr Feuer. Kommen Sie rein.« Freudestrahlend reicht er mir die Hand. »Schmittke. Bitte, setzen Sie sich.«

Genauso habe ich mir den Leiter einer Herberge für christliche Gruppen vorgestellt. Optisch irgendwo zwischen 1975 und 1982 hängen geblieben. Wer trägt im Jahr 2004 bitte schön noch Koteletten und Rollkragenpullover mit kariertem Sakko? Aber insgesamt sehr stimmig.

»Sie wollen also gerne bei uns anfangen«, eröffnet er unser Gespräch.

»Ja. Nachdem ich mit T1 gemustert worden bin, hab ich meine Verweigerung rausgeschickt.«

»Oh, T1. Dann sind Sie schön fit für die Gartenarbeit auf unserem Zehntausend-Quadratmeter-Grundstück«, lacht er.

»Sie haben einen zehntausend Quadratmeter großen Garten?«, frage ich entsetzt.

»Nee, war 'n Scherz. Sind fast fünfzigtausend. Aber viel davon ist bewaldet«, grinst er.

»Toll.«

»Ist Ihre Verweigerung denn schon bewilligt?«

»Nee, noch nicht. Überlege auch gerade, die zu widerrufen. Wobei die Bewilligung eigentlich reine Formsache sein sollte.«

»Na, das hängt von der Tagesform ihres Sachbearbeiters ab. Und davon, wie gut sie geschrieben ist.«

»Brillant, natürlich. Bringt selbst Generäle zum Weinen – und lässt mich als lupenreinen Pazifisten dastehen.«

Vergnügt lehnt er sich zurück. Die Chemie zwischen uns scheint zu stimmen. Damit habe ich die Formel für entspannte neun Monate bereits gefunden: den Chef bei Laune halten, ohne mit meinem Kopf in seinem Verdauungstrakt zu verschwinden.

»Wann würden Sie denn gerne bei uns anfangen?«, fragt er.

»Nächstes Jahr im Juli.«

»Nächstes Jahr? Sie kommen aber früh.«

»Das höre ich öfter. Der frühe Vogel kann sich halt den besten Nistplatz aussuchen.«

»Richtig«, lacht er. »Moment, ich muss eben in mein schlaues Zivi-Büchlein schauen. Darin hab ich eingetragen, wer von wann bis wann bei uns ist.«

Er holt ein kleines Notizbuch aus einer der zahlreichen Schubladen und blättert derart viele Seiten um, dass auf einigen die Namen von Zivis aus der Zeit des Warschauer Pakts stehen dürften.

»Hier haben wir's«, ruft er nach einer gefühlten Ewigkeit. »Johannes ist bis April nächsten Jahres hier, und Malte verlässt uns einen Monat früher. Heißt, im Juli könnten wir Sie sehr gut gebrauchen.«

»Wunderbar.«

»Schön, dann sind wir uns einig.«

»Okay«, stimme ich zögernd bis erstaunt zu. »Wollen Sie gar nicht wissen, welche Qualifikationen ich mitbringe?«

»Weiß ich doch. Sie haben verweigert, oder so gut wie, verfügen über zwei gesunde Arme und Beine auf T1-Niveau und wollen hier anfangen. Das reicht. Wir brauchen einen Hilfshausmeister. Das kann jeder.«

»Auch wieder wahr.«

»Bis übernächstes Jahr ist unsere Finanzierung zudem gesichert, das heißt, Sie werden Ihren Dienst auf jeden Fall antreten können.«

»Wieso, gibt's Probleme? Dachte, das Haus wird von der Kirche finanziert.«

»Wird es auch. Aber die Kirchensteuereinnahmen sind im Sinkflug, wie Sie wahrscheinlich wissen. Von ehemals zehn Heimen im Norden sind heute nur noch sechs übrig. Mindestens eins soll noch geschlossen werden. Überkapazitäten abbauen, wie es im schönsten BWLer-Deutsch heißt. Wir haben Platz für hundert Übernachtungsgäste plus fünfzig Tagesgäste. In der heutigen Zeit ist es schwer, die Auslastung über fünfzig Prozent zu halten. Zumal von Jahr zu Jahr mehr Vorstadtkirchen geschlossen werden und in den übrig gebliebenen die Gemeindearbeit immer weiter runtergedampft wird. Viele Chöre und Gruppen, die uns früher besucht haben, gibt es heute einfach nicht mehr. Wenn es nach dem Vorsitzenden der Synode geht, stehen wir ganz oben auf der Streichliste.«

»Der was? Der Synagoge?« Der Schluss ging im Rasenmähergetöse von draußen irgendwie unter. Schmittke lacht laut auf.

»Der Synode! Das ist ein Verwaltungsgremium der evangelischen Kirche. Das andere ist ein jüdisches Gotteshaus. Jesus war zwar Jude, aber spätestens nach der Kreuzigung trennten sich bekanntlich die konfessionellen Wege.«

»Klar, hatte ich akustisch nicht verstanden.«

»Aber getauft und konfirmiert sind Sie, oder?«, fragt er nun doch eine weitere, aber wohl entscheidende Qualifikation ab.

»Selbstverständlich. Wer verzichtet als Vierzehnjähriger freiwillig auf über tausend Mark?«

»Sie meinen, auf Gottes Segen sowie die Einführung in die Gemeinschaft der Erwachsenen.«

»Sie sagen es. Und das Erste, was man unter Erwachsenen lernt, ist: Geld regiert die Welt.«

»Punkt für Sie«, seufzt er. »Wenn wir die Auslastung unseres Hauses in den nächsten zwei Jahren nicht dramatisch steigern, macht die Kirche den Laden dicht.«

»Mit Gottes Hilfe – und meiner – wird das hoffentlich nicht passieren«, versuche ich ihn aufzumuntern.

»Wieso, bringen Sie neben Ihren gesunden Gliedmaßen und der Konfirmation weitere Qualifikationen mit?«

»Jein. Das wird Sie wahrscheinlich erschrecken, aber ich will nach dem Zivildienst BWL mit dem Schwerpunkt Marketing studieren. Ihr Haus aus den roten Zahlen zu holen wäre eine gute Übung.«

»Wunderbar! Solange Sie nach dem Studium kein Unternehmensberater werden, kann ich mit Ihrer Studienwahl leben. Dann machen Sie sich bis zu Ihrem Arbeitsbeginn doch mal Gedanken, wie wir unser schönes Haus retten können.«

»Läuft.«

»Sehr gut. Wir sehen uns nächstes Jahr. Frohes Fest und guten Rutsch!«, lächelt er.

»Kann man nicht früh genug wünschen. Gleichfalls.«

Das ging leicht. Gut, ein Assessment-Center wäre übertrieben gewesen, aber ein paar Fragen mehr hatte ich schon erwartet. Ich hatte mir vorab sogar passende Antworten auf die Fragen nach meiner christlichen Gesinnung überlegt. Beten? Täglich, nicht nur nach Abgabe der Lottozahlen. Kirchgänge? Wöchentlich, sonntags Ausschlafen bringt nur den Biorhythmus durcheinander. Kirchensteuer? Ich wünschte, es wäre mehr. Kollekte? Immer, und ich rede nicht von Hartgeld. Zehn Gebote? Für mich wichtiger als das BGB. Abendmahl? Diese leckeren Oblaten nasche ich jeden Abend zu Hause auf der Couch – während ich Bibel TV gucke!

Nach einigen Wochen quälenden Wartens kommt endlich der Brief vom Kreiswehrersatzamt. Ich war schon mal weniger nervös, muss ich zugeben, zum Beispiel vor meinem ersten Mal. Genau wie damals habe ich jetzt zwei Möglichkeiten. Entweder ich versuche es hinauszuzögern, was am Ende eh nix bringt. Oder ich bringe die Sache innerhalb weniger Sekunden hinter mich.

Mit zittrigen Fingern stelle ich mich beim Öffnen des Umschlags ähnlich dumm an wie anno dazumal bei meinem ersten Aufeinandertreffen mit einem BH-Verschluss. Schließlich entscheide ich mich für Möglichkeit zwei, reiße den Brief auf und fange sofort an zu lesen. Kann ein Mann einen Orgasmus kriegen ohne Erektion und Ejakulation? Er kann! Meine Verweigerung wurde nicht verweigert. Entspanntes Zivileben – ich komme!

Fashion Victims

Die Monate bis zu meinem Dienstantritt vergehen wie im Concordeflug. So wie überhaupt die gesamten drei letzten Jahre. Nach meinem vierjährigen KFZ-Mechaniker-Irrtum kommt mir die Zeit am Gymnasium, wo ich mein Abi nachgeholt habe, vor wie ein Kuraufenthalt mit Weiterbildungsmöglichkeit. Mit ein wenig Abstand vom deutschen Bildungssystem merkt man erst, wie schön das Schülerleben ist. Ein Halbtagsjob mit sozialem Anschluss – Schulschwarm, Lieblingslehrer und Klassenfahrten inklusive.

Nach einem kurzen Ausnüchterungsurlaub (Abi mit einem Notendurchschnitt von 2,2 – Abiball mit einem Promillepegel von 2,5) ist es so weit. Um neun Uhr stehe ich etwas verspannt mit meinem neuen Zivikollegen Andi im Büro unseres neuen Chefs. Typisches Erster-Tag-Feeling. Wenn man die obligatorische Vorstellungsrunde und die ersten acht Stunden überstanden hat, fängt es an, Spaß zu machen.

»Tja, meine Herren, dann wollen wir mal. Fangen wir an mit dreihundert Euro in bar.« Herr Schmittke holt eine Geldkassette aus einem verschlossenen Büroschrank und legt drei Hunderter auf den Tisch.

»Oh, Begrüßungsgeld? Nette Geste«, versuche ich es mit einem verkrampften Anfängergag.

»Ha, von wegen! Damit fahren Sie beide jetzt los und besorgen sich Arbeitsoveralls und Sicherheitsschuhe für die Gartenarbeit.«

So viel zu den paradiesischen Arbeitsbedingungen.

»Adam und Eva mussten im Garten Eden aber kein Unkraut jäten«, gebe ich zu bedenken. Institutionen kann man nur mit ihren eigenen Waffen schlagen.

»Die hatten auch keine Arbeitsoveralls«, kontert Schmittke. »Sie können gerne im Adamskostüm über den Rasen laufen, falls Ihnen danach ist. In jedem Fall wartet draußen jede Menge Arbeit. Sie brauchen also nicht zu drängeln. Es ist genug für alle da«, lacht er.

»Wo kriegt man denn dieses Arbeitssklaven-Outfit?«, stöhnt Andi.

»Vermutlich in den Südstaaten der USA. Und bei Berufskleidung Möller. Rathausstraße, mitten in der Innenstadt. Können Sie gar nicht verfehlen.«

Schmittke reicht mir die Schlüssel für den Firmenwagen. Der Schlüsseloptik nach zu urteilen handelt es sich dabei nicht gerade um das neueste Werk deutscher Ingenieurskunst. Es ist eher was fürs Museum. Hinterste Ecke. Direkt vor den Toiletten.

»Oh Gott, echt jetzt?«, stöhne ich gen Himmel, als wir auf dem Parkplatz stehen.

Andi ringt um Fassung und Worte: »Ein alter Opel Kombi. In fahrtwindgebleichtem Weinrot. Da werden die jungen Dinger in der Stadt aber Augen machen.«

»Spitze. Wollte schon immer wissen, wie es sich anfühlt, siebzig und sozial ausgegrenzt zu sein. Blöd, dass ich meinen Hut vergessen habe.«

»Macht nix, immerhin liegen die Liebeskugelmatten auf den Vordersitzen«, beruhigt mich Andi.

»Hervorragend! Dann will ich diesen Zahnstocher, der angeblich ein Zündschlüssel sein soll, mal einführen. Auf zur wilden Fahrt.«

»Und alle so: yeah!«, leiert Andi.

Der nagelnde Vierzylinder-Diesel-Sound hämmert unerbittlich auf unsere Trommelfelle ein. Nach dem Vorglühen, versteht sich. So viel Zeit muss sein. Ich wünschte, ich hätte auch vorgeglüht. Was, wenn mich Frauen in dieser Schüssel sehen? Das spricht sich in unserer Kleinstadt doch sofort rum. Frauen quatschen bekanntlich über alles. Spätestens beim nächsten Discobesuch auf der Toilette bin ich Gesprächsthema Nummer eins. Meinen Schwanz brauche ich dann nur noch zum Pinkeln. Da kann ich den auch gleich abhacken. Ohne Betäubung. Womit wir wieder beim verpassten Vorglühen wären.

Zum Glück sind in der Stadt vormittags nur Alte unterwegs. Jede heiße Alte ist vermutlich bei der Arbeit oder liegt noch im Bett ihres aktuellen One-Night-Stands. Was abermals die Frage aufwirft, warum ich nie der stolze Träger des One-Night-Ständers bin, der seelenruhig weiterpennt, während die ungeschminkte Wahrheit aus der Tür schleicht. Ich wünschte, ich würde nicht länger den Kürzeren ziehen, wenn es darum geht, den Abschlepphaken auszufahren. Womit wir wieder beim Opel wären.

»Wieso stehen alte Männer eigentlich immer an Bauzäunen?«, frage ich Andi mit Blick aus dem Autofenster, als wir an der »Zuschauertribüne« einer Eutiner Großbaustelle vorbeifahren.

»Prostata. Dann hat man 'ne schwache Blase«, meint Andi knochentrocken.

»Nee, die pinkeln ja nicht an den Zaun. Die gucken bloß.«

»Vielleicht stehen die auf Bauarbeiter-Dekolletés – oder auf Bagger. Könnte man glatt Geld mit machen: eine Baustellen-Peepshow. Loch in den Bauzaun schneiden, und für einen Euro geht 'ne Minute lang eine Klappe hoch.«

»Gute Idee. Hauptsache, wir werden in fünfzig Jahren nicht zu Bauarbeiter-Groupies«, bemerke ich besorgt.

»Gott, sieht der Laden öde aus«, stöhnt Andi, als wir Berufskleidung Möller endlich erreichen. Von wegen: Kann man gar nicht verfehlen. So was will man gar nicht finden. Langweiligere Schaufenster haben nur Sanitätshäuser.

»Mir schlafen gleich die Pupillen ein«, meckere ich.

Andi nickt.

»Die dreihundert Euro könnten wir wirklich sinnvoller investieren.«

»Exakt! Zum Beispiel in geile Klamotten und nicht in so 'n Heimwerker-Outfit.«

Von innen sieht der Laden keinen Millimeter besser aus. Der Geist der Haute Couture ist hier nie durchgeweht. Die einzige Gemeinsamkeit mit echter Mode ist die Baumwolle. Hauptsache praktisch. Wie 'n Opel Kombi. Nur noch langweiliger.

»Guten Morgen, kann ich den jungen Herren behilflich sein?«, begrüßt uns ein Verkäufer um die fünfzig, der sich sein Arbeitsleben sicher auch anders vorgestellt hat.

»Sie können. Wir haben drei Hunderter, die wir bei Ihnen auf den Kopf hauen sollen«, erwidert Andi.

»Ah, verstehe, Sie kommen vom St.-Stephanus-Haus.«

Irritiert schaue ich ihn an.

»Richtig. Woher wissen Sie das?«

»Weil das Jahr wieder rum ist. Zu uns kommen jeden Sommer zwei junge Herren, die mit diesem roten Wagen vorfahren und drei Hunderter im Gepäck haben. Aus Erfahrung nehme ich an, Sie benötigen jeweils einen Overall und ein Paar Sicherheitsschuhe mit Stahlkappen, korrekt?«

»Korrekt!«, bestätige ich.

»Konkret!«, stimmt Andi im besten Mundstuhl-Sound mit ein.

»Folgen Sie mir bitte unauffällig«, lächelt der Verkäufer.

Als ob in diesem Laden irgendjemand auffallen und gesehen werden will. Wir reizen das Budget komplett aus, was die Sache allerdings auch nicht besser macht. Die Frage, ob wir die Sachen gleich anbehalten möchten, erübrigt sich. Schließlich könnte das ein oder andere paarungswillige Weibchen mittlerweile auf Nahrungssuche sein, also Mittagspause haben. Um halb elf wäre das zwar eine recht frühe Mittagspause, aber man weiß ja nie.

Auf der Rückfahrt bleiben wir jedoch genauso unentdeckt wie auf der Hinfahrt. Wahrscheinlich ist man in diesem Auto nahezu unsichtbar. Der perfekte Fluchtwagen. Zeugen, die diese Karre bemerken? Fehlanzeige.

Fahren unterhalb der Wahrnehmungsschwelle. Eigentlich unbegreiflich, dass Opel das nicht werbetechnisch nutzt. Camouflage-Optik serienmäßig. Ob das die Bundeswehr weiß?

»Ah, die Herren sind zurück«, empfängt uns Herr Schmittke freudestrahlend in seinem Büro. »Wie ich sehe, sind Sie fündig geworden.«

»Jup. Das Zeug kommt zwar eher aus Polen als aus Paris, aber es erfüllt wohl seinen Zweck«, antworte ich.

»Sie sollen damit auch nicht über den Laufsteg stolzieren, sondern höchstens über unseren Steg am Wasser, um die Entenscheiße runterzuschrubben. Aber dazu kommen wir später.«

Entenscheiße? Aus Andis aufgerissenen Augen blitzt das gleiche Entsetzen wie aus meinen.

»Vorher zeige ich Ihnen Ihre Zimmer. Sie haben nämlich im Wechsel jedes zweite Wochenende Bereitschaftsdienst«, verkündet Herr Schmittke gleich die nächste Hiobsbotschaft.

»Bereitschaftsdienst?«, fragt Andi überrascht.

»Ja. In der Regel werden Sie nicht viel zu tun haben, es muss halt nur einer vor Ort sein, als Ansprechpartner für unsere Gäste. Dafür haben Sie traumhafte Arbeitszeiten«, doziert er weiter, während wir vom Büro zum Nachbarhaus gehen, in dem sich offensichtlich unsere Zimmer befinden.

»Aha, und wie genau sehen die aus?«, will ich wissen.

»Eine Woche Frühdienst von sieben bis vierzehn Uhr

und die andere Woche Spätschicht von zwölf Uhr mittags bis zwanzig Uhr abends mit anschließendem Bereitschaftsdienst am Wochenende. Das heißt, Sie können alle zwei Wochen ausschlafen und haben nach der Frühschichtwoche ein extralanges Wochenende.«

So viel zu meiner geplanten Antwort auf die Inquisitionsfrage beim Vorstellungsgespräch nach dem wöchentlichen Kirchenbesuch. Angesichts dieser Arbeitszeiten könnte ich sowieso nur alle zwei Wochen das Jesus-Double am Kreuz besuchen. Hoffe nur, dass die hier nicht selbst jeden Sonntag im Morgengrauen Gottesdienst feiern. Auf dem Weg zum Nachbarhaus meine ich eine kleine Kapelle gesehen zu haben.

Herr Schmittke holt einen dicken Schlüsselbund aus der Hosentasche, der beim Schrotthändler nach dem Kilopreis richtig Geld bringen würde, und wuchtet die schwere Holztür auf.

»Immer hereinspaziert in die gute alte Stube.« Vor allem alt, denke ich, als mir der Muff mehrerer Zivigenerationen um die Rezeptoren weht.

»Wer von Ihnen möchte das erste und wer das zweite Zimmer?«, gluckst er vorfreudig.

Andi und ich schauen uns etwas ratlos an.

»Mir egal. Meinetwegen nehme ich das zweite Türchen und du Tor eins«, schlägt Andi vor.

»Können wir machen«, schlage ich ein.

»Okay, dann öffne ich Tür Nummer eins.«

Hinter der verschrammten Holztür kommt ein Zimmer zum Vorschein, das nicht unbedingt die Note Eins verdient hat, aber durchaus mehr als einen Stern. Kann man mit leben. Oder darin. Bett, Tisch, Stuhl, Regal, Schrank, Wandtelefon. Gefängniszelle de luxe. Der Teppich zeichnet sich mehr durch seine Langlebigkeit und Robustheit als durch flauschigen Komfort aus. Das Highlight liegt versteckt in der Ecke hinter dem Schrank: ein eigenes Waschbecken. Plus Spiegel. Darf man als Zivi mehr erwarten? Kasernierte Wehrdienstleistende wären vor Neid so grün wie ihre Uniform.

»Und?«, will unser neuer Chef wissen.

»Jau, sieht ganz gut aus. Is' gekauft.«

»Gut, dann kommen wir zu Ihrem Zimmer«, strahlt er Andi an.

Andis Zimmer unterscheidet sich in genau einem Punkt von meinem: Es ist alles spiegelverkehrt angeordnet. Ansonsten: einhundertprozentig identisch.

»Legen Sie Ihre neuen Sachen in Ruhe ab und kommen Sie dann wieder in mein Büro«, sagt Herr Schmittke gönnerhaft und verschwindet.

Ein Befehl, den wir gern ernst nehmen. Als Zivi haben wir zwar kein Vaterland, aber einen Ruf zu verteidigen. Faulheit und ein Arbeitstempo nahe null gehören zur Imagepflege. Die Erkundung unseres Teilzeitzuhauses fällt entsprechend gründlich aus. Neben den beiden Einzelzimmern verfügt die kleine Wohnung über ein halbwegs geräumiges Bad mit versiffter Wanne, in die sich nicht mal Uwe Barschel zum Sterben gelegt hätte, und ein plüschiges Wohnzimmer. Immerhin mit Fernseher. Für ein Wochenende am Ende jeder zweiten Woche wird's reichen.

»Was sollte das eigentlich mit dem Fragespielchen

wegen der Zimmer? Meins sieht doch genauso scheiße aus wie deins«, fragt Andi, während wir den Sitzkomfort der Couch testen.

»Tja, wenn alte Männer witzig sein wollen ... Lass uns mal lieber zurück zu unserem Führer gehen. Müssen nicht gleich am ersten Tag negativ auffallen. Dafür haben wir noch neun Monate Zeit.«

»Das hab ich schon in den ersten neun Minuten geschafft«, kommentiert Andi trocken.

»Wie das? Bevor wir die hässlichen Klamotten kaufen mussten?«

»Genau. Als du zum Auto vorgegangen bist, hab ich in die gut gefüllte Süßigkeitenschüssel im Büro gegriffen – ohne zu fragen.«

»Oha – Schmittkes Nervennahrung. Bist du lebensmüde?«

»Ich hab heute Morgen nicht gefrühstückt und dachte, die Schüssel ist für Besucher! Woher soll ich wissen, dass das Schmittkes Heiligtum ist?«

»Hast du ihn dir mal angeschaut? Der Mann ist der feuchte Traum eines jeden Insulinherstellers.«

»Ja, gut, man hätte es ahnen können.«

Schmittke hat in seinem Büro bereits auf uns gewartet.

»Wie schön, die Herren sind von ihrem Mittagsschläfchen zurückgekehrt.«

»Was soll das denn heißen? Wir sind voller Tatendrang!«, gibt sich Andi empört.

»Natürlich. Mitkommen!«

Von der Eingangshalle aus geht es in einen mittelgemütlichen Aufenthaltsraum mit Kamin. Auf der rechten Seite führt ein lang gezogener Flur zu achtundvierzig Zweibettzimmern und zwei Einzelzimmern für die Gruppenleiter, wie Schmittke uns erklärt. Geradeaus befindet sich ein Windfang mit einer dieser tollen Schuhputzmaschinen. Ich liebe das flauschige Gefühl der weichen Rollen. Mit dreckigen Schuhen wird man mich hier nie antreffen, so viel steht fest. Dahinter geht es hinaus auf eine Sonnenterasse mit beeindruckendem Blick über den See.

Leider gehen wir nach links und kommen in den nächsten Aufenthaltsraum, der immerhin deutlich gemütlicher ist als der erste. In den tiefen Sesseln, die man in den Siebzigern vermutlich Clubsessel genannt hat, könnte ich aus dem Stand einschlafen. Schmittke führt uns weiter in den dritten Aufenthaltsraum – anscheinend halten sich in diesem Haus eine Menge Leute oft und gern auf. Als Nächstes kommt der große Speisesaal. Streng genommen ein Aufenthaltsraum zur Essensaufnahme, ergo: Aufenthaltsraum Nummer vier. Der Einzige, der sich nicht aufhalten lässt, ist Schmittke. Er hält uns die Tür zur Küche auf und zeigt nach rechts.

»Hinter dieser geschlossenen Luke verbirgt sich der Kiosk. Weiter geradeaus geht es zu den Gruppensälen und dem Tischtenniskeller. Wir gehen aber erst mal in die Küche und sagen den anderen hallo.«

Also tun wir genau das. Zuerst dem Koch, Michael, Mitte vierzig und offensichtlich der Spaßvogel in diesem Nest. Neben ihm steht Charlotte, die sogenannte Hausdame, so etwas wie eine Vorarbeiterin für die Hausmädchen. Sie fällt eindeutig in die Kategorie MILF. Anfang vierzig und von einem Chirurgen mit einer Oberweite ausgestattet, die über die neunzig Zentimeter hinausragen dürfte. Hallelujah! Bei der wird im Bett jeder religiös und ruft »Oh Gott!«. Nachdem Charlottes Blickfang meinen Blick wieder loslässt, schüttele ich noch Birgit, Brigitte und Beate die Hände. Zimmermädchen und Mädchen für alles. Wobei, angesichts des fortgeschrittenen Alters vielleicht eher Zimmerfrauen und Frauen für alles. Wobei ich mit keiner von ihnen alles machen würde. In dieser Hinsicht halte ich mich lieber an die brandneue Hausdame meines Herzens: die hotte Charlotte.

»Dann lasse ich Sie am besten hier«, beendet mein Chef seinen Redeschwall, den ich zwischenzeitlich gekonnt überhört habe, »die Gruppensäle zeige ich Ihnen später. Gleich gibt's für Sie Mittag. Frisch gekocht von Herrn Koch.« Kumpelhaft klopft er Michael auf die Schulter.

»Du heißt mit Nachnamen Koch?«, frage ich, weil ich mich frage, ob das wieder ein Scherz von Herrn Schmittke gewesen sein soll. Mit Sicherheit gibt es auch Bäcker, die Becker heißen. Oder Lehrer, die auf den Nachnamen Schüler hören. Oder Sexualtherapeuten, auf deren Klingelschild Fick steht. Wie komme ich jetzt darauf? Wahrscheinlich assoziatives Denken aufgrund des ansehnlich verpackten Silikons keine hundert Zentimeter vor meinen stark geweiteten Pupillen.

»Das ist der Lieblingswitz von Herrn Schmittke. Macht er bei allen neuen Zivis. Ich heiße wirklich Koch. Ein Koch, der Koch heißt, ha ha«, antwortet Micheal gut gelaunt. Mit dem könnte es tatsächlich witzig werden.

Das Essen verdient das Rating »Triple A«. Gebratenes Putenbrustfilet mit Currysauce und Reis. Doppelt gut: Zum Nachtisch gibt es Schokoladenpudding mit Vanillesauce und Erdbeeren. Einfach lecker. Ich sag ja: Zivi bis zur Rente. Hier bleibe ich.

Herzattacke

»Und, wo kommt ihr her? Was habt ihr vorher so gemacht?«, versucht Michael die Situation am Esstisch aufzulockern.

»Ich komme aus Plön und bin Zimmermann«, macht Andi den Anfang.

»Ich hab in Lübeck KFZ-Mechaniker gelernt und dann mein Abi nachgeholt«, mache ich weiter.

»Oh, ein ehrlicher und ein intellektueller Handwerker. Herr Rogowski wird sich freuen.«

»Wer ist Herr Rogowski?«, frage ich.

»Unser Hausmeister«, schaltet sich Charlotte in das Gespräch ein. »Sehr engagiert«, bemerkt sie sarkastisch. Bei ihren Maßen ginge mein Engagement auch weit über das normale Maß hinaus. Reife Frauen haben irgendetwas an sich, das bei uns jüngeren Männern im Hirn sämtliche Lichter ausknipst. Keine Ahnung, wieso mein Sprachzentrum noch ausreichend durchblutet wird, aber ich höre mich sagen:

»Aha, mit anderen Worten: Er nervt und endoskopiert Herrn Schmittke mit dem Kopf das Rektum.«

»Wie bitte?«, prustet Michael.

»Wollte das Wort Arschkriecher vermeiden. Als Intellektueller hab ich es lieber medizinisch korrekt umschrieben.«

»Ach so, Klugscheißeralarm. Sieh einer an: Kaum einen Tag hier und schon den vollen Durchblick.«

»Herr Rogowski nimmt halt alles sehr genau«, versucht Charlotte die Schärfe aus dem Gespräch zu nehmen. Das Blöde ist, dass ich deswegen wieder zu ihr hinschaue und umso schärfer werde. Ich sollte die ständigen Versuche, einen Blick durch die Knopf-Zwischenräume ihrer Bluse zu erhaschen, unbedingt reduzieren.

»Der Hausmeister hält sich also für den Meister, wenn ich das aus meiner ehrlichen Handwerkersicht mal so formulieren darf«, meint Andi.

»Großmeister wäre ihm wohl lieber«, mümmelt Michael mit vollem Mund. »Stolzer Träger des schwarzen Heimwerkergürtels.«

Birgit, Brigitte und Beate grinsen vielsagend. Ansonsten sagen sie recht wenig.

Nach der Mittagspause ist vor der Mittagspause. Jetzt dürfen die Gäste an die Futtertröge. Für uns heißt das: Küchendienst. Andi wird zum Befüllen der Serviertöpfe eingeteilt, mein Platz ist an der Spülmaschine. Wenigstens ist es eines von diesen Profigeräten, die nur ein paar Minuten pro Ladung brauchen. Das Geschirr wird mit der Hochdruckbrause vorgespült, der Geschirrkorb in die Maschine geschoben und hinterher wieder rausgezogen. Brigitte übernimmt das Verstauen des sauberen Geschirrs in den Schränken.

»Herr Feuer?« Schmittke kommt in die Küche geschnaubt. »Ich muss Sie kurz ausleihen. Den Küchendienst übernimmt Ihr Zivikollege. Folgen Sie mir bitte.«

»Wie jetzt?«, fragt Andi empört. Er ist offensichtlich noch nicht bereit für den ersten Schritt vom Tellerwäscher zum Millionär.

Schmittke nimmt den Einwand gar nicht wahr und walzt zurück Richtung Büro. Ich verabschiede mich angesichts der kommenden Geschirrberge vom bald schwerreichen Andi mit einem hämischen Grinsen und verschwinde.

»Fahren Sie bitte umgehend zur Sparkasse«, keucht Schmittke. »Das Geld muss dringend eingezahlt werden, bevor die um 13 Uhr schließen. Die haben heute Nachmittag Betriebsversammlung. Diese Überweisung reichen Sie bitte auch ein, ganz wichtig. Sonst haben wir gleich wieder den Fischer am Hals.«

»Welchen Fischer? Haben Sie die letzte Lieferung Forellen nicht bezahlt?«

»Was? Ach, Quatschkopf! Herr Fischer ist der Vorsitzende der Synode, Sie erinnern sich?«

»Ah, es geht um den Finanzhai!«

»Sozusagen. Der wartet bloß auf einen Fehler von uns. Ein kleiner Hinweis darauf, dass wir in Zahlungsschwierigkeiten sind, genügt ihm. Der ist immer auf der Suche nach neuem Futter, um uns das Leben schwer zu machen. Irgendwann hat er genug Gründe, um den Laden dichtzumachen. Aber noch ist es nicht so weit. Zumindest nicht, wenn Sie sich endlich in Bewegung setzen. Hurtig, hurtig!«

»Jawohl, Chef! Ich werde mal testen, was der Asphaltpickel hergibt.«

»Haben Sie unseren schönen Firmenwagen gerade Asphaltpickel genannt?«

»Jup. Sagt man zu Autos, bei denen auch kein Vollwaschgang mit Clearasil gegen die Hässlichkeit hilft. Nur Einstampfen.«

»Ich glaub, mein Schwein pfeift! Darüber reden wir, wenn Sie zurück sind«, droht er mit spielerisch erhobenem Zeigefinger. »Ach, und, Timo? Sie erwähnten, dass Sie im Anschluss BWL studieren wollen, Marketing, richtig?«

»Äh, ja.«

»Sehr gut. In dieser Hinsicht brauche ich Ihre volle Unterstützung. Sie wollten sich ja Gedanken machen, wie wir das Haus wieder nach vorne bringen können. Aber auch darüber reden wir später. Jetzt ab zur Bank.«

»Alles klar.«

Verdammt! Daran kann der sich noch erinnern? Natürlich habe ich mir null Gedanken über Marketing-Offensiven für das St.-Stephanus-Haus gemacht. Falls ich es nicht rechtzeitig zur Bank schaffe, ist die Hütte bald sowieso Geschichte.

Der Asphaltpickel gibt, wie erwartet, nicht viel her. Entweder er behält das meiste für sich oder er hat einfach nicht mehr zu bieten. Ich tippe auf Letzteres. Die Kurvenlage bei 80 km/h innerorts lässt ebenfalls zu wünschen übrig.

Auf dem Sparkassenparkplatz kommt mir schon die erste Angestellte in Feierabendstimmung entgegen. Wieso müssen die ihre Berufskleidung eigentlich auch alle in demselben Laden kaufen? Und wieso verwechselt der Sparkassenvorstand in seiner Kleiderordnung immer noch seriös mit provinziell? Dieses freche rote Halstuch reißt auch nix mehr raus. Sekretärinnen können ja eine gewisse Geilheit ausstrahlen. Dieses Bibliothekarinnen-Ding: Sie nehmen die Brille ab, öffnen ihre fest verknoteten langen Haare und machen dich am Bücherregal buchstäblich fertig. Aber eine Sparkassenangestellte? 'tschuldigung, aber da träume ich eher noch von Hartgeldstrichnutten.

In der Filiale herrscht ebenfalls Feierabendstimmung. Zumindest kümmert es niemanden, dass sich ein Kunde vor den Tresen verirrt hat. Oder doch? Hat sich hinter dem Bildschirm am anderen Ende des Raums etwas bewegt? Etwas mit brünetten Haaren, einem Wahnsinnslächeln und einer hautengen Leggings? Mit Wahnsinnsbeinen darin. Keins von beiden älter als fünfundzwanzig. Ich möchte nicht wissen, von was für einem Hintern die beiden zusammengehalten werden. Okay, Lüge – ich will es wissen! Die absolute Ausnahme meines über lange Jahre bewährten Vorurteils gegenüber Sparkassenangestellten kommt auf mich zu.

»Hallo, was kann ich für Sie tun?«

Mich heiraten, denke ich. Aber wer weiß, ob sie so spontan ist wie ich.

Also sage ich lieber: »Hier«, reiche ihr das Bargeld und den Überweisungsträger und sage dann gar nichts mehr.

Anscheinend bin ich nicht der Erste, der bei ihr die meisten Vokabeln seiner Muttersprache vergisst. Hormonell bedingte Amnesie. Sie schmunzelt und schwebt zu einem Tisch weiter hinten im Raum. Wissenschaftler, die sonst gerade nichts Besseres zu tun hatten, haben doch das perfekte Gesicht gesucht, oder? Dabei haben sie herausgefunden, dass absolute Symmetrie auf der ganzen Welt als schön empfunden wird. Ich würde diese Studie mit Gesäßen durchführen. Mit Hingabe sowieso. Obwohl das Ergebnis jetzt schon feststünde – und direkt vor mir zu begutachten ist.

Kurz bevor sie sich wieder umdreht, gelingt es mir, meinen Blick von Gottes Prototypen für den perfekten Hintern zu lösen. Manchmal komme ich mir vor wie ein Pädophiler in Disneyland, sobald ich das Haus verlasse. Lässt diese ständige Jagd nach dem Anblick schöner Frauen irgendwann mal nach? Ich versuche angestrengt, mich für die neuesten Bausparangebote zu interessieren, die auf einem Flyer ausgelobt werden. Vielleicht strahle ich ja etwas Solides aus, wenn ich mich mit dem Thema Bausparen befasse. Frauen, die in Sparkassen arbeiten, suchen bestimmt eher jemanden, der einen Bausparvertrag für ein Reihenhaus unterschreibt, als jemanden, dem ein Leasingvertrag für einen Reihensechszylinder lieber ist.

»Das sind dann 2320 Euro. Ihr Einzahlungsbeleg und Ihre Überweisungsquittung. Bitte sehr.«

Mit einem gezuckerten Lächeln überreicht sie mir die von ihrer Zauberstimme so wundervoll umschriebenen Zettel. Ist es Zufall, dass sich unsere Fingerspitzen leicht berühren? Keine Frage, das ist ein Zeichen. Ich brauche keine Millisekunde, um es zu verstehen. Die Botschaft ist eindeutig: Sie will ein Kind von mir! Was soll ich sagen?

Ich bin ein Mann, der die geheimsten Wünsche der Frauen kennt. Die Entschlüsselung der Enigma war nichts dagegen. Das ist eine Gabe. Oder Einbildung dank einer Überdosis Testosteron. Zum Abschluss will ich was Witziges sagen, was irre Geistreiches, etwas, das dafür sorgt, dass sie sich schon auf meinen nächsten Besuch freut.

»Danke«, lautet das magere Ergebnis meiner prosaischen Bemühungen. Mehr kriege ich nicht heraus. Kastrat! Eierloser Gockel! Schande für mein Geschlecht! Ich habe keinen Penis verdient! Mein Lächeln geht allmählich in ein angestrengtes Dauergrinsen über. Zeit, den ungeordneten und völlig planlosen Rückzug anzutreten.

»Haben Sie es rechtzeitig geschafft?« Schmittke passt mich an der Eingangstür ab. Ist da ein Anflug von Panik in seiner Stimme? Könnte ich ihn mit einem »Nee, sorry« auf die Bretter schicken? Besser nicht. Wer weiß, ob er mich irgendwann mal rausboxen muss. Immer gut, wenn man einen guthat.

»Alles glatt gelaufen. Die waren zwar schon fast alle auf dem Weg zur Betriebsversammlung, aber eine war sehr zuvorkommend.«

»Eine junge?«

»Äh, ja. Wieso?«

»Das ist meine Nichte, Suse. Hübsches Mädchen, oder?«, grinst er stolz.

Seine Nichte? Verdammt, dann könnte es eine Fangfrage sein. Wie bei einem Paten, dem man nur falsch antworten kann. Entweder mit: »Ja, sehr hübsch.« Worauf garantiert folgt: »Sie wollen also was von meiner Nichte?

Nur über meine Leiche.« Was übersetzt heißt: »Nur über deine.«

Möglichkeit zwei: »Hab ich gar nicht drauf geachtet.« Führt zum selben Urteil: »Ach, sie ist also unter Ihrer Würde? Luigi, misch den Beton an!« Klassische Lose-lose-Situation. Ich versuche es mit verzweifelter Diplomatie.

»Ja, sehr nett und attraktiv. Vor allem absolut professionell. Also fachlich: top!« Schnauze, Timo!

»Reden Sie kein Blech. Als ob es Ihnen auf die inneren Werte ankäme. Schönheitsideale sind was für Anfänger, Timo – und Sie sind einer. Vor allem im Flunkern.«

Glücklicherweise kommt Michael um die Ecke, bevor mir Schmittke die Füße einbetonieren und mich zum See schleifen kann.

»Chef, ich glaub, die Küche brennt.«

»Was???« Besser hätte die Ablenkung kaum sein können. »Sie glauben???«

»Na ja, der Ofen räuchert die ganze Bude voll. Gut möglich, dass sich darin Fett entzündet hat. Ich komm in dem Qualm nicht näher ran und kann den Feuerlöscher nicht finden.«

»Mann, Koch!« Fluchend rennt Schmittke in die Küche, aus der bereits schwarze Rauchschwaden quellen. Anscheinend weiß er, wo der Feuerlöscher hängt. Keine Minute später lässt der Qualm nach. Hustend reißt er die Fenster auf. Ich behalte die Sache besser vom Parkplatz aus im Blick. Einer muss im Notfall schließlich in der Lage sein, die Jungs mit den roten Autos zu rufen.

»Na, alle gesund, oder brauchen wir jemanden, der sich

mit Rauchvergiftungen auskennt?«, rufe ich Schmittke zu. Es ist nie zu spät, Engagement zu zeigen.

»Nee, aber wir brauchen jemanden, der sich mit Wischlappen und Feudel auskennt. Wen nehmen wir denn da?« Kaum ist er von Rauch und Feuersbrunst umgeben, entdeckt selbst ein christlicher Mensch seine teuflische Seite. Pharisäer!

»Gute Frage, ich könnte die Mädels holen«, schlage ich vor.

»Die brauchen frische Luft. Wie gut, dass Sie sich für uns geschont und eine saubere Lunge behalten haben. Also hopp, schnappen Sie sich Lappen und Eimer, bevor sich der ganze Ruß und der Löschschaum festsetzen.«

Eben noch bei Suse im siebten Himmel geschwebt und jetzt den ersten Höllenjob an der Backe. Das kriegt der Koch zurück!

»Wie konnte denn das passieren?«, stelle ich ihn beim Wischen zur Rede.

»Keine Ahnung. Hab den Ofen wohl zu heiß gestellt. Wenn dann altes Fett drin ist, kommt's dicke. Diese Dinger für Großküchen kann man richtig hochheizen.«

»Aha, und das wolltest du unbedingt ausreizen.«

»Ich musste! Unsere Gäste sind ziemlich anspruchsvoll und bevorzugen warmes Essen. Nur, dass es immer ewig dauert, bis endlich alle Platz genommen haben. Es ist jedes Mal dasselbe: Einer hält 'ne Rede, eine andere Gruppe singt was, alle sprechen ein Tischgebet, und am Ende hat noch einer Geburtstag.«

»Kannst du das Essen nicht à la minute brutzeln?«

»Nee, wenn man allein in der Küche steht, kriegt man das nicht hin. Ich kann nicht fünf Sachen gleichzeitig machen. Funktioniert nur eins nach dem anderen.«

»Verstehe. Hab's nicht so mit dem Kochen. Im Moment weiß ich auch wieder, wieso. Wenigstens haste nicht versucht, das Fett mit Wasser zu löschen.«

»Ich bin zwar Koch, aber ich hab keine Grütze im Kopf! Dann hätten wir hier Silvester gehabt.«

»Und früher Feierabend.«

»Richtig. Aber du hättest dir 'ne neue Zivistelle suchen können.«

»Auch wieder wahr. Bevor ich anderen den Hintern abwische, wisch ich lieber deinen Küchenboden.«

Charlotte kommt uns zu Hilfe geeilt. Auf allen vieren kriecht sie über den Boden und reinigt die Unterschränke. Wer sich diese Frau nicht zwischen den Laken wünscht, hat eindeutig zu viel Östrogen in seinen Adern. In welche Blutgefäße bei mir momentan das meiste Testosteron fließt, dürfte klar sein. Kurz bevor ich sagen kann, »Bleib bitte genau so!«, blickt sie zu mir auf. Sinnlos, vorzutäuschen, ich hätte woanders hingeguckt.

»Reichst du mir bitte das Handtuch?« Fragend schaut sie mich an.

Leider reagiere ich mit entlarvender Verzögerung. »Hm?«

»Das Handtuch! Liegt direkt hinter dir. Brauchst dich nur umzudrehen – wenigstens für eine Sekunde.«

Will ich aber nicht! Nachher verpasse ich noch was. Womöglich, wie sie aufsteht. Aber als Zivi und Gentleman überwinde ich meine Hormonstarre, drehe mich blitzschnell um und reiche ihr das Handtuch.

»Danke. Du hast dir ja einen schönen ersten Tag ausgesucht«, scherzt sie. Small Talk, sehr gut. Der erste Schritt in die richtige Richtung.

»Tja, was soll's«, talke ich. »Als Chef würde ich den Koch nach der Nummer allerdings feuern.«

Lachend schaut sie zu Michael, der seinen Kopf aus dem Ofen zieht.

»Wie bitte? Dir ist schon klar, dass ich täglich dein Essen koche und jederzeit reinspucken könnte, oder?«

»Mit dem Koch sollte man es sich nie verscherzen«, rät Charlotte.

»Schon gut. Ich mach gern den Dreck anderer Leute weg«, beschwichtige ich beide.

»Vorsicht! Das Eis wird immer dünner, Zivi!«, droht Michael mit erhobenem Lappen.

»Ach komm, als ob das zwischen uns nach dieser Feuersbrunst nicht längst getaut wäre.«

Michaels Lappen verfehlt mich nur knapp. Dafür landet er direkt vor Schmittkes Füßen, der unbemerkt zum Kontrollbesuch erschienen ist.

»Ich sehe, Sie kommen gut voran«, bemerkt er ironisch.

»Wenn der Zivi so schnell putzen würde, wie er es schafft, sich unbeliebt zu machen, wären wir längst fertig«, pöbelt Michael.

»Und wenn der Koch so für Sauberkeit brennen würde wie der Zivi und das alte Fett vor dem Brand aus dem Ofen gewischt hätte, dann müssten wir überhaupt nicht wischen«, verteidige ich mich.

»Sehr schön. Eine gewisse Reibung in der Belegschaft ist immer gut«, lacht Schmittke.

»Damit hat er ausnahmsweise recht«, raunt mir Charlotte zu, während sie das Handtuch wieder hinter mir auf der Anrichte ablegt.

Wie jetzt, meint sie das doppeldeutig? Im Sinne von zwei Körpern, die sich kollegial aneinander reiben? Darüber habe ich mal während einer Physikklausur die vollen neunzig Minuten nachgedacht, als Tanga-Tina vor mir saß. Mein Physiklehrer hatte bei seiner Aufgabenstellung über den Reibungskoeffizienten »mü« sicher was anderes im Sinn. Aber der hatte auch kein freies Sichtfeld auf Tinas schwarzen Tanga. Oder auf die prall gefüllte Bluse von Charlotte. Plötzlich bin ich derjenige, der in Flammen steht.

Vermintes Terrain

Am nächsten Morgen um acht schlurfe ich müde ins Büro. Schmittke ist leider schon bestens gelaunt.

»Lieber Herr Feuer, ich habe eine neue Aufgabe für Sie. Sehen Sie die Gästebücher dort oben im Regal?«

Träge schwenke ich meinen Kopf nach rechts.

»Ja.«

»Sehr gut. Seit Jahren nehme ich mir vor, die endlich zu sortieren und in schöne Boxen zu verpacken.«

»Na, dann legen Sie los.«

»Haha. Das ist jetzt natürlich Ihr Job! Ab auf Ihren Stuhl und runter mit den Dingern.«

»Alle???«

»Nein, suchen Sie sich die Schönsten aus. Natürlich alle!«

»Das sind mindestens fünfzig Stück!«

»Zweiundfünfzig, um genau zu sein. Ich möchte, dass Sie prüfen, von wann bis wann jedes Buch geführt wurde. Die Daten notieren Sie auf einem Schutzumschlag, den Sie in liebevoller Kleinarbeit basteln. Und dann stellen Sie die Bücher in chronologischer Reihenfolge wieder ins Regal.«

»Aha, das heißt, ich muss gucken, von wann der erste und der letzte Eintrag in jedem Buch stammen.«

»Man merkt, Sie haben Abitur, Timo. Betrachten Sie es

als ein langfristig angelegtes Projekt. Immer wenn Sie gerade nichts anderes zu tun haben, kümmern Sie sich darum, okay?«

»Okay.«

Müde starre ich auf die Bücher.

»Herr Feuer?«

»Ja, Herr Schmittke?«

»Haben Sie gerade etwas zu tun?«

»Ich sondiere die Lage.«

»Sehen Sie zu, dass Sie die Gästebücher runterholen.«

»Aye, Sir!«

Ich schiebe meinen Stuhl vors Regal, steige drauf und greife wahllos nach einem der Bände. Die Einträge bestehen zu über neunzig Prozent aus Danksagungen für den tollen Service, Bibelsprüchen sowie der Art von lustigen Gedichten, über die man nur auf Familienfeiern aus purer Höflichkeit lacht.

»Herr Feuer?«

»Ja?«

»Nicht schmökern, runterholen und gezielt nach Daten suchen.«

»Ja, ja.«

Ich wuchte alle Bücher auf meinen Schreibtisch, nehme mir das oberste Buch und notiere das erste Datum auf einem Zettel. Schmittke scheint endlich beruhigt zu sein und verabschiedet sich in Richtung Küche. Zeit, wieder zum Schmökern überzugehen. Am meisten fasziniert mich das Alter der Einträge. Viele von denen, die in diese Bücher geschrieben haben, sind mit Sicherheit längst tot. Die Einträge sind vermutlich das Einzige, was von ihnen geblieben ist – abgesehen von ihren Grabsteinen. Ein flüchtig geschriebener Spruch als Vermächtnis an die Nachwelt. Bisschen dünn für meinen Geschmack. Dann schon eher ein ganzes Buch. Vielleicht sollte ich mir hier in den nächsten Monaten Notizen machen – scheint ganz unterhaltsam zu werden.

Nach etwa einer halben Stunde stolpere ich über einen Eintrag aus den Achtzigern. Das genaue Datum fehlt. Stattdessen steht nur eine 88 vor einem Gedicht. Könnte ein Synonym für »Heil Hitler« sein, was in dem christlichen Umfeld aber eher unwahrscheinlich ist. In kalligrafischer Schrift hat jemand geschrieben:

Sollt' jemals Kummer falln auf dieses Haus,
der Mammon fehlen, droht das Aus,
dann entzünd' im Keller schwarzes Licht,
und goldne Zeiten komm' in Sicht.

Ungläubig lese ich den Eintrag ein zweites und drittes Mal. Was soll das sein? Ein Hinweis auf einen Schatz? Ohne dass ich mich dagegen wehren kann, bricht in mir sofort Goldgräberstimmung aus. Ich bin komplett high. Zum Glück hat der liebe Gott den Zweifel gesät, der mich wieder erdet. Wahrscheinlich hat sich jemand nur einen Scherz erlaubt. Was soll bitte schön schwarzes Licht sein? Dunkelheit? Oder einfach Schwarzlicht? War das in den Achtzigern angesagt? Oder in den Siebzigern? Egal. Ich brauch 'ne Schwarzlichtlampe.

Am besten behalte ich meine Entdeckung vorerst für mich. Es sind schon Leute für weniger umgebracht worden. Außer mir weiß nur derjenige vom Schatz, der ihn vergraben hat – und der könnte längst tot sein. Selbst wenn er noch nicht im Sarg auf Augenhöhe mit seiner Schatztruhe liegt, wüsste er nicht, dass ich seinem Gold auf der Spur bin. Und dass ich alles für Autos, Frauen und ein Leben am Zuckerhut raushauen werde.

Trotzdem lasse ich das Buch unauffällig in meiner Tasche verschwinden.

In den folgenden Tagen verbringe ich relativ wenig Zeit mit dem Sichten der Gästebücher und extrem viel Zeit damit, Charlotte gezielt über den Weg zu laufen. Je häufiger man jemanden sieht, habe ich gelesen, desto sympathischer findet man ihn. Also mich. Außerdem bin ich jeden Tag gespannt, was sie sich morgens vor dem Kleiderschrank für mich ausgesucht hat. Denn daran besteht kein Zweifel: Die reizvolle Verpackung ihres getunten Luxuskörpers ist nur für mich gedacht. Ihre sekundären Geschlechtsmerkmale präsentiert sie absolut zielgruppengerecht. Und was wäre ich für eine Zielgruppe, würde ich das nicht mit zahlreichen interessierten Blicken würdigen? Schließlich hat sie für die silikonhaltigen Pfunde Extra-Sexappeal viel Geld investiert.

»Timo, könntest du mir bitte helfen?«, fragt mich Charlotte, als ich sie im Aufenthaltsraum mit den tiefen Clubsesseln aufgespürt habe. »Der Sessel soll in den kleinen Aufenthaltsraum neben dem Tischtenniskeller.«

»Klar. Da ist noch einer? Wie viele gibt's denn hier?« Die übertreiben es echt mit ihrem Aufenthaltsraumkonzept.

»Drei Stück. Plus die vier großen Gruppensäle, das Sitzungszimmer und die Kaminhöhle. Unsere Gäste sollen sich ja wohlfühlen. Genau wie wir. Der im Keller ist für uns.«

»Ach was?«

»Ja, mit zwei gemütlichen Sofas. Und in einer Minute mit einem bequemen Clubsessel.«

Ich hebe das Ungetüm hoch und folge Charlotte durch den lang gezogenen Flur zum Tischtenniskeller.

»Wohnst du eigentlich in Eutin?«, versuche ich etwas mehr über sie zu erfahren.

»Ja, in der Vorstadt.«

»Aha. Zusammen mit deinem Mann, zwei bezaubernden Kindern und 'nem sabbernden Labrador?«

»Fast. Wir haben einen Bobtail. Der sabbert nicht, der haart. Allerdings klingt das traute Heim in deiner Beschreibung blumiger, als es in Wirklichkeit ist.«

»Oha, Ärger im Paradies? Hat die heile Welt etwa Risse? Falls das nicht zu privat ist.«

»Nö, ist es nicht. In dieser heilen Welt klaffen mittlerweile Gräben! Die normalen Verfallserscheinungen einer langen Ehe. Die Liebe ist wie Kaugummi, sag ich immer: am Anfang süß, aber irgendwann wird's zäh. Für die Ehe gilt das erst recht. Viel zu sagen haben wir uns nicht mehr. Außer wenn er eifersüchtig ist, dann wird er äußerst gesprächig.«

»Die Eifersucht ist sicher unbegründet, oder?«, frage ich, als ich den gepolsterten Klotz im Personalraum abstelle.

»Bisher ja.«

»Bisher?«

»Passieren kann immer was. Wir sind ja alle nur Menschen«, antwortet sie mit unschuldigem Gesichtsausdruck.

»Absolut. Mit Bedürfnissen«, stimme ich ihr übereifrig zu. Jetzt muss ich aufpassen, nicht zu sabbern.

»Ganz genau. Und selbst ein fünf Jahre jüngerer Mann kann zu lahmarschig sein, um alle Bedürfnisse zu stillen. Das wird dann zum Problem.«

Mein Kreislauf senkt die Drehzahl. Mir wird schwindelig. So viel Offenheit bin ich nicht gewohnt. Trotzdem schaffe ich es, ein plattes Kompliment in meine Gegenfrage einzubauen.

»Der ist fünf Jahre jünger als du? Also erst Ende zwanzig?«

»Schleimer. Jüngere Männer sind einfach spannender als ältere. Die wollen noch mehr erleben und hängen abends nicht nur vorm Fernseher rum. Dachte ich zumindest.«

Welcher heterosexuelle Mann guckt freiwillig Fernsehen, wenn neben ihm ein Blockbuster wie Charlotte sitzt? Plötzlich steht sie direkt vor mir. Der zwischenmenschliche Sicherheitsabstand ist deutlich unterschritten. Hitzestau! Sie streckt den rechten Arm aus. Ihre Brüste streifen meine Schulter. Atmen, Junge, atmen!

»Der muss mit nach oben«, sagt sie und nimmt einen Ordner vom Tisch hinter mir. Warum muss ausgerechnet jetzt Andi in der Tür stehen?

»Oh, stör ich?«

Erschrocken stoßen Charlotte und ich zusammen.

Normalerweise federn Airbags einen Aufprall ab. Ihre machen alles nur schlimmer. Meine Sauerstoffversorgung bricht komplett zusammen. Das war's. Ade, du schöne Welt. Auf meinem Grabstein soll stehen: »Das war es wert!« Wo ist das helle Licht?

»Du störst«, Charlotte macht eine kurze Pause, »ganz und gar nicht. Wir waren gerade fertig.« Eindeutig zweideutig lächelt sie mich an und geht wieder nach oben.

»Was war das denn?«, will Andi wissen, als sie außer Hörweite ist.

»Was war was?«

»Na, das eben. Die hat dir doch die Titten direkt unters Kinn gedrückt!«

»Quatsch! Ich hab ihr bloß einen schweren Sessel runtergetragen, und sie wollte an den Ordner ran, der hinter mir lag.«

»Mhm, ja nee, is' klar. Du wolltest wohl eher an sie ran.«

»Blödsinn! Die ist zwanzig Jahre älter als ich.«

»Eben. Wer träumt nicht von so einer Frau? Auf alten Schiffen lernt man das Segeln, mein Freund.«

»Oder man geht mit ihnen unter. Nachher hab ich ihren eifersüchtigen Ehemann am Hals. Nee, lass mal. Die von der Sparkasse ist eher was für mich.«

»Die Brünette?«

»Du kennst sie?«

»Logisch. Hab ihretwegen extra die Bank gewechselt. Scheine aber nicht ihr Typ zu sein, obwohl ich jeden zweiten Tag hinrenne.«

»Vielleicht gerade deswegen. Manche stehen halt nicht auf Stalker. Versteh mir einer die Frauen ...«

»Möglich. Langsam nervt es sogar mich. Immer nur zehn Euro abzuheben ist auf Dauer ziemlich bescheuert.«

»Also mich hat sie vorhin schon beim ersten Besuch angelächelt.«

»Das macht sie bei jedem Kunden. Die Frau ist 'n Profi.«

»Blödsinn. Die steht auf mich.«

»Wusstest du, dass sie die Nichte unseres Chefs ist?«

»Hab davon gehört.«

»Dann lass lieber die Finger von ihr, wenn du die nächsten neun Monate überleben willst. Angeblich hat Schmittke bei ihrem Ex die Bremsen manipuliert.«

»Echt?«

»Kann auch ein Gerücht sein. Allerdings würde ich an deiner Stelle nicht ausprobieren, ob was dran ist.«

Streichduett auf dem Kasernenhof

Der besagte Chef erwartet uns bereits sehnsüchtig an der Kellertreppe. Extra zu uns herabzusteigen hätte womöglich wertvolle Kalorien verbrannt.

»Meine Herren, ich habe eine neue Aufgabe für Sie. Herr Rogowski, unser Hausmeister, hat bereits alles vorbereitet und erwartet Sie auf dem Parkplatz. Sie haben ihn bisher, glaube ich, noch nicht kennengelernt, weil er im Urlaub war. Viel Spaß!«, grinst er.

Mäßig motiviert trotten wir zum Parkplatz, der dank des Firmenwagens aus Bochum einen gewissen Schrottplatzcharme versprüht. Herr Rogowski tut sein Übriges dazu und stapelt den wohl dreißigsten Liegestuhl auf die neunundzwanzig anderen. Die Sonne brennt unerbittlich. Dem Wetterbericht zufolge ist es der heißeste Juli seit Beginn der Temperaturaufzeichnung. Deohersteller feiern in diesem Sommer bestimmt neue Absatzrekorde. Mir stinkt er trotzdem. Dabei fing hier alles so dufte an.

»Herr Rogowski?«, versuche ich ihn auf uns aufmerksam zu machen.

»Ja?«

»Schöne Grüße von Herrn Schmittke. Andi und Timo, die beiden neuen Zivis, melden sich zum Dienst.«

»Ah, hallo.« Er kommt auf uns zu und gibt uns die Hand. »In den Klamotten könnt ihr aber nicht arbeiten«, schallt uns gleich die erste Anweisung mit polnischem Akzent entgegen.

»Was müssen wir denn machen?«, frage ich.

»Die Liegestühle streichen.«

»Alle?«, quiekt Andi.

»Natürlich. Jedes Jahr. Die bleiben nicht von allein so schön weiß.«

»Ist es nicht viel zu heiß zum Streichen? Wegen der Dämpfe und so«, fragt Andi besorgt.

»Genau«, pflichte ich ihm bei. »Trocknet die Farbe nicht viel zu schnell an? Wäre doch ärgerlich, wenn die nach kurzer Zeit wieder abblättert.«

»Wieso sollte die abblättern, nur weil sie schnell getrocknet ist?«

»Keine Ahnung, bin ja kein Maler. War nur 'ne Vermutung«, antworte ich.

»Wohl eher der typische Versuch von Zivis, sich um die Arbeit zu drücken. Ich schlage vor, ihr zieht euch um, und dann geht's los.«

Wie schön. Unsere brandneuen Overalls kommen zu ihrem ersten Einsatz. Ich wünschte, ich hätte beim Einkauf keinen passenden gefunden. Wie soll ich in dem Ding in der sengenden Hitze körperliche Schwerstarbeit verrichten, ohne zu kollabieren? Andererseits könnte ich den Overall runterkrempeln und mit freiem Oberkörper arbeiten. Wie der Typ in der Cola-light-Werbung. Vor meinem inneren Auge drückt sich Charlotte bereits am Küchenfenster die Stupsnase platt.

»Timo, der Schlüssel!«, reißt mich Andi aus meinem überhitzten Tagtraum.

»Hm?«

»Du hast den Schlüssel für unsere Ziviwohnung. Hab meinen nicht dabei. Darf ich bitten?«

»Du darfst.«

Das Anziehen des Arbeitsoveralls erinnert mich an schlimmste Kfz-Mechaniker-Zeiten. Warum ich den Beruf je lernen wollte, bleibt das größte und bisher ungelöste Rätsel meines Lebens. Vier Jahre Lebenszeit als Hiwi für Drecksarbeiten verschwendet. Jetzt verschwende ich noch ein Jahr als Zivi. Zum Glück nimmt die Lebenserwartung kontinuierlich zu. Das Problem ist nur, dass auch meine Erwartungen an das Leben immer weiter steigen. Die »I-want-to-do-Liste« wird stetig länger. Die verbleibende Zeit dagegen wird trotz des medizinischen Fortschritts langsam knapp. Andererseits hatte ich von meinem Leben schon länger erwartet, dass mir eine MILF über den Weg läuft, die auf Toy Boys steht. Sie wissen nicht, was sich hinter diesen Begriffen verbirgt? Dann wird's langsam Zeit für einen eigenen Internetanschluss. Aber nicht vergessen, den Browserverlauf zu löschen, bevor Ihre bessere Hälfte die Mails checken will!

»Fertig?« Andi steht im Arbeitsoverall in meiner Zimmertür.

»Total. Bei der Hitze Stühle streichen, wie bekloppt ist das denn?«

»Ziemlich. Aber von Akkordarbeit oder darüber, wie viele Stühle wir pro Tag schaffen müssen, hat keiner was gesagt. Bin bei so was sehr gründlich.«

»Richtig! Zivi-Arbeitstempo, hätte ich fast vergessen.«

Dem Modell nach zu urteilen hat sich auf den Liegestühlen noch der Kaiser höchstpersönlich die Sonne auf die Pickelhaube scheinen lassen. Wilhelm, nicht Franz. Immerhin wird er keinen Sonnenbrand bekommen haben. Auf den harten Dingern tut einem dafür viel zu schnell schon unter der Haut alles weh. Die Liegefläche besteht aus einem unnachgiebigen Metallgitter. Nur die Harten liegen im Garten.

Herr Rogowski wartet bereits ungeduldig auf unsere Rückkehr.

»Hier habt ihr beide eine Flex mit Drahtbürste. Schutzbrillen und Ohrenschützer liegen in der Garage. Ich zeige euch, wie es geht.«

Er geht demonstrativ mit gutem Beispiel voran, befolgt die eben erläuterten Arbeitsschutzmaßnahmen und zeigt, wie's gemacht wird. Hoffentlich tut er das sehr ausführlich, dann ist der erste Stuhl gleich fertig.

Leider setzt er die Flex nach einer Minute wieder ab.

»Abschleifen bis runter aufs blanke Metall. Überall dort, wo die Farbe abblättert. Mit Rostschutz drüberstreichen, kurz trocknen lassen und dann mit weißer Farbe. Viel Spaß.«

Viel Spaß ... Viel Spaß am Arsch! Schmittke und er haben offensichtlich denselben gehässigen Humor. Verdammte Schleifer!

Anfangs geht uns die Arbeit recht leicht von der Hand. Mit links ist sie trotzdem nicht zu schaffen. Die Flex wird mit jeder Minute schwerer. Nach einer Viertelstunde läuft die Schweißproduktion unter meinen Achseln mit maximaler Auslastung. Auch die Schweißdrüsen auf meiner

Stirn legen Sonderschichten ein. Ich könnte mir an Ort und Stelle den Overall vom Oberkörper reißen. Bringt nur nix, da Charlotte mit den Hausmädchen außer Sichtweite im Zimmertrakt ist.

Andi setzt seine Flex ab und wischt sich den Schweiß von der Stirn.

»Weißt, was ich jetzt gerne hätte?«, schnauft er.

»Na?«

»Zehn Millionen und Urlaub.«

»Sag bloß.«

»Mensch, Jungs, kommt ihr endlich ins Schwitzen?« Michael steht an der Hintertür zur Küche entspannt im Schatten und zündet sich eine Zigarette an.

»Koch, halt den Rand! Deine Eltern sind Geschwister!«, ruft Andi.

»Genau. Noch so 'n Spruch, und wir polieren statt der Liegestühle deine Fresse mit der Flex«, rufe ich.

Michael schüttelt sich vor Lachen. »Macht das bloß ordentlich! Ich will mich nachher auf einem von den ollen Dingern 'n Stündchen in die Sonne legen.«

»Du kannst dich gehackt legen, Koch«, keucht Andi und wirft seinen frisch in rote Rostschutzfarbe getunkten Pinsel nach ihm. Im letzten Moment weicht Michael aus. Blöd, dass ausgerechnet in dieser Sekunde Schmittke aus der Hintertür kommt und mit seinem Gesicht die Flugbahn des Pinsels kreuzt. Vor Schreck fällt mir die Flex auf den Fuß. Ein Hoch auf die Arbeitsschuhe mit Stahlkappen! Michael fällt fast um vor Lachen. Andi macht sofort einen schwer beschäftigten Eindruck, als ob er von der ganzen Sache nichts mitbekommen hätte. Herr Rogowski, der das Ganze anscheinend von der Garage aus beobachtet hat, schnappt sich einen Lappen und rennt unterwürfig zu Schmittke. Der wiederum läuft unter der roten Rostschutzfarbe noch roter an und brüllt:

»Zivis! Wer von euch war das?«

Zum Glück steht mein Farbeimer inklusive Pinsel direkt neben mir. Andi kann logischerweise nicht mit einem derart wasserdichten Alibi aufwarten. Schmittke kombiniert blitzschnell. Jahrzehntelange Tatort-Erfahrung, nehme ich an.

»Andi! In mein Büro!«

»Toi, toi, toi!«, flüstere ich ihm zu.

Michael hebt den Pinsel auf und bringt ihn, immer noch lachend, zu mir.

»Was für 'ne geile Nummer. Kriegt der Schmittke das Ding direkt auf die Kauleiste. Hatte eh zu gelbe Zähne.«

Ich nehme den Pinsel und versenke ihn in Andis Farbeimer. Etwas besorgt bin ich schon.

»Dürfte dem Schmittke gar nicht geschmeckt haben.«

»Nee, wahrscheinlich nicht«, meint Michael. »Dabei futtert der sonst alles. Aber verdient hat er's. Was geht er auch immer bei uns scheißen.«

»Bitte?«

»Der geht regelmäßig vor der Mittagspause hinten auf unser Personalklo und seilt in aller Ruhe einen ab. Unter 'ner Viertelstunde macht der's nicht. Will zu Hause wohl das Wassergeld sparen.«

»Was? Der stinkt dir die Bude voll?«

»Toll, oder?« Es sieht nicht so aus, als ob Michael heute noch mal aufhören wird zu lachen.

»Der geht jeden Tag nach hinten und macht die Pfanne voll? So luxuriös ist das Kabuff neben deiner Kartoffelschälmaschine nun auch nicht.« Ich kann es kaum glauben.

»Tja, hat halt jeder seine Vorlieben. Vielleicht beruhigt ihn das Rattern der Maschine. Oder es wird bei ihm immer etwas lauter, und die Maschine übertönt den Moment, wenn seine Wurst das Licht der Welt erblickt.«

»Oder er fühlt sich dort einfach wohl und kann in deiner Nähe am besten seinen Schließmuskel entspannen.«

»Oah, Hilfe!«

»Häng doch ein Foto von dir ins Scheißhaus. Vielleicht schafft er es dann in unter fünf Minuten.«

»Gott, diese Bilder in meinem Kopf!«, stöhnt Michael. »Ich will das nicht!« Er drückt seine Zigarette aus und verschwindet in die Küche.

Notgedrungen widme ich mich wieder meiner Sklavenarbeit. Viel schlimmer kann es auf Baumwollplantagen auch nicht gewesen sein. Leider scheint mein Sträflingsoverall nicht aus Baumwolle, sondern aus hundert Prozent Polyester zu sein. Mir steht das Schwitzwasser bis zum Hals. Aber egal, bevor mein Sklavenhalter mit der Verbalpeitsche auftaucht, zeige ich lieber vollen Einsatz.

Fünf Minuten später ist Andi wieder am Platz.

»Wie lautet das Urteil?«, frage ich.

»Kerker.«

»Das heißt?«

»Tageslicht ist für mich nach dem Streichen erst mal gestrichen. Wenn wir fertig sind, muss ich den kompletten Flur zum Vorratskeller neu fliesen. Warst du mal da unten? Michael nennt es das schwarze Loch. Und das nicht nur, weil er dauernd Sachen verschwinden lässt. Ich werde mit 'ner Grubenlampe auf dem Kopf arbeiten müssen.«

»Dafür haste reichlich Schatten.«

»Stimmt. Ich Glückskind. Wie viel Grad haben wir eigentlich? Fuffzich?«

»Mehr. Stehen in dem Keller unterm Schlaftrakt nicht ein paar Sonnenschirme rum?«

»Echt? Das fällt dir erst jetzt ein?« Andi lässt sofort den Pinsel fallen. Zusammen machen wir uns auf den Weg zum Schlaftrakt.

»Wo wollen Sie denn hin, meine Herren? Sind Sie fertig?«, ruft Schmittke, als wir an seinem Büro vorbeischleichen.

»Mit Jack und Büx! Deswegen wollen wir uns die alten Sonnenschirme aus dem Keller holen. Im Schatten können wir viel schneller arbeiten«, antworte ich.

»Die Jugend von heute, kann nichts mehr ab. Sie dürfen bei dem herrlichem Wetter an der frischen Luft arbeiten und nicht wie ich im stickigen Büro – aber Sie mosern rum.«

»Wir können gerne tauschen. Meine Flex steht Ihnen jederzeit zur Verfügung.«

»Danke, nett gemeint. Leider muss ich ablehnen. Bin untröstlich. Möchte Ihnen meine Last der Verantwortung nicht zumuten.« Als ob es die Last auf seinen Schultern wäre, die ihn so in die Breite drückt.

»Da geht's Ihnen anders als uns. Wir würden Ihnen die Last unserer Arbeit gern zumuten.«

»Sehen Sie zu, dass Sie weiterkommen«, befiehlt Schmittke mit geballter Faust. Andi und ich sehen vor allem zu, dass wir aus seiner Reichweite kommen.

»Aaarrrggg, Spinnweben!«, flucht Andi auf der Kellertreppe. In weiser Voraussicht habe ich ihm den Vortritt gelassen. Haargel und Spinnweben vertragen sich nicht besonders gut. Klebt ewig. Phantomkitzeln inklusive. Bis zur nächsten Dusche wischt man sich wie ein Gestörter immer wieder durch die Haare und übers Gesicht – und sieht dabei aus wie einer, der nicht mit seiner Eitelkeit klarkommt.

»Wo genau willst du die Sonnenschirme denn gesehen haben?«, murrt Andi, während er sich mit der Hand durch die Haare fährt.

»Die müssen hier gleich irgendwo sein. Hab ich letztens auf der Morgenrunde entdeckt.«

»Das ist auch so ein Blödsinn, diese Morgenrunde, oder? Rennt man sich eine halbe Stunde lang die Hacken ab, nur um irgendwelche Messuhren abzulesen. Als ob irgendjemand die Listen jemals kontrollieren würde.«

Andi ist angesichts seiner bevorstehenden Kerkerhaft in Meckerlaune. Ich finde die Morgenrunde total nett. Einer von uns muss jeden Morgen um sieben Uhr durch das Haus und über das ganze Gelände laufen. Hauptsächlich, um Messuhren abzulesen und die Werte in Tabellen einzutragen, die daneben liegen. Währenddessen hat man seine Ruhe und muss bis zur Frühstückspause um Viertel vor acht nicht wirklich arbeiten. Oder, was noch schlimmer wäre, mit jemandem reden. Am besten ist der Kontrollgang über das Außengelände. Ich hasse es zwar, früh aufzustehen, aber diese unverbrauchte, kühle, klare Morgenluft liebe ich. Das Highlight: die Kontrolle der hauseigenen Badestelle. Über eine steile Treppe mit höchst individuell geformten Stufen – jede hat eine andere Höhe, Breite und Tiefe – gelangt man auf eine kleine, morastige Wiese mit einem zehn Meter ins Wasser ragenden Pontonsteg. Am Rande des abgetrennten Nichtschwimmerbereichs dümpeln zwei alte Ruderboote friedlich vor sich hin. Bei meinem ersten Kontrollgang wurde mir klar, was Schmittke nach dem Kauf der Overalls angedeutet hatte. Auf dem Steg machen es sich tagsüber weitaus mehr Enten als Badegäste gemütlich. Leider, denn Badegäste würden vermutlich nicht draufkacken. Enten schon. Also müssen wir Zivis jeden Morgen einen borstigen Besen aus einer der beiden verwitterten Umkleidekabinen der Holzklasse holen, ihn ins Wasser tauchen und die Scheiße wegschrubben. Geht allerdings auch ohne Overall. Zumindest, wenn man schlau und wach genug ist, den Besen wegzustoßen, statt ihn zu sich heranzuziehen.

Nachdem dieser letzte Punkt auf der morgendlichen Checkliste abgehakt ist, kommt die Belohnung. Zehn Minuten an der Spitze des Stegs stehen und einfach nur genießen: den Blick auf den spiegelglatten See mit den langsam aufsteigenden Nebelschwaden, die Silhouette der Stadt und die erwachenden Enten. Die nur darauf warten, dass ich gehe, um meinen sauberen Steg wieder vollkoten zu können. Bis zu meiner Frühstückspause müssen die sich allerdings ab jetzt immer gedulden.

»Timo?«, ruft Schmittke, als wir mit zwei Sonnenschirmen, deren Stoffmuster schon in den Siebzigern als retro galten, am Büro vorbeilaufen.

»Ja, bitte?«

»Nächste Woche geht's für Sie auf Zivilehrgang.«

»Was für 'n Lehrgang? So kurzfristig?«

»Der Brief ist irgendwie zwischen meinen Tisch und den Rollschrank gefallen.«

»Klasse! Muss ich eine Woche irgendwo im Nirgendwo mit einem Haufen langhaariger Kiffer sinnlose Seminare besuchen?«

»Sie haben es erfasst. Allerdings sollen das überaus sinnvolle Seminare für Ihre staatsbürgerliche Bildung sein, hab ich gehört. Vater Staat wird sich schon was dabei gedacht haben. Man weiß nur nicht so genau, was.«

»Wo genau findet das denn statt?«

»In der Nordheide. Kurz hinter Hamburg. Da sind Sie ganz ungestört.«

»Da bin ich am Arsch der Heide.«

»Umso besser. Dann können Sie sich voll und ganz auf das angebotene Programm fokussieren. Ohne jede Ablenkung«, lacht der mir vorgesetzte Sadist. »Machen Sie sich nichts draus, Timo. Den Berichten Ihrer Vorgänger zufolge ist das wie eine Abifahrt – nur mit mehr Alkohol.«

Die Tage bis zu meiner Reise ins niedersächsische Outback gehen als die schweißtreibendsten in die Geschichte meines Arbeitslebens ein. Schleifen, Pinseln und Liegestühleschleppen von morgens bis abends. Bis zur Rente halte ich das definitiv nicht aus. Womöglich noch nicht mal bis zum Studium.

Kameradin Lena

Die Zugfahrt zu meinem einwöchigen Kuraufenthalt auf Staatskosten beginnt vielversprechend – und verspätet. Wegen technischer Störungen. Bei der Bahn ein Synonym für gestörtes Management. Wer nur in die Schönung der Bilanzen investiert, um den Laden für den Börsengang aufzuhübschen, muss sich über Zugausfälle nicht wundern.

Auf dem Bahnsteig nähert sich die mühsam anerzogene Frustrationstoleranz einiger Wartender, die längst Fahrgäste sein wollten, ihrer Grenze.

»Den Mehdorn sollte man auf die Gleise legen!«, pöbelt ein Mann, der sich sonst mit Sicherheit überdurchschnittlich viel auf seine bürgerlichen Werte einbildet, in seinen Blackberry.

Eine Mutter, die mit ihrem Kind noch weniger Geduld hat als mit Mehdorn, stimmt ihm eifrig zu und schlägt vor, den amtierenden Bahnchef besonders langsam mit der Lok zu vierteilen. Kurz bevor die zivilisatorischen Errungenschaften der letzten Jahrtausende völlig erodieren, erklingt eine Lautsprecherdurchsage.

»Aufgrund einer Person im Gleis bleibt die Strecke Eutin-Hamburg zwischen Eutin und Lübeck bis auf Weiteres gesperrt. Es wird zeitnah ein Schienenersatzverkehr mit Taxen bereitgestellt. Bitte achten Sie auf die Aufschrift ›Im Auftrag der Deutschen Bahn‹.«

»Guck an, da hatte einer die gleiche Idee wie wir und ist uns zuvorgekommen«, meint der Geschäftsmann zufrieden zur überforderten Mutter.

Das Gedränge am Taxistand gleicht dem an den Rettungsbooten der Titanic. Spätestens jetzt wird der Rest an Anstand, den man sich bei der Auswahl der Tötungsarten eben noch bewahrt hat, über Bord geworfen. Versteckte Ellbogenchecks sind nur die Spitze des Eisbergs.

Ich halte mich vornehm zurück und bleibe in Sichtweite einer Brünetten mit blonden Strähnchen. Immer wieder werfen wir uns wissende Blicke zu, rollen mit den Augen und lächeln uns an. Nach zehn Minuten ist der größte Teil des Mobs in den ockergelben Autos verstaut und abtransportiert.

»Tja, wollen wir?«, fragt mich meine Schwester im Geiste.

»Ja, wird Zeit«, nicke ich. »Lass uns rüber zu dem Van gehen, es muss ja nicht immer ein Mercedes sein.«

Wir schlendern zu einem Touran-Taxi und verstauen unser Gepäck im Kofferraum. Der Fahrer bleibt ungerührt sitzen. Wozu auch aussteigen, die Fahrt bezahlt eh die Bahn. Übertriebene Freundlichkeit ist nicht im Fixpreis inbegriffen. Der Fahrgast soll sich wohl trotz der Umstände fühlen wie in der Bahn. Auf Trinkgeld scheint unser Fahrer sowieso nicht zu hoffen.

Kurz bevor wir einsteigen, drängelt sich eine Frau an uns vorbei, die offensichtlich mehr Haare auf den Zähnen hat als der Taxifahrer auf dem Kopf. Kein Problem, den Beifahrersitz kann sie gerne haben. Bei Fahrten mit Chauffeur bevorzuge ich den Fond. Kaum sind wir losgefahren, halten wir wieder an. Ein Typ in meinem Alter reißt auf der Beifahrerseite die hintere Tür auf.

»Kann ich noch mit?«, fragt er hektisch.

»Ja, aber zackig! Der Anschlusszug in Lübeck wartet nicht auf uns«, brummt der Fahrer. Ich sag ja: wie bei der Bahn.

Die halb blondierte Brünette schnallt sich ab, rückt in die Mitte und damit näher an mich ran. Pfirsichartig süße Pheromone strömen in meine Nase. Unsere Beine und Arme schmiegen sich notgedrungen aneinander. Nur ganz leicht, aber es reicht, um mein Hirn mit Glückshormonen zu überfluten. Ich fühle mich augenblicklich geborgen. Wir beide gegen den Rest der Welt. Nein, ich stehe nicht in Flammen. Ja, okay, sie ist hübsch, aber ich will ihr nicht an die Wäsche. Jedenfalls nicht sofort. Mein Gott, ich bin halt auch nur ein Mann!

»Geht das?«, fragt sie mich.

»Alles gut. Und bei dir? Soll ich versuchen, noch etwas weiter nach außen zu rücken?«

»Wo willst du denn hin? Mehr als zwei Millimeter Luft dürften es bis zur Tür nicht mehr sein. Oder möchtest du dich für mich während der Fahrt nach draußen hängen?«

»Das wäre es vielleicht wert.«

»Wieso?«

»Wenn ich rausfalle, hättest du mich auf dem Gewissen und würdest dein Leben lang an mich denken.«

»Wohl kaum. Ich würde dich verdrängen.«

»Gut zu wissen. Hätte ich also nix von.«

»Du sagst es.«

»Von einem Kaffee mit dir im Zug hätte ich allerdings sehr viel.«

»Weil du glaubst, du kriegst einen Schluck von meinem ab?«

»Will ich gar nicht. Ich trinke nur Tee.«

»Öko!«

»Gar nicht! Kaffee ist mir einfach zu bitter. Am liebsten trinke ich eigentlich heiße Schokolade«, sinniere ich.

»Du schickst deinen Männlichkeitsindex grade mächtig auf Talfahrt, weißt du das?«

»Das dachte ich eben auch. Am besten schneide ich mir die Stimmbänder durch.«

»Schön wär's«, brummt der Taxifahrer.

Die Augenbrauen bis zum Anschlag hochgezogen, schauen die Blond-Brünette und ich uns wieder an. Ich muss unbedingt fragen, wie sie heißt.

»Ich bin übrigens die Lena«, kommt sie meiner Frage zuvor.

»Und ich der Timo. Setzt du immer einen Artikel vor deinen Namen?«

»Nee, ach Mann, ist mir in dem Moment auch aufgefallen«, lacht sie und wird leicht rot. Süß. Sie scheint auf jeden Fall nett zu sein.

»Tut mir leid, dass ich die Flugzeuge im Bauch kurz bremsen muss, aber wir sind gleich da«, brummt es nach einer Weile wieder von vorn.

»Gibt es Sie auch mit guter Laune?«, fragt Lena den Fahrer. Die Frau traut sich was. Genau so eine bräuchte ich als Kumpel. Wenn mich jemand unverschämt behandelt, bin ich viel zu zurückhaltend und nehme es meistens unkommentiert hin.

Wir lassen unseren Chauffeur sprachlos zurück und ziehen die Koffer im Stechschritt zu den Bahngleisen.

»Wohin musst du?«, frage ich Lena.

»Ich besuch noch 'ne Freundin und fahr dann nach Bargteheide. Und du?«

»Zum Zivilehrgang. Mitten in die Pampa, irgendwo hinter Hamburg.«

»Klingt ultraspannend.«

»Sagt die, die nach Bargteheide fährt.«

»Touché. Du hast dich demnach vor der Bundeswehr gedrückt?«

»Was heißt hier ›gedrückt‹? Ich habe mich dazu entschlossen, ein Jahr meines kostbaren Lebens in den Dienst der Allgemeinheit zu stellen. Ihr Frauen tut weder das eine noch das andere.«

»Wir stellen unser ganzes Leben in den Dienst der Allgemeinheit«, protestiert sie, als wir mit dem Piepen der Türen in den Zug Richtung Hamburg springen.

»Wie das denn?«

»Na, wir lassen uns das Bindegewebe von euren Stammhaltern ruinieren, drücken neues Leben durch den Geburtskanal, kümmern uns um die Aufzucht, erledigen stupide haushaltsnahe Tätigkeiten, spülen unsere Karriere mit der Schwangerschaftskotze das Klo hinunter, versauen uns mit Halbtagsjobs die Rente ...«

»Ja, ja, hör auf, sonst muss ich weinen.«

»Das ist auch zum Heulen!«

Wir annektieren eines der leeren Sechserabteile. Offensichtlich haben es nicht alle rechtzeitig zum Anschlusszug geschafft. Ein rücksichtsloser Taxifahrer, der Geschwindigkeitsbegrenzungen flexibel auslegt und Einbahnstraßen entgegen der Fahrtrichtung für Abkürzungen hält, hat eben seine Vorteile.

Die Klimaanlage im Zug funktioniert selbstverständlich nicht. Das Deutsche-Bahn-Paradoxon. Entweder die Klimaanlage und die Heizung laufen auf Hochtouren. Dann ist es im Sommer arschkalt und im Winter kochste bei dreißig Grad vor dich hin. Oder beides fällt aus – dann ist es im Winter arschkalt und im Sommer brüllend heiß. Wir lassen die Abteiltür auf und schieben mit vereinten Kräften das Fenster im Flur nach unten. Die Klimaanlage des kleinen Mannes.

»Die Aufzucht der Lütten kannst du dir später mit deinem Freund ja besser aufteilen«, knüpfe ich an unser Gespräch an, nachdem wir uns auf den Fensterplätzen häuslich eingerichtet haben.

»Du meinst, er soll die Kinder bekommen und stillen?«

»Das vielleicht nicht, aber statt dir könnte er zu Hause die Füße hochlegen. Dafür gehst du raus und holst die Kohle ran.«

»Chauvinist! Kinder großzuziehen und den Haushalt zu schmeißen ist Schwerstarbeit.«

»Umso mehr ein Grund für dich, der Sache aus dem Weg zu gehen.«

»Weiß gar nicht, ob ich Kinder will. Meine Eltern nerven mich jetzt schon deswegen.«

»Mit spitzen Bemerkungen bei Familienfeiern?«

»Jep, vor versammelter Mannschaft. Meine Schwestern haben längst Kinder. Mein Bruder hat sogar zwei von diesen Schreihälsen produziert. Ich bin wieder das schwarze Schaf – ohne Lämmchen.«

»Das nur an seine Karriere denkt, richtig?«

»Richtig! Hast du mit meiner Mutter gesprochen?«

»Nee, aber ich spreche jetzt mal mit dem Kellner.«

Der Saftschubser im Dienste der Deutschen Bahn erreicht unser Abteil.

»Kaffee, Tee, Snacks?«

»Einen Kaffee für die Dame, bitte, und eine Cola für mich.«

»Mit Milch und/oder Zucker?«, fragt er so routiniert wie tonlos.

»Mit viel Milch und noch mehr Zucker«, antwortet Lena mit Blick auf die schwarze Plörre, die aus der Pumpkanne in den Plastikbecher spritzt.

Um vor Lena nicht als Geizhals dazustehen, runde ich den Wucherpreis von 5,90 Euro auf sieben auf.

Sie schaut skeptisch in ihren Becher.

»Tja, vielen Dank dem edlen Spender und Prost!«

»Prost! Ich drück die Daumen.«

»Wofür?«

»Dass du den ersten Schluck überlebst.«

»Danke.« Sie kneift die Augen zusammen und riskiert's.

»Und?«, frage ich.

»Mhm, Milch und Zucker waren 'ne gute Idee. Trotzdem danke. Kaffee ist Kaffee. Ein Morgen ohne Koffein ist möglich, aber sinnlos.«

»Loriot-Fan?«

»Nee, wieso?«

»Egal. Hauptsache, du erzählst deinem Freund nicht, dass ich dir morgens noch einen Kaffee spendiert habe. Könnte zu unschönen Missverständnissen führen.«

»Weil er glauben könnte, ich sei fremdgegangen?«

»Zumindest im ersten Moment.«

»Das würde bedeuten, ich wäre blöd genug, ihm die Sache zu beichten. Oder noch schlimmer: mich ungewollt zu verplappern.«

»Du würdest ihm keinen Seitensprung beichten?«

»Natürlich nicht! Wer fremdgeht, sollte wenigstens konsequent sein und es für sich behalten. Erst guten Sex außer Haus genießen und dann ein schlechtes Gewissen haben, das macht keinen Sinn.«

»Das heißt, du bist schon mal fremdgegangen und spielst mit dem Gedanken, es wieder zu tun?«

»Ist das ein Angebot oder eine Frage?«, grinst sie.

»Eine Frage. Die nicht zweideutig gemeint ist. Tut mir leid, dich enttäuschen zu müssen.«

Sie stampft mit einem Fuß auf den ramponierten Teppichboden. »Verdammt, und ich wollte dich gerade in den Schlafwagen zerren.«

»Hab ich vollstes Verständnis für, schließlich sehe ich ähnlich gut aus wie der Typ aus der Cola-light-Werbung.«

»Der mit dem freien Oberkörper? Wovon träumst du nachts? Nein, sag's mir lieber nicht! Zu deiner Frage: Man geht nur fremd, wenn es in der Beziehung nicht mehr stimmt. Ein Seitensprung beschleunigt die Trennung nur, unausweichlich ist sie schon vorher.«

»Interessante Theorie.«

»Gelebte Praxis.«

»Auch interessant.«

Das Schöne an solchen Begegnungen ist, dass man den anderen nie wiedersehen wird. Also kann man sich selbst bei sehr persönlichen Dingen sagen: Hau raus, Kamelle! Lena scheint diese Einstellung definitiv zu teilen. Am Hamburger Hauptbahnhof wissen wir mehr voneinander als manche unserer Freunde. Leider trennen sich unsere Wege wenige Sekunden später.

»Tja«, werde ich beim Ausstieg an Gleis zwei plötzlich einsilbig.

»Tja«, seufzt Lena.

»Hat mich wirklich sehr gefreut, Lena!«

»Mich auch! Im Grunde müssten wir der Bahn für die technische Störung dankbar sein.«

»Jetzt wollen wir mal nicht übertreiben. Den Mehdorn sollte man trotzdem auf die Gleise werfen.«

»Was?«

»Ach, nichts. Die Zugfahrt werde ich jedenfalls nicht so schnell vergessen«, gebe ich offen zu.

»Dito ... Sag mal, wie spät ist es eigentlich?«

»Gleich Viertel vor elf.«

»Gleich?«

»In zwei Minuten.«

»Shit, dann steht dort drüben an Gleis sechs mein Anschlusszug.«

»Der, der eben aufgerufen wurde?«

»Genau der!« Lena schnappt sich ihren Koffer, zögert kurz, rennt los und winkt mir beim Laufen zu. »Tschüss!

Vielleicht sehen wir uns mal wieder«, ruft sie mir von der Rolltreppe aus zu.

»Hoffentlich!« Weg ist sie. Samt ihrer Telefonnummer, nach der ich zu feige war zu fragen.

Ich muss ebenfalls die Hacken in den Teer hauen, falls ich meinen Anschlusszug noch kriegen will. Dabei will ich den gar nicht kriegen. Ich muss.

Boot-Camping

Die Zivischule liegt nur einige Hundert Meter vom örtlichen Bahnhof entfernt. Zu verfehlen wäre sie ohnehin nicht. Man muss nur der endlosen Schlange junger Männer mit Rollkoffern und frustrierten Gesichtsausdrücken folgen.

In einer viel zu kleinen Eingangshalle kommt der Kopf der Schlange zum Erliegen. Leider gehöre ich zum Schwanz und darf draußen im Nieselregen stehen bleiben. Die Schlange hinter dem Anmeldetresen ist natürlich noch frustrierter als wir und wahrscheinlich obendrein noch untervögelter. Dementsprechend sieht sie es auch gar nicht ein, ihr Tempo dem Arbeitsaufkommen anzupassen. Schließlich wollen wir etwas von ihr und nicht umgekehrt, glaubt sie. Dabei wollte von der schon lange keiner mehr was.

Nach einer knappen halben Stunde – der Nieselregen hat sich mittlerweile zu einem kapitalen Niederschlag gemausert – bin ich an der Reihe.

»Name?«

»Timo Feuer.«

»Dienststelle?«

»St.-Stephanus-Haus.«

Mit dem Einfingersuchsystem füllt sie das Anmeldeformular aus. Ihr PC scheint eins der ersten Modelle von

Aldi zu sein. Aber warum sollte sie den auch gegen ein schnelleres Modell eintauschen? Der ist schließlich noch gut. Außerdem ist eine Maschine immer nur so gut wie der Mensch, der sie bedient. Ich für meinen Teil bin bereits mehr als bedient. Endlich darf ich den überflüssigen Ausdruck unterschreiben.

»Leserlich!«, ermahnt sie mich.

»Dann ist es aber keine Unterschrift, sondern mein Name in Schreibschrift. Wie ich heiße, steht ja drüber.«

Ausdruckslos schaut sie mich an. »Sie wollen sich hier wohl gleich am ersten Tag Freunde machen, was?«

»Ja, aber nur jenseits des Anmeldetresens.«

Ich unterschreibe so unleserlich wie möglich, nehme mir den zugewiesenen Zimmerschlüssel und trotte mit meinem Koffer zum Haus »Goldkehlchen«. Auf dem Weg dorthin komme ich an drei weiteren Vogelhäusern vorbei: »Amsel«, »Fink« und »Star«. Zwangskreative Beamte, schlimm. Besser gesagt Beamtinnen. Ein Mann hätte die Häuser wenigstens »Adlerhorst« oder »Haus Habicht« genannt. Klang den Beamtinnen bestimmt zu militaristisch. Die Namen sind wohl trotzdem Programm. Laut Schmittke werden wir uns hier ja mächtig einen zwitschern.

Die Wohnheime liegen mitten in einem zugewachsenen Park. Das Ganze könnte zu einer Kurklinik gehören. Einzelzimmer sind Papa Staat jedoch zu viel des Luxus. Privatsphäre wird überschätzt, zum Beispiel von mir. Hauptsache, die olle Hexe vom Anmeldetresen hat mich nicht mit einem Loser in ein Zimmer gesteckt. Sonst besteht die Gefahr, dass ich die ganze Woche nicht aus der Loser-Ecke rauskomme. Man kennt das: Die anderen Loser nehmen Witterung auf, und zack, hat man die gesamte Meute an der Backe. Wodurch die Kontaktaufnahme mit Leuten, die unter Spaß mehr als Level zwanzig bei irgendeinem Videospiel verstehen und die weibliche Anatomie nicht nur aus dem Biounterricht kennen, erheblich erschwert wird.

Mein Mitbewohner heißt Henning und sieht auch so aus. Im Brockhaus dürfte neben dem Eintrag »Loser« sein Bild zu finden sein.

»Möchtest du am Fenster oder am Bad schlafen?«, beginnt er die Unterhaltung mit der unvermeidbarsten und egalsten Frage überhaupt.

»Ist mir total egal. Am besten in dem Bett, das am wenigsten durchgelegen ist.«

»Dann würde ich ein Hotel empfehlen.« Humor hat er. Könnte erträglicher werden als befürchtet.

Wir beziehen unsere Betten im Schnellverfahren. Kasernen-Feeling light.

»Schon kurz vor drei«, ruft Henning plötzlich.

»Ja, und? Zeit für 'n Kaffee und 'n Stück Schwarzwälder-Kirsch?«

»Nee, wir müssen ins Hauptgebäude. Heute werden die Kursplätze für die Woche vergeben.«

»Woher weißte das denn?«

»Hat die am Empfang gesagt.«

»Ach toll, mir nicht!«

Der Essensraum im Hauptgebäude platzt wie die dicke Schlange bei der Anmeldung aus allen Nähten. Außer mir unterhalten sich alle pseudomäßig mit ihren Zimmernachbarn, um möglichst locker zu wirken. Wüsste gar nicht, was ich Henning fragen sollte. Seine Antworten würden mich sowieso nicht interessieren.

»Meine Herren«, versucht sich ein Mann um die fünfzig im Cordsakko Gehör zu verschaffen. Wie auf Kommando verstummt das Stimmengewirr. Sag ich ja: Pseudogespräche.

»Meine Herren, herzlich willkommen in der Zivildienstschule Buchholz. Vor Ihnen liegt eine hoffentlich interessante Woche mit vielen neuen Erkenntnissen und spannenden Begegnungen.«

Gott, bin ich müde! Der chloroformiert innerhalb von fünf Sekunden das ganze Publikum. Solche narkotisierenden Reden sollten unter das Arzneimittelschutzgesetz fallen und verboten werden.

»Deshalb möchte ich Sie bitten, sich gleich zu den Seminarräumen zu begeben, um sich für den Wochenkurs Ihrer Wahl einzutragen.«

Sofort drängeln die Ersten zum Ausgang. Abitur in der Tasche, aber seit der ersten Klasse nichts dazugelernt. Wieso hören manche nie richtig zu?

»Ich sagte ›gleich‹, meine Herren. Oder wollen Sie vorher nicht wissen, welche Kurse und Dozenten zur Auswahl stehen?« Mit einem krampfhaft lässigen Na-gut-Lächeln drehen sich die Zufrühgeher wieder um.

Die Vorträge der nun folgenden Dozenten ziehen sich in die Länge wie Magnum-Kondome unterm Wasserhahn. Die Themen der angebotenen Kurse sind: die Schere zwischen Arm und Reich, Neoliberalismus versus demokratischer Sozialismus sowie soziale Marktwirt schaft im Spannungsfeld zwischen Umverteilung und Turbokapitalismus. Über das Auditorium legt sich bleierne Müdigkeit. Innerhalb von zehn Minuten sind alle komplett sediert.

Ich beschließe, mich so zu verhalten wie jeder aufgeklärte Bürger bei der Bundestagswahl: Ich entscheide ausschließlich nach Sympathie. Inhalte? Drittrangig. Was zählt, ist der Dozent und wer im Kurs neben mir sitzt. Damit fällt die Wahl deutlich leichter, denn nur der letzte Anästhesie-Beamte auf der Bühne hat Humor. Offensichtlich steht er kurz vor der Pensionierung. Dementsprechend kann ihm alles egal sein. Er redet frei von der rotweinstrapazierten Leber weg. Dummerweise wird bei seinen Gags anhand der dankbaren Publikumsreaktion sofort klar, dass ich diesen Plan nicht exklusiv für mich habe. Wenigstens zahlt sich jetzt mein Zuspätkommen aus. Henning und ich stehen genau am Eingang zum Speisesaal und legen nach dem Go-Signal des Schulleiters einen Kickstart hin. An der aufgestellten Schwingtür zum Seminartrakt kommt Henning kurz ins Straucheln. Für einen Moment keimt in mir Hoffnung auf. Vielleicht verliert er den Anschluss und damit das Rennen um die Plätze in meinem Kurs. Leider wird Henning stattdessen von der nachdrängenden Büffelherde aufgefangen und automatisch weitergeschoben.

In Raum C stürme ich zum Lehrerpult, auf dem die Liste liegt.

»Wieso steht hier als Dozent Herr Kolle?«, frage ich die am Pult sitzende Sekretärin. »Ich dachte, das wäre der Kurs von Herrn Lüdkers?«

»Lüdkers ist nicht in Raum C, sondern D«, antwortet sie überdeutlich.

»Nee, ne? Warum hatte der Typ auf der Bühne nicht so eine klare Aussprache wie Sie?«

»Vielleicht haben Sie ihm einfach nicht so gut zugehört wie mir?«, kontert sie.

Hm, Mist! Bin offensichtlich keinen Deut besser als der Rest.

An die fünfzig Leute vollführen gemeinsam mit mir eine 180-Grad-Wende, die beim Synchronschwimmen olympisches Gold verdient hätte. Der Türrahmen wird zum Nadelöhr. Mit gesundem Einzelkind-Egoismus schaffe ich es gerade noch rechtzeitig in Raum D und kann meinen Namen in das letzte freie Kästchen auf der Liste setzen.

»Tut mir leid, meine Herren, der Kurs ist voll«, beendet die dortige Sekretärin die Einschreibung.

Danke, Gott! Einen öden Kurs UND einen drögen Dozenten hätte ich nicht überlebt. Dem Tod an der Front von der Bajonettklinge zu springen, aber sich dann als Zivi wegen akuter Langeweile selbst umzubringen wäre nun wirklich sinnlos. Mit Lüdkers könnte es unterhaltsam werden. Auch der Kurs ist das geringste der verfügbaren Übel: der mit dem Spannungsfeld und der sozialen Marktwirtschaft. In »Wirtschaft/Politik« hatte ich in der Schule immer eine solide Zwei.

Um siebzehn Uhr ist ein kurzes Warm-up mit Begrüßungsrunde angesagt. Lüdkers kommt pfeifend in Raum D und wirft seine abgewetzte Ledertasche aufs Pult.

»Moin, meine Herren. Alle an Bord?« Sag ich doch, wird unterhaltsam.

»Mein Name ist Lüdkers. Aber Freunde nennen mich Volker. Für Sie also Herr Lüdkers.« Ist der nur witzig oder bekloppt? Angesichts des ungläubigen Lachens im Raum scheint diese Frage in zwanzig Gehirnen gleichzeitig aufzupoppen.

»Bevor ich Ihnen erzähle, auf was Sie sich in dieser Woche mehr freuen dürfen als auf Ihre Freundin nach zehn Monaten auf See, würde ich vorschlagen, Sie stellen sich kurz vor. Einfach reihum. Am besten fangen wir hier vorne rechts an.«

Hatte ich erwähnt, dass ich vorne rechts sitze? Nein, ich bin kein Streber. Eher ein Zuspätkommer, den das Leben bestraft. Das Liebesleben bestraft bekanntlich eher die Zufrühkommer. Ob Sadomasochisten deshalb extra früh kommen? Ich schweife ab. Herr Lüdkers steht mittlerweile unmittelbar vor mir.

»Na, mien Jung, biste gedanklich beim Landgang mit deiner Freundin? Magste uns trotzdem was über dich erzählen?«

Toll, keine vier Stunden hier und schon der ganzen Truppe als Pointe zum Fraß vorgeworfen worden.

»Aye, Captain. Mein Name ist Feuer. Aber meine Freunde nennen mich Timo. Für euch also Herr Feuer.« Lacher. Ausgeglichen! Er versucht erst gar nicht, sein Schmunzeln zu unterdrücken. Sehr sympathisch. »Ich komme aus Eutin und mache dort meinen Zivildienst in einem christlichen Freizeitheim als Hilfshausmeister und Junge für alles«, fahre ich fort. »Laut meinem letzten

Zeugnis bin ich hochschulreif, dachte mir aber, ein Jahr Pause vor dem ganzen Unistress kann nicht schaden.« Applaus, schätze das Rudel hat mich akzeptiert.

»Sehr vernünftig«, lobt Herr Lüdkers, »das Studentenleben ist bekanntlich noch aufreibender als das eines Zivis. Gut, dass Sie sich vorher etwas schonen. Der Nächste, bitte.«

Einen Vorteil hat das Zuspätkommen schon: Mein Sitznachbar ist nicht Henning. Der hätte sonst garantiert versucht, den Namens-Gag zu wiederholen. Langweiler werden nie kapieren, dass ein Witz nur einmal funktioniert.

»Mein Name ist Jan. Ich komme aus Kiel, fahre dort warmes Mittagessen spazieren und frage mich ansonsten, wozu diese Woche gut sein soll.« Mit dem kann man was anfangen.

»Das verrate ich Ihnen gern«, entgegnet Herr Lüdkers. »Aus Ihnen sollen durch den Dienst an der Gemeinschaft – statt an der Waffe – nicht nur bessere, sondern auch gebildetere Menschen werden. Ihnen würde ich zum Beispiel als Erstes beibringen, wie Sie einen Pullover richtig herum anziehen.«

Jan schaut an sich herunter.

»Den trägt man so! Das ist total hip, wurde mir gesagt.«

»Von wem?«, fragt Lüdkers.

»Von meiner Freundin.«

»Sehen Sie, genau darum geht es in dieser Woche: sie zu mündigen und selbstständig denkenden Bürgern unseres wunderschönen Vaterlandes zu machen. Damit Sie zum Beispiel vernünftige Konsumentscheidungen treffen und sich nicht von jedem verkackeiern lassen, der Brüste hat.«

»Meine Freundin hat aber sehr schöne Brüste«, protestiert Jan.

»Das sichert Ihnen natürlich mein Verständnis als Mann, aber keineswegs als Lehrer. Ich werde Sie diese Woche ganz besonders im Auge behalten, Jan.«

Sehr gut, damit bin nicht ich das Sprüche- und Tafelopfer Nummer eins.

Nach Jan geht die Vorstellungsrunde so unterhaltsam und spannend weiter wie eine ARD-Vorabendserie. Nur einer ragt aus dem eintönigen Persönlichkeitsbrei heraus: David. Betonung nach hasselhoffscher und nicht nach biblischer Art: Däiwid.

»Ich komm aus der Nähe von Bremen. Wollte erst zum Bund, aber die Panzerfahrer haben mich nicht genommen, und auf den anderen Kinderkram hatte ich keinen Bock. Wenn, dann richtig. Tja, und deswegen mach ich jetzt meinen Zivildienst im Altersheim.«

»Aus Überzeugung?«, hakt Lüdkers nach.

»Nee, aus Blödheit. Hab mich zu spät um 'ne Stelle gekümmert.«

Mit Däiwid und Jan ist die Woche vielleicht zu retten. Als Letzter ist Henning dran.

»Hallo, mein Name ist Herr Henning. Meine Freunde nennen mich Henning. Für euch also Herr Henning.« Genau das meinte ich mit Gags, die nur einmal funktionieren. Sobald Loser witzig sein wollen, wird es bitter. Deswegen wurde Henning sein Schülerleben lang in Mülleimer gesteckt. Und konnte nur unwissend mitlachen, wenn auf dem Schulhof in pubertärer Männerrunde die Stichwörter Mädchen, Finger und Fischgeruch fielen.

Lüdkers bricht Hennings gesellschaftlichen Suizidversuch ab und kommt zum Thema der Woche.

»Meine Herren, von den Erkenntnissen dieser Woche werden Sie später Ihren Enkeln erzählen. Die werden sich zwar zu Tode langweilen, lernen dabei aber immerhin was fürs Leben.« Wieso hatte ich in der Schule nie solche Lehrer? Wenn der in dem Ton weitermacht, stehen wir am Ende alle auf den Tischen und rufen: »Oh, Captain, mein Captain!« Vorher liegen wir aber wohl die meiste Zeit lachend darunter.

»Zunächst eine Frage an Sie alle«, fährt Lüdkers fort. »Was würden Sie in den nächsten vier Tagen gerne von mir lernen?«

»Wie man mit wenig Budget mitten im Nirgendwo möglichst groß feiern kann«, entgegnet Däiwid trocken.

»Wie man einen ordentlichen Joint dreht«, meint Jan.

»Kann ich schon!«, ruft einer von hinten.

»Wie man zum Schwesternwohnheim der benachbarten Klinik kommt«, ergänze ich.

»Falsch!«, sagt Lüdkers. »Sie wollen mehr über die soziale Marktwirtschaft wissen. Vermutlich glauben Sie schon alles darüber zu wissen, weil Sie bereits Geld verdient und wieder ausgegeben haben. Wahrscheinlich für jugendgefährdende Schriften und bewusstseinserweiternde Rauschmittel, aber das steht nicht zur Debatte. Was ich mit Ihnen diskutieren möchte, ist: Welche Kräfte wirken hinter den Kulissen? Wer oder was steuert unsere

Wirtschaft? Ist es die einzig wahre und nicht mehr zu verbessernde Wirtschaftsform? Näheres dazu ab morgen früh um neun. Sollten Sie heute Abend, zusammen mit Däiwid, die hiesige Schank-Wirtschaft ankurbeln wollen: Erikas Eck, neben dem Kino, wäre für Ihr kleines Konjunkturprogramm sehr zu empfehlen. Aber behalten Sie bitte die Uhr im Auge. Spätestens wenn Sie auf Ihrem Ziffernblatt vier statt zwei Zeiger sehen, wird es Zeit für den Rückweg. Sofern Sie den noch finden. Bis morgen.«

Bier marsch!

Der Name ist Programm: Erikas Eck ist eine Eckkneipe, in der die Wirtin Erika höchstpersönlich den Zapfhahn umlegt. Die Hausfassade erstickt falsche Erwartungen bereits im Keim. Das Glas der kleinen Sprossenfenster ist nach außen gewölbt, nikotinvergilbt und dicker als die Brillengläser schlechter Comedians. Wer sich drinnen die Kante gibt und die fünfzigjährige Dorfmatratze am erigierten Haken abschleppen will, soll der Mittelschicht verborgen bleiben. Die geht sowieso lieber nebenan ins Kino.

Jan, Däiwid, Henning, ich und ein paar andere aus den Zivi-Wohnheimen werden beim Reinkommen von Erikas Stammkunden genau taxiert. Wobei die Freude über neue Gesichter wohl schwerer wiegt als die Skepsis. Feierwütige Zivis dürften hier ein gewohnter wie gern gesehener Anblick sein.

Wir sichern uns die Stehtische in der Dart-Ecke. Für einen Billardtisch hat der Platz leider nicht gereicht.

Als wir unsere Jacken über die ranzigen Barhocker legen, kommt Erika zu uns. Ende sechzig, Nikotinhaut wie mit achtzig und eine von Hunderten Whiskeys aufgeraute Stimme.

»Na, Jungs, was darf ich euch bringen?«

»Bier«, schallt es ihr aus zehn trockenen Kehlen entgegen.

»Für alle?«, vergewissert sie sich mehr oder weniger rhetorisch. Die Wahrscheinlichkeit, dass sich einer von uns die Blöße gibt und eine Cola oder gar einen Cocktail bestellt, tendiert gegen null. In dieser Hinsicht liegen Zivil- und Wehrdienst nah beieinander.

»Wer hat Bock auf Dart?«, bricht Jan das darauffolgende Schweigen. Als Eisbrecher ist jemand wie er bei gesellschaftlichen Anlässen Gold wert. Im Grunde sind solche Typen wie Autobatterien: Am Ende kochen sie manchmal über, aber für den Start sind sie unverzichtbar.

Wir gründen zwei Mannschaften. Zum Glück teilen wir uns nicht nach Zimmergemeinschaften auf. Stattdessen bestimmen Jan und Däiwid, wer mit wem zusammenspielt. Jan wählt mich als Ersten in seine Gruppe. Wieder einen Schritt weiter weg von Henning, auch wenn er sich zu mir und Jan an den Tisch gestellt hat. Denn Däiwid nimmt Henning freiwillig in sein Team auf.

Das Sieben-Minuten-Bier dauert bei Erika eine knappe Viertelstunde, aber es kommt.

»Ja denn, Stößchen!«, proste ich den anderen zu.

»Chin-chin!«, piepst Jan.

Die Regeln auf dem Schlachtfeld vor den beiden digitalen Dartscheiben sind schnell geklärt. Übertritte werden mit einer Runde Schnaps geahndet. Die Gruppe mit den meisten Punkten gewinnt und bekommt von den Verlierern Doppelte ausgegeben. Da wir in jeder Mannschaft zu fünft sind, bleibt zwischendurch genug Zeit zum Quatschen und Trinken.

»Und«, will Jan in einer der Spielpausen von mir wissen, »was haste vor deiner Karriere als Zivi gemacht?«

»Karriere als Azubi und Abiturient. Und selbst?«

»Karriere im Filmbusiness.«

»Kartenabreißer im Kino?«

»Chef an der Popcornmaschine.«

»Respekt. Viel Verantwortung.«

»Absolut. Die meisten gehen nur wegen der Jumbotüte Mais ins Kino. Die Filme sind in der Regel eh für 'n Eimer.«

»Würde ich nicht sagen«, mischt sich Henning in unser Geblödel ein, »gerade letzte Woche ist zum Beispiel ›Mr & Mrs Smith‹ angelaufen. Der lohnt sich bestimmt auch ohne Popcorn.«

Okay, in Klamottenläden greift Henning zielsicher daneben, aber bei Filmen beweist er Geschmack.

»Bestätigt nur die Regel«, meint Jan. »Bei Angelina Jolie mach selbst ich 'ne Ausnahme.«

»Läuft der nebenan?«, frage ich in die Runde.

»Tja«, meint Jan, »ich schlage vor, Henning läuft fix rüber und klärt das für uns.«

In der Hoffnung auf einen gesellschaftlichen Aufstieg in unserem kleinen Sozialgefüge fügt sich Henning und sprintet los.

»Lauf, Forrest, lauf!«, ruft ihm Jan hinterher, als er schon aus der Tür ist.

»Das war 'n bisschen gemein«, werfe ich sozialkundelehrerhaft ein.

»Ach, das hat er gar nicht mehr gehört«, winkt Jan ab.

»Na ja. Und was willst du machen, wenn du den Zenit deiner Zivikarriere überschritten hast?«, frage ich.

»Radio.«

»Wer futtert denn beim Radiohören Popcorn?«

»Haha. Ich will ans Mikro, wollte ich schon immer. Musik auflegen, zwischendurch geistigen Dünnpfiff labern – glaub, das liegt mir.«

»Das glaube ich auch.«

»Soll das heißen, ich bin der geborene Radiomoderator oder ich labere nur unverdautes Zeug?«

»Bedingt das eine nicht das andere?«

»Bedingt!«, äfft Jan mich nach. »Kaum das Abi in der Tasche und gleich geschwollen daherquatschen.«

Nach einem Ein-Punkte-Hattrick meinerseits kommt Henning freudestrahlend in die Kneipe gestürmt.

»Er läuft!«

»Wer läuft?«, fragt Jan.

»Na, er!«, sage ich.

»Dass Forrest Gump läuft, sehe ich selbst!«, meint Jan.

»Was?« Henning ist verwirrt. »›Forrest Gump‹? ›Mr & Mrs Smith‹ läuft! Die ganze Woche.«

»Müsste es nicht korrekterweise heißen: ›Mr & Mrs Smith‹ laufen?«, frage ich betont bildungsbürgerlich.

»Interessante These«, nickt Jan.

»Wollt ihr mich verarschen?«, fragt Henning.

»Ja. Scheint aber nicht zu klappen«, meint Jan. »Komm, ich geb dir 'n Bier aus. Der Filmabend ist gebongt.«

Anschließend positioniert sich Jan vor der rechten Scheibe und wirft eine dreifache Achtzehn. Ich bin definitiv im richtigen Team. Einer muss meine Dreipunktewürfe ja ausgleichen.

Henning spielt ebenfalls ziemlich gut. Es gibt nichts

Demütigenderes als Loser, die in irgendetwas besser sind als man selbst. Schließlich bedeutet das, dass man entweder in Wahrheit ein noch größerer Verlierer ist oder dass der andere gar kein Loser ist. Allerdings lässt Henning keine Gelegenheit ungenutzt, um meinen ersten Eindruck von ihm zu zementieren.

»Na, Timo, kein Zielwasser getrunken, hm?«

Ehrlich, wer sagt denn heute noch Zielwasser? Außer Peter Frankenfeld vielleicht, und der ist tot. Typen wie Henning haben immer diesen Seniorenhumor. Ins Bett kriegt man damit keine. Höchstens die, die eh schon bettlägerig sind.

»Jungs, da hat selbst meine Oma besser gespielt«, mischt sich einer der Lederwestenträger von der Theke in unser Spitzenduell ein. Ältere Männer, die einen als kleinen dummen Jungen abkanzeln, sind noch schlimmer als kompetente Loser.

»Deine Oma hatte auch mehr Übung – vom Speerwurf bei der Mammutjagd«, übernimmt Jan unsere Verteidigung. Schon fliegen die völlig sinnfreien Sprüche hin und her. Ein Kneipenabend, wie er sein soll.

Anerkennend lädt uns der verbale Herausforderer auf ein Frischgezapftes ein. Nach dem zweiten sind wir per Du.

»Und, Matze, bist du jeden Tag hier?« frage ich ihn.

»Nee, nur von Montag bis Sonntag.«

»Dann geht's ja.«

»Meint mein Arzt auch. Maßhalten ist das Allerwichtigste im Leben. Apropos: Erika, machst du mir 'ne schöne Maß von diesem Oktoberfestbier klar?«

»Sehr verantwortungsbewusst«, lobe ich sein asketisches Trinkverhalten. »Kenn dein Limit, sag ich immer!«

»Weise Worte. Darauf trinke ich«, sagt Matze.

»Was machst du denn beruflich?«, frage ich, nachdem wir auf sein Leben als Vorbild angestoßen haben.

»Taxifahren.«

»Oh, aber hoffentlich nur tagsüber, oder?«

»Wieso? Wegen den ein, zwei Bierchen? Ich kenn die Straßen hier wie kein Zweiter. Bin quasi auf der Straße groß geworden. Und ihr, wo seid ihr zu Hause?«

»Jan an der Kieler Förde und ich am Eutiner See.«

»Eutin? Wunderschöne Ecke«, schwärmt Matze. »Dort Taxi zu fahren ist bestimmt ein Traum. Durch die Wälder und an den Seen vorbei. In der Ecke wurden die Immenhof-Filme gedreht, wusstet ihr das?«

»Klar, lernt man in Eutin im Kindergarten. Obwohl der Gutshof in Malente steht«, antworte ich.

»Schau an. Hätte gar nicht gedacht, dass du solche alten Heimatfilme kennst, Timo«, bemerkt Jan spitz.

»Logisch. Durften wir als Kinder immer gucken. Liefen meistens im Sommerferienprogramm.«

»Ich war damals schwer verliebt in Dalli«, seufzt Matze. »Wie hieß noch gleich die Schauspielerin?«

»Heidi Brühl.«

»Genau. Blond, hübsch, frech – und dann auch noch Heidi. In die war damals jeder verschossen.«

»Hast du mal die Drehorte besucht?«

»Nee, erkennt man die heute noch?«

»Klar. Der Hof sieht genauso aus wie früher. Ist aber leider in Privatbesitz, Betreten verboten. Die kriegen das seit vier Jahrzehnten nicht gebacken, daraus ein Pony-Hotel zu machen wie im Film.«

»Steht die Kirche noch, in der sie im zweiten Teil geheiratet haben?«

»Ja, kann man besichtigen. Der geschwungene Weg, den sie immer entlanggeritten sind, sieht auch aus wie früher. Liegt ein paar Meter hinterm Forsthaus Dodau, bei der Bräutigamseiche.«

»Bräutigamseiche? Ich kenn nur 'ne Bräutigams-Eichel, aus meiner Hochzeitsnacht«, grunzt er.

»Die hat sogar eine eigene Adresse. Kannst einen Brief hinschicken oder persönlich ins Astloch stecken und dir eine Neue suchen, sobald deine Helga ins Gras beißt.«

»Gras?«, fragt der dauerbekiffte Sören und kommt neugierig zu uns an den Tisch. »Habt ihr was dabei?«

»Oah, Sören! Komm, geh spielen«, befiehlt Jan.

Matze grinst und schüttelt ungläubig den Kopf. »Finger weg von den Drogen, Junge! Zurück zu unserem Thema: Ich soll einen Brief an einen Baum schicken?«

»Jein, an eine schöne Unbekannte. Deine neue Helga. Die kann auf einer Leiter die Eiche hochklettern, ins Astloch greifen und den Brief rausholen. Mit etwas Glück greift sie kurze Zeit später nach deiner Bräutigams-Eichel.«

»Wenn ich nicht bei drei aufm Baum bin, oder was? Muss ich mir merken. Meine Alte macht's, glaub ich, nicht mehr lang.«

»Das klingt nach wahrer Liebe ... Ich verschwinde mal eben kurz.«

Das Blöde an einer Kneipe wie Erikas Eck ist: Das Reinheitsgebot gilt nur fürs Bier. Nicht für die Toiletten. Bei jedem Gang in die Porzellanabteilung, wie es Henning jedes Mal scherzhaft nennt, packt mich die nackte Angst. Die Ideal-Standard-Becken und die Pissoirs sind derart versifft, dass jederzeit irgendwelche Parasiten meinen Strahl hochkrabbeln könnten. Was im Urwald lebt, fühlt sich auch hier wohl. Haben diese Tierchen nicht solche Widerhaken, mit denen sie sich in der Harnröhre festkrallen? Die kriegt man nie wieder raus. Amputation unausweichlich. Und das wäre noch die harmlose Variante.

Nach zwei weiteren Bierchen, drei Toilettengängen und vier vorgerückten Stunden ist es Zeit, zurück zum Wohnheim zu wanken. In weniger als fünf Stunden sollen wir bei Lüdkers die soziale Marktwirtschaft auf den Kopf stellen. Könnte schwierig werden mit dickem Schädel. Mein Frühstück wird sich definitiv auf einen magenschonenden Tee beschränken. Umso länger kann ich schlafen. Immer gut, wenn man einen Plan hat. Einziger Haken: Henning schnarcht.

Drei Uhr vierundfünfzig. Henning schnarcht nicht nur – er ist für die Rodung des ganzen verdammten Regenwaldes verantwortlich. Auf meine lautstarke Bitte hin, die Luft anzuhalten – am besten für immer –, zeigt er null Reaktion. Wie soll er mich auch hören, bei dem Lärm? Ich könnte versuchen, ihn durch beherztes Schütteln oder gezielte Schläge zu wecken. Aber dazu müsste ich erstens aufstehen und ihn zweitens anfassen. Beides völlig inakzeptabel.

Kurz vor fünf verdunkelt sich endlich die Welt vor meinen Augen. Wieso kann man eigentlich nicht die Ohren schließen? Hat der liebe Gott wieder gepfuscht. Aber am siebten Tag die Füße hochlegen!

Das Eintauchen in die Tiefschlafphase kann ich um diese Uhrzeit natürlich vergessen. Mehr als ein leichter Bierschlaf ist nicht drin. Immerhin träume ich in solchen Nächten meistens bewusst. Unnötig zu erwähnen, dass meine bevorzugte Traumwelt mit Traumfrauen überbevölkert ist, die nur von mir träumen.

Komischerweise würde ich am liebsten von dieser Lena aus dem Zug träumen. Einfach nur, um zu wissen, wie es weitergegangen wäre, wenn die Fahrt länger gedauert oder ich nach ihrer Nummer gefragt hätte. Funktioniert leider nicht. Keine Lena weit und breit. Auch Suse, die hübsche Nichte, lässt sich in meiner Traumwelt nicht blicken. Stattdessen sehe ich Henning mit Kettensäge und freiem, schwabbeligem Oberkörper im Regenwald stehen. In seiner Hand: eine Cola light. Neben ihm: Charlotte, die ihn aufgegeilt anhimmelt. Henning setzt die Dose an. Die Hälfte der Ami-Plörre läuft aus seinen Mundwinkeln und perlt über die blasse Hühnerbrust. Charlotte hält es vor Verlangen nicht mehr aus und leckt ihm das Gemisch aus Chemie und Schweiß vom Z-Donis-Körper. »Jetzt nicht, Baby«, höre ich Henning sagen.

Gott sei Dank, mehr hätte ich auch nicht ertragen. Er greift nach seiner Kettensäge und legt statt Charlotte einen Baum nach dem anderen flach. Plötzlich entdeckt er mich, wie ich zwischen den Bäumen stehe und den beiden bei ihrem Paarungsritual angewidert zuschaue. Er blickt mir direkt in die Augen, fängt höhnisch an zu lachen und singt: »Nie wieder Alkohol!«

Bitte, Gott, lass mich aufwachen! Komplett verstört und mit letzter Kraft wuchte ich meine verklebten Augenlider nach oben und schaue in Hennings Glubschaugen. »Alter, warum singst du mir was vor?«, krächze ich mit verkaterter Stimme.

»Singen? Ich schrei dich seit einer Minute an! Wir müssen in einer halben Stunde bei Lüdkers im Seminar sitzen, und du pennst hier rum.«

»Was??? Wieso hast du mich nicht früher geweckt?«

»Weil ich selbst verpennt hab. Konnte kaum schlafen, weil du so geschnarcht hast.«

»Bitte? Du hast doch mit freiem Oberkörper den Regenwald abgeholzt!«

»Ich hab was?«

»Vergiss es. Geschnarcht hast auf jeden Fall du. Wahrscheinlich haste das selbst im Tiefschlaf gehört. Komm, mach mal 'n bisschen Platz, du Holzfäller. Zeit läuft.«

Ich putze mir beim Pinkeln die Zähne, entscheide mich für einen lässigen Eintagebart, den Wet-Hair-Look und denke, dass bis zur Mittagspause Deo statt Duschgel reichen muss.

Mit den Waffen einer Frau

Exakt dreißig Minuten später gieße ich mir im Frühstücksraum einen magenfreundlichen Tee auf.

»Frühstück gibt's nur bis neun, junger Mann«, brummt mich ein Kantinen-Koloss von der Seite an, während er die Büfettreste abräumt.

»Danke für den Hinweis. Mir ist sowieso nicht nach Essen.«

»Erika?«

»Jep.«

»Den Fehler machen alle am ersten Abend. Matze säuft jeden unter den Tisch.«

»Dann bin ich eins seiner Opfer. Dieser Doppelkorn ist absolut tödlich.«

»Vor allem, wenn man ihn mit vier bis fünf Bier mischt.«

»Sechs. Aber die Tatsache, dass ich mich daran erinnern kann, zeigt, wie verantwortungsbewusst ich mit Alkohol umgehe.«

»Oder, dass Sie es übertrieben haben und sich bloß an die ersten sechs erinnern können.«

»Sorry, aber das wird mir zu intellektuell. Bin eh zu spät dran bei Lüdkers.«

»Sie müssen zu Lüdkers und kommen gleich am ersten Morgen zu spät?«

»Ja, wieso?«

Höhnisch lachend verschwindet er mit einem Tablett voll benutztem Geschirr in der Küche. Was hatte das denn jetzt zu bedeuten?

»Herr Feuer, wie schön, dass Sie es einrichten konnten!« Lüdkers lehnt sich an sein Pult und grinst mich hinterhältig an.

»Hab verschlafen. Tut mir leid.«

»Aber für einen Teeaufguss war genügend Zeit?«

»Man muss ja irgendwas im Magen haben, sonst leidet die Konzentration. Ich möchte schließlich voll da sein, wenn wir unser Wirtschaftssystem auseinandernehmen.«

»Och, das freut mich aber. Dann bleiben Sie doch bitte gleich vorne bei mir.«

Langsam schimmert zwischen meinen trüben Gehirnwindungen eine leise Ahnung hindurch, warum der Kantinen-Koloss das Tablett fast fallen gelassen hat vor Lachen.

»Was können Sie uns über die soziale Marktwirtschaft erzählen?«

»Tja, was möchten Sie denn gerne wissen?« Zeit schinden ist immer gut.

»Na, fangen wir doch ganz klein an. Wie ich sehe, haben Sie gestern Abend bei Erika einige Ihrer Gehirnzellen in die ewigen Jagdgründe geschickt. Wir wollen Sie demnach nicht überfordern. Erklären Sie uns bitte zum Aufwärmen die soziale Marktwirtschaft an einem einfachen Beispiel.«

Damit soll ich nicht überfordert sein? In meinem Zustand bin ich schon mit dem Wachbleiben überfordert!

Jetzt muss ich am frühen Morgen auch noch kreativ werden.

»Tja, an einem einfachen Beispiel. Damit das hier alle verstehen? Ganz schön schwierig.«

»Versuchen Sie es«, ermuntert mich Lüdkers süffisant. »Schießen Sie einfach los. Feuer frei, Herr Feuer.«

»Riesengag«, lächle ich müde. »Okay, nehmen wir Erika. Und Matze, den Taxifahrer. Erika verkauft Matze schätzungsweise zehn Bier und fünf Schnäpse pro Abend. Macht unterm Strich ungefähr fünfzig Euro. Diese fünfzig Euro gibt Erika an andere Gäste im Laufe des Abends in Form von Wechselgeld wieder heraus. Diese Gäste fährt Matze im Anschluss nach Hause. Auf seinem Taxameter stehen am Ende fünfzig Euro. Natürlich gibt er davon nichts dem Finanzamt ab, sondern fährt damit am nächsten Abend wieder zu Erika und tauscht es gegen Bier und Schnaps ein. Das nennt man Wirtschaftskreislauf. Sozial ist daran, dass das Finanzamt Matze irgendwann auf die Schliche kommt. Die Polizei hoffentlich auch, aber das tut jetzt nichts zur Sache. Jedenfalls sorgen Gesetze dafür, dass Matze vor Gericht landet und die hinterzogenen Steuern nachzahlen muss – plus Sozialversicherungsbeiträge. Denn falls Erika vom Bierzapfen eines Tages einen Tennisarm bekommt und zum Arzt muss, wird ihre Arztrechnung auch von Matzes Krankenkassenbeiträgen bezahlt. Diese Form von Gerechtigkeit und Solidarität ist das soziale Element unserer Marktwirtschaft. Und solange sie nicht gestorben sind, tauschen sie die fünfzig Euro noch heute.«

Tosender Applaus. Inklusive Standing Ovations von

Lüdkers. Gut, der stand die ganze Zeit, aber egal. Er klatscht im Stehen, und nur das zählt.

»Danke schön! Eine derartige Sachkenntnis hätte ich Ihnen in diesem Zustand gar nicht zugetraut«, lobt er mich.

»Gern geschehen. Wenn ich Ihnen wieder die Welt erklären soll – jederzeit.«

Erschöpft lasse ich mich auf meinen frei gebliebenen Stuhl fallen. Das ist das Schöne an solchen Veranstaltungen: Die Sitzordnung des ersten Tages bleibt bis zum letzten bestehen. Hat man wenigstens in der Hinsicht keinen Stress.

Die folgenden drei Stunden diskutieren wir den wirtschaftlichen Zustand unseres Landes. Allgemeiner Konsens kurz vor der Mittagspause: wird nicht mehr lange gut gehen. Zivis sind eben mehrheitlich links. Lösungsansätze: keine. Insofern bewegen wir uns mit unseren gewählten Volksvertretern auf Augenhöhe. Im Grunde haben wir den Lehrgang gar nicht mehr nötig.

»Nach der Mittagspause habe ich eine tolle Aufgabe für Sie, meine Herren. Wir stürzen uns direkt in einen der umstrittensten Teile der Marktwirtschaft: die Werbung. Um vierzehn Uhr sehen wir uns wieder.«

An der Essensausgabe erwartet mich ein bekanntes Mondgesicht.

»Na, anscheinend haben Sie Lüdkers überlebt«, grinst der Kantinen-Koloss.

»Der war handzahm und heilfroh, dass sein bester Mann doch noch gekommen ist.«

»Mein bester Mann?«, höre ich hinter mir Lüdkers Stimme.

»Wie kommen Sie denn plötzlich hierher? Die Schlange fängt dort hinten an.«

»Ich bin mit gewissen Privilegien ausgestattet, müssen Sie wissen.«

»Ach? Ihr Privileg ist es, sich ungeniert vordrängeln zu dürfen?«

»Vor allem ungestraft.«

»Besonders sozial ist das aber nicht.«

»Ich bitte Sie, das ist eine von der öffentlichen Hand finanzierte Kantine. Sozialmarktwirtschaftliches Denken gehört nicht hierher, eher planwirtschaftliches. Gelebter Sozialismus. Deshalb sind manche gleicher als andere. Einmal das Schnitzel, bitte, Herr Kolossa.«

»Sie kommen leider etwas zu spät, lieber Herr Lüdkers«, antwortet der Kantinen-Koloss. »Das letzte Schnitzel hat soeben der junge Mann vor Ihnen bestellt. In meiner Planwirtschaft sind tatsächlich alle gleich. Abgesehen von mir: Ich bin Gott.« Er reicht mir einen übervollen Schnitzelteller.

»Tja, Herr Lüdkers«, grinse ich, »der vegetarische Brokkoliauflauf soll ein Gedicht sein. Wohl bekomm's.«

Ich recke dem kolossalen Kantinen-Koloss Kolossa meine geballte Faust zum sozialistischen Gruß entgegen und ziehe ab.

»Sie nehmen den Brokkoliauflauf?«, höre ich ihn Lüdkers fragen.

Im Seminarraum verfalle ich in ein tiefes Fresskoma. Das Riesenschnitzel hat riesig geschmeckt. Herr Lüdkers scheint eher ausgehungert aggressiv zu sein und reißt mich zurück an die kognitive Oberfläche.

»Herr Feuer! Was sagen Sie dazu?«

»Wozu?«

Er seufzt.

»Ich habe nach wie vor Hunger, Timo! Das ist kein guter Zeitpunkt, mich zu reizen. Was sagen Sie zur Meinung Ihres Zivikollegen Matthias?«

»Jau, meine Unterstützung hat er«, nicke ich freundlich in die Runde. Keine Ahnung, wer Matthias ist.

»Matthias sitzt direkt neben Ihnen, lieber Timo.«

»Ach, echt? Hieß der nicht heute Morgen noch Jan?«

»Witzig. Jan geht's nicht so gut.«

»Was hat er denn?«

»Brokkoliauflauf im Magen. Wobei, mittlerweile vermutlich nicht mehr. Jedenfalls ist er zurzeit unpässlich.«

»Oh, aber Ihnen geht's gut?«

»Danke der Nachfrage. Ich konnte mir die letzte Portion Pommes/Mayo sichern und bin dann nahtlos zum Nachtisch übergegangen. Sie wissen ja, warum.«

»Klar, weil es in der Kantinen-Mangelwirtschaft zu wenig erlegte und panierte Schweine gab. Was hat der gute Matthias nun gesagt?«

»Würden Sie Ihre Argumentation für Ihren Kollegen und Kantinenexperten Timo wiederholen, Matthias?«, bittet ihn Lüdkers. »Ich bin mir sicher, die andere Hälfte der Kandidaten auf den Wochensieg als faulster Zivi hat auch nicht zugehört.«

»Es gibt dafür einen Wettbewerb?«, frage ich begeistert.

»Ja, und Sie liegen mit Abstand vorn, Herr Feuer.«

»Yes! Was gibt's zu gewinnen? Einen freien Tag?«

»Brokkoliauflauf bis zum Abwinken.«

»In dem Fall ziehe ich meine Teilnahme zurück.«

»Dachte ich mir. Könnten Sie Ihren Graskonsum eventuell unter den einer Milchkuh senken und aufpassen?«

»Graskonsum? Ich bin betäubt vom Riesenschnitzel!«

»Feuer!«

»Sir, ja, Sir!«

»Geht doch. Ihnen werde ich auch noch Zucht und Ordnung beibringen. Matthias, bitte.«

»Ich hatte gerade erzählt, dass Werbung im Grunde total überflüssig ist. Braucht echt kein Mensch. Macht alles nur unnötig teuer. Weil wir die Werbung durch den Kaufpreis mitbezahlen. Also sind RTL und die anderen Privatsender gar nicht kostenlos. In Wirklichkeit ist Werbung eine versteckte GEZ-Gebühr.«

»Na, Timo, was sagen Sie dazu?«, fragt Lüdkers.

»Ich zahle keine GEZ. Damit hole ich die Werbeausgaben im Supermarkt quasi wieder rein.«

»Ob Sie der Meinung sind, dass Werbung überflüssig ist, möchte ich gerne wissen«, insistiert Lüdkers.

»Natürlich nicht. Wie soll ein Unternehmen sonst auf sich und seine Produkte aufmerksam machen?«

»Wirklich gute Produkte setzen sich von allein durch«, behauptet Matthias. »Mundpropaganda. Werbung verkauft nur Produkte, die kein Mensch braucht.«

»Aha. Ohne Werbung wärst du aber zum Beispiel vorm Marmeladenregal im Supermarkt völlig überfordert. Weil dort fünfzig Sorten von zwanzig Herstellern rumstehen. Marken helfen bei der Orientierung.«

»Ich brauch keine fünfzig Sorten Marmelade.«

»Nee, du nicht. Aber es soll Leute geben, die einen anderen Geschmack haben als du. Herr Lüdkers steht beispielsweise auf vegetarische Brokkoliaufläufe. Kriege ich persönlich nicht runter. Ich steh eher auf Schnitzel.«

Lüdkers schmunzelt und wirft mir einen Blick zu, der wohl böse aussehen soll.

Jetzt bin ich wach. Von wegen faulster Zivi der Woche. »Wenn du der Meinung bist, dass fünf Sorten Marmelade völlig ausreichen – bestimmst du dann, welche fünf Sorten das sind? Oder bestimmt das irgendein Konsumentenrat, der die angebliche Mehrheitsmeinung vertritt? Was soll sich dann die Minderheit aufs Brötchen schmieren? Honig? Auch schwierig, wenn's davon nur fünf Sorten gibt.«

»Mein Gott, dann gibt's halt zehn.«

»Eben nicht, wenn keiner weiß, dass es die alle gibt. Die Leute kaufen nur die fünf, die sie kennen, und der Rest geht pleite. Bis es sich herumgesprochen hat, dass die anderen auch ganz gut schmecken, sind die Hersteller betriebswirtschaftlich längst übern Jordan. Ich möchte jedenfalls nicht in einem Land leben, in dem es nur ein Marmeladen-Kombinat und eins für Honig gibt.« Ich sollte Politiker werden. Das mit dem Pathos hab ich bereits voll drauf.

»Aber ein Euro kann nur ein Mal ausgegeben werden.

Die Leute haben ja nicht mehr Geld, nur weil für zig Produkte Werbung gemacht wird.«

»Doch. Außerdem sorgt Werbung dafür, dass mehr Leute einen Euro haben, den sie ausgeben können.«

»Hä, wie das denn?«

»Mann, okay, Grundkurs Marktwirtschaft. Zwanzig Marmeladenproduzenten beschäftigen mehr Leute als ein einzelner Marmeladenmonopolist. Diese Leute kriegen alle ein Gehalt, das sie wieder für Marmelade ausgeben können. Der Monopolist stopft sich das meiste in die eigene Tasche und kann gar nicht so viel Marmelade fressen wie alle Angestellten zusammen. Vom Export ganz zu schweigen. Die Konsumenten in anderen Ländern finden unsere Marmeladenvielfalt mindestens genauso lecker. Das Ganze nennt man Wirtschaftswachstum und Geldschöpfung. Deine Kombinatswirtschaft würde stagnieren.«

Matthias schaut mich ratlos an. Ich versuche es erneut.

»Okay, anderes Beispiel: Eine Kleinstadt mit nur einer langen Einkaufsstraße. Links und rechts sind Geschäfte, alle ohne Schaufenster. Selbst die Leuchtschrift an der Fassade fehlt. Schließlich wäre beides Werbung. Woher willst du wissen, wo es Fahrräder gibt? Und zu welchem Preis? Du müsstest in jedes Haus latschen und fragen: Haben Sie Fahrräder? Hast du endlich ein Fahrradgeschäft gefunden, wüsstest du immer noch nicht, ob es wirklich die besten Angebote hat. Das heißt, ohne Werbung hättest du als Konsument gar keine Marktübersicht, und jeder Händler könnte dich ziemlich leicht über den Tisch ziehen. Werbung erhöht die Vielfalt, fördert die

Konkurrenz, führt dadurch sogar zu Preissenkungen und sorgt letztlich dafür, dass es mehr Firmen gibt, die mehr Arbeitskräfte beschäftigen.«

»Markenjeans sind trotzdem teurer als andere.«

»Richtig, aber es zwingt dich ja keiner, eine Hose mit überteuertem Etikett zu kaufen.«

»Meine Herren, folgender Vorschlag zur Güte«, schaltet sich Lüdkers in unsere Diskussion ein, die er amüsiert verfolgt hat. »Sie setzen sich heute und morgen in Fünfergruppen zusammen und überlegen, mit welcher Werbeaktion Sie Ihre Zivildienststelle bekannter machen könnten. Am Donnerstag diskutieren wir anhand dieser konkreten Beispiele, wie sinnvoll und nützlich Werbung wirklich ist.«

»Für unsere Zivistelle?«, fragt einer, dessen Namen ich schon während der gestrigen Vorstellungsrunde wieder vergessen habe. »Fürs Essenausfahren?«

»Genau, lieber Lars. Oder für das Altersheim, in dem Sie arbeiten, die Jugendherberge, das Krankenhaus …«

»Boah, klingt nach Arbeit.«

»Falsch. Das klingt nach einer spannenden Aufgabe. Schaffen Sie es selbst, Gruppen zu bilden, oder sollen wir wie in der Schule abzählen von eins bis fünf?«

»Nee, lassen Sie mal, das kriegen wir selber hin. Sonst lande ich noch mit dem Werbefuzzi in einer Gruppe«, winkt Lars ab und zeigt auf mich.

»Sehe ich genauso«, antworte ich, »hab keine Lust auf Passivkiffen.«

»Wer sagt, dass ich kiffe?«

»Dein Outfit, deine müden Pupillen, deine leierige Stimme und deine engagierte Art.«

»Hm, erwischt.«

Zehn Minuten später sitze ich mit Jan, Henning, einem Typen namens Peter und dummerweise auch mit Lars in der hauseigenen Bibliothek. Lüdkers hielt es letztlich doch für besonders spannend, Lars und mich in eine Gruppe zu stecken. Toll. Immerhin hat Jan den Brokkoliauflauf mittlerweile verdaut und ist wieder bei uns.

»So«, eröffne ich unsere Sitzung, »für welchen Laden wollen wir Werbung machen?«

»Für meinen bestimmt nicht«, grummelt Lars. »Mein Chef ist der totale Kapitalist. Für den geht's nur um die Kohle.«

»Ich fahre Essen aus«, wirft Peter in die Runde, »aber für den Fraß kann man nicht guten Gewissens Werbung machen.«

»Könnt ihr bitte aufhören, von Essen zu reden?«, stöhnt Jan.

»Wo arbeitest du denn?«, fragt mich Peter.

»In einem christlichen Freizeitheim. Mein Chef hat mir schon beim Vorstellungsgespräch gesagt, dass ich ihm in Sachen Marketing ein paar Vorschläge machen soll.«

»Wieso?«

»Hab ihm erzählt, dass ich nach dem Zivildienst BWL mit Schwerpunkt Marketing studieren will.«

»Ich glaub, jetzt wird mir auch schlecht«, stöhnt Lars und fängt an zu würgen.

»Willkommen im Club«, ächzt Jan.

»Ich weiß, im Marihuana-Business setzt sich immer der mit dem besten Stoff durch. Da geht's nicht ums Geld.

Aber im Bereich des offiziellen Bruttosozialprodukts läuft das ein bisschen anders«, gifte ich Lars an.

Er verdreht die Augen, bevorzugt es aber in Ermangelung guter Gegenargumente zu schweigen.

»Und wieso sollst du beim Marketing helfen? Läuft der Laden nicht?«, fragt mich Jan.

»Ist nur zur Hälfte ausgebucht, und irgendeiner von der Synode will den Laden am liebsten dichtmachen.«

»Von was?«

»Synode. Ist das oberchristliche Entscheidungsgremium, frag mich nicht.«

»Tja, gut, also eine Werbeidee für dein Kloster«, bestimmt Jan.

»Christliches Freizeitheim.«

»Wie auch immer. Dann notieren wir auf unserem superwichtigen Flipchart als Ziel der Werbeoffensive: Buchungszahlen in den Himmel schrauben.«

Lars sackt immer tiefer in sich zusammen. »Und wie?« Verblüffend, dass er damals das schnellste Spermium war.

»Was hat das Haus denn zu bieten?«, fragt Jan.

»Aufenthaltsräume ohne Ende, achtundvierzig Zweibettzimmer mit Nasszelle, zwei Einzelzimmer, einen riesigen Garten, Seeblick und eine extrageile Hausdame.«

Plötzlich ist Lars hellwach.

»Wie, geile Hausdame?«

»Die Vorarbeiterin für die Hausmädchen.«

»Und die ist heiß, oder was?«

»Anfang vierzig, top in Schuss und gemachte Titten.«

»'ne MILF?« Jetzt erreicht auch Jan ein neues Level der Begeisterung. »Das ist die Lösung! Schieß zwölf Fotos von der, mach einen Kalender draus und verschick den an die Gruppenleiter. Und an mich. Was meinst du, wie die Buchungszahlen durch die Decke gehen.«

»Ich kann doch keinen Pin-up-Kalender verschicken! Das sind christlich eingestellte Menschen. Wahrscheinlich prüde und bigott bis unters Dach.«

»Ach was, Jesus hängt auch halb nackt am Kreuz.«

»Haha. Ein hübsches Gruppenfoto vorm Haus wäre eventuell machbar. Mit Charlotte vorn in der Mitte. Vielleicht kann ich sie überreden, sich dafür was Aufreizendes anzuziehen. Foto plus nettes Anschreiben – könnte funktionieren.«

»Natürlich funktioniert das! Sex sells. Dein Konzept ist zwar nur Blümchensex, aber der verkauft bestimmt auch.«

»Bin dafür«, meint Lars.

Jan kommt durch diese Bestätigung richtig in Fahrt.

»Bei dem Anblick vergisst jeder Gruppenleiter das sechste Gebot!«

Ich runzele die Stirn.

»Welches war das noch gleich?«

»Du sollst nicht die Ehefrau deines Nachbarn poppen.«

»Richtig. Hat Gott nur etwas anders formuliert, glaube ich. Und was machen wir für die Gruppenleiterinnen?«

»Gute Frage. Schätze, du wirst dich fürs Team opfern müssen, Timo.«

»Vorschlag abgelehnt. Obwohl die sich um einen Kalender mit Pin-up-Bildern von mir natürlich prügeln würden.«

»Wie wär's mit einem Gratiskochkurs bei eurem Koch?«, beteiligt sich Henning mit einem lauen Lüftchen am Brainstorming.

»Bisschen sehr klischeehaft, oder? Ein Kochkurs für Frauen. Wir könnten stattdessen die Gästebucheinträge nutzen«, schlage ich vor. »Im Büro des Heimleiters liegen über fünfzig Gästebücher aus fünf Jahrzehnten rum. Ich könnte die Einträge von Leuten suchen, denen es gefallen hat, die aber lange nicht mehr bei uns zu Gast waren. Das kopiere ich auf edles Briefpapier und erinnere die Leute mit einem Anschreiben an die schönste Zeit ihres Lebens. Zumindest die, die noch nicht an der Himmelspforte zu ihrem obersten Chef durchgewunken wurden.«

»Oder in der Hölle schmoren, weil sie eine Ehe gebrochen haben. Ein gut gemeinter Wink mit dem Zaunpfahl, falls du was mit dieser Charlotte planst«, ermahnt mich Jan.

»Na klar. Als ob die jeden dahergelaufenen Zivi ranlässt. Viel wichtiger sind die Gruppenleiterinnen. Was meint ihr?«

»Top! Ist gekauft«, sagt Lars. »Günstig und einfach umzusetzen. Ich nehme trotzdem lieber einen Abzug vom Gruppenfoto mit Charlotte als 'ne kopierte Gästebuchseite.«

Theken-Kamerad

Je weiter die Woche voranschreitet, desto schöner wird sie. Ich könnte gut und gerne ein paar Tage dranhängen. Warum sollte man aufhören, wenn's am schönsten ist? Lüdkers ist von unserem Werbekonzept restlos begeistert – und bittet ausdrücklich um einen Abzug des Fotos mit Charlotte. Am vorletzten Abend gehen wir ins Kino und schauen Angelina Jolie dabei zu, wie sie versucht, Brad Pitt abzuknallen. Die Popcornmaschine ist zu Jans großem Bedauern außer Betrieb. Dafür finden wir jede Menge Chipskrümel von der Nachmittagsvorstellung zwischen den Sitzen, auf die Jan aber seltsamerweise keinen Appetit verspürt.

Unser Abschlussgelage am Donnerstagabend bei Erika steigert sich von einer Eskalationsstufe zur nächsten. Stufe eins: Henning lässt sich zu einem dritten Bier hinreißen. Stufe zwei: Däiwid legt seine rechte Hand mit gespreizten Fingern auf eine der Dartscheiben und ruft: »Werft drumrum! Werft drumrum!« Stufe drei: Jan, Däiwid und ich trinken Matze mit vereinten Kräften unter den Stammtisch.

Nachdem Jan und ich uns eine Stunde an der frischen Luft ausgenüchtert haben, klettern wir gegen vier Uhr morgens auf das Dach unseres Wohnheims. Was gefährlich einfach ist. Das Treppenhaus führt bis zum Dachboden, die Tür zum Versorgungsraum steht offen, und die Dachluke stellt ebenfalls kein Hindernis dar. Überhaupt zieht es mich, sobald ich »ein Glaserl Wein« zu viel hatte, magisch nach oben. Nüchtern habe ich Höhenangst. Betrunken ziehe ich ohne Sauerstoff an Messner vorbei.

Wir beschließen, die Nacht durchzumachen. Schlafen lohnt sich eh nicht mehr. Unsere Versorgung mit Cola und frischen Brötchen von der Tanke ist gesichert. Fehlt nur der Sonnenaufgang. Ohne Kompass fällt es allerdings schwer, sich auf dem Flachdach für eine Ecke zu entscheiden – keine Ahnung, wo Osten ist. Könnte man sicher mithilfe des Nordsterns herausfinden. Aber heiße ich mit Nachnamen Magellan? Eben. Sobald auf einer Seite das Licht angeht, sind wir schlauer. Die Aussicht von hier oben auf den Park der Zivildienstschule ist jedenfalls von allen Seiten sensationell idyllisch.

»Was sagt eigentlich das Zeiteisen?«, fragt mich Jan.

»Dass es seit den frühen Achtzigern nicht mehr so genannt wurde. Und halb fünf.«

»Ah, perfekt«, seufzt er und lässt sich auf einem gemauerten Sockel nieder. »Bleiben über fünf Stunden bis zur Verabschiedung bei Lüdkers. Und dann ab in den Zug. Das Wochenende penn ich durch. Mein Energielevel liegt bei unter null.«

»Meins auch. Hätte vorhin vor Erschöpfung fast gekotzt.«

»Vor Erschöpfung?«

»Ja, gut, Alkohol war auch im Spiel. Mein Magen war halt erschöpft. Genau wie meine Leber. So viel wie in dieser Woche hab ich in meinem ganzen Leben noch nicht getrunken.«

Jan grinst und starrt in den Nachthimmel.

»Glaubst du eigentlich, dass es da oben grüne Männchen gibt, denen es gerade genauso geht wie uns?«

»Wenn sie das Gleiche getrunken haben wie wir, sind sie wohl eher blau.«

»Haha. Im Ernst: Glaubst du, es gibt Leben im All?«

»Falls ja, hoffe ich, dass sie uns niemals entdecken.«

»Wieso? Wär doch irre!«

»Für Eingeborene ist es noch nie gut ausgegangen, wenn sie entdeckt wurden. In diesem Fall wären das wir.«

»Guter Punkt. Umso wichtiger, dass wir durchgefeiert haben, bevor uns E.T. mit 'nem Laser grillt.«

»Richtig. Wahrscheinlich wollte der bloß die ganze Zeit nach Hause telefonieren, um Verstärkung zu holen.«

»Auf diese logische Schlussfolgerung trinke ich«, sagt Jan und reckt seine Colaflasche einen halben Meter näher an E.T.s Heimatplaneten.

»War 'ne perfekte Woche, oder?«, fragt er nach kurzem Aufstoßen. »Kann man nix sagen.«

Ich nicke. Da kann man wirklich nix sagen. Nur in Erinnerungen schwelgen, so weit vorhanden.

»Weißt du, warum ich gern Zivi werden wollte, Timo?«

»Nee, aber ich spüre die Antwort auf mich zukommen.«

»Weil das wie eine Pause vom echten Leben ist. Man kann in Ruhe Luft holen, bevor der Karrierestress losgeht. Bevor einen die Hypothek fürs Haus auffrisst, die eigenen Kinder nichts mehr von einem wissen wollen und dich deine Frau mit dem Nachbarn betrügt.«

»Aber depressiv bist du nicht, oder?«

»Ist doch wahr! Guck dir die Gestalten morgens auf dem Weg zur Arbeit an. Alles Zombies. Hassen ihren Chef, ihren Job, ihr Leben. Aber ändern sie was? Nee. Nur an Silvester, wenn sie total dicht sind, same procedure as every year: ›Nächstes Jahr kündige ich – hab schließlich nur dieses eine Leben.‹ Tun sie's? Nein, stattdessen sitzen die Silvester 2050 immer noch da und heulen rum, weil sie nichts aus ihrem Leben gemacht haben und bald der Deckel über ihnen zugeklappt wird.«

»Ist eben schwierig, was zu riskieren mit Verpflichtungen wie Frau, Kind und Hypothek.«

»Meine Rede! Deswegen will ich das alles nicht. Zumindest noch nicht.«

»Ich auch nicht. Bin immer davon ausgegangen, dass es irgendwann von selbst dazu kommen würde, aber eigentlich – nee. Dann ist das Leben vorbei, bevor es richtig angefangen hat. Alles auf Jahrzehnte hinaus vorbestimmt. Ich will lieber ins Ungewisse hineinleben.«

»Dito. Diese Langeweile, zu wissen, was morgen und übermorgen sein wird, würde mich umbringen. Lieber überraschen lassen.«

Jan holt ein Brötchen aus der Tüte und reißt mit einem Bissen die Hälfte davon ab. Ich nehme eines der Croissants und krümele mir mit dem Blätterteig die Klamotten voll. Die ersten Namensgeber unserer Unterkünfte fangen an zu piepen. Ein paar Unerschrockene kommen sogar zum Brötchenkrümel-Frühstück vorbeigeflogen. Bis zum Sonnenaufgang kann es nicht mehr lange dauern. Hoffentlich. Könnte gern ein bisschen wärmer sein.

»Weißt du«, philosophiere ich kauend weiter, »bei uns zu Hause haben wir einen Weihnachtsengel. Uralt, das Teil. Wird jedes Jahr an Heiligabend aus der Kiste geholt und auf die Fensterbank gestellt. Letztes Jahr blättere ich also zwischen Weihnachten und Neujahr im Fotoalbum rum. An den Feiertagen wird man ja nostalgisch.«

»Nostalgie ist auch nicht mehr das, was sie mal war.«

»Um einen dummen Spruch bist du nie verlegen, oder?«

»Nö.«

»Jedenfalls taucht auf einem Foto dieser Engel auf. Ist mir vorher nie aufgefallen. Davor ich, als Dreijähriger. Ist demnach über zwanzig Jahre her. Und während ich mir das Foto angucke, steht neben mir auf der Fensterbank derselbe Engel. Dem waren die letzten zwanzig Jahre völlig egal. Der steht zu Weihnachten einfach an seinem Platz und wartet danach elf Monate in der Kiste auf seinen nächsten Einsatz. Nur ich bin älter geworden und freu mich längst nicht mehr wie Bolle auf Weihnachten. In weiteren zwanzig Jahren wird der immer noch da stehen. Dann bin ich über vierzig. Halbzeit. Was, wenn ich mit achtzig rumhänge wie heute und darauf warte, dass aus meinem Leben etwas Besonderes wird? Dass ich irgendwas Bleibendes schaffe und sich jemand an mich erinnert? Ich will nicht einer dieser Zombies werden, deren Schreibtisch nach dem Ableben geräumt wird, und eine Anstandswoche später sitzt dort ein neuer Zombie. Als wäre ich nie da gewesen. Einfach weg, und keiner würde mich vermissen.«

»Ich würde dich vermissen.«

»Danke, das hast du schön gesagt, Schatz.«

Allmählich wird die Luft rot. Es soll Leute geben, die ihr ganzes Leben lang dem Sonnenaufgang hinterherreisen. Nicht der schlechteste Lebensentwurf.

Ich fühle mich wie nach einer erfolgreich geschlagenen Schlacht. Wir haben überlebt: Erikas Schnaps, Hennings dumme Gags und Lüdkers nett gemeinte Gemeinheiten. Vor uns liegt ein freies Wochenende, an dem man ein Best of der vergangenen paar Tage in Endlosschleife vor seinem inneren Auge vorbeiziehen lassen kann.

»Gibt's was Besseres, als 'ne Nacht durchzumachen?«, fragt Jan mit Blick in die aufgehende Sonne.

»Es die ganze Nacht lang zu machen, vielleicht.«

»Guter Punkt. Obwohl du sie auch durchmachst, wenn du 'ne Frau bis zum Sonnenaufgang durchnimmst.«

»Richtig. Ich glaube, ich mach mal für 'n Moment die Augen zu. Sind noch über vier Stunden bis zum Abschiedsappell bei Lüdkers.«

»Jup. Wir müssen aber vorher packen. Der Zug fährt um kurz nach elf.«

»Ich stell meinen Handywecker auf halb neun.«

»Sehr gut«, seufzt Jan und fängt an, gleichmäßig zu atmen.

»Was machen Sie auf dem Dach?«

Der Hausmeister der Zivildienstschule reißt uns aus dem Schlaf und nimmt uns die Sonne.

»Schlafen. Mein Mitbewohner schnarcht«, antworte ich müde.

»Aha, Ihrer auch?«, wendet er sich an Jan.

»Nee, ich pass bloß auf, dass er nicht runterfällt. Bin Hilfshausmeister.«

»Aber nicht in meinem Revier. Sehen Sie zu, dass Sie Land gewinnen!«

Mit letzter Kraft schleppen wir uns auf die Zimmer. Nach einer eiskalten Dusche bin ich zwar nicht wie neu, aber als guter Gebrauchter gehe ich locker durch. Mit unserem Gepäck im Schlepptau rollen wir zum Seminarraum. Auf dem Weg dorthin kommen wir an der Rezeption vorbei.

»Wir möchten gern auschecken«, versuche ich die Aufmerksamkeit der Schlange hinter dem Tresen auf uns zu lenken.

»Erst nach Abschluss des Seminars, meine Herren. Steht in Ihren Anmeldeunterlagen.«

»Das ist mir wurscht, was da steht«, schaltet sich Jan ein. »Das Seminar geht bis elf, und um zehn nach elf fährt der Zug.«

»Dann nehmen Sie halt den Zug eine Stunde später, falls Sie den um elf verpassen.«

»Mit Sicherheit nicht. Hier sind unsere Zimmerschlüssel – wir checken aus. Müssen wir noch was unterschreiben? Nein? Gut, danke! Tschüss.« Jan und ich legen unsere Schlüssel auf den Tresen und gehen. Die Schlange versucht, uns mit ihrem verbalen Gift aufzuhalten. Ohne Erfolg.

»Selbst am letzten Tag zu spät«, seufzt Lüdkers, als wir den Seminarraum betreten. »Mein lieber Herr Feuer, ich versuche eine Woche lang, einen anständigen Bürger aus Ihnen zu machen, und scheitere an den Sekundärtugenden. Sogar den armen Jan haben Sie mit Ihrer Unpünktlichkeit angesteckt.«

»Wie bitte? Der ist höchstens arm dran, weil er gestern den Rest seiner Reisekasse bei Erika auf den Suffkopp gehauen hat«, erwidere ich. »Die Schlange an der Rezeption hat uns aufgehalten. Wir mussten noch auschecken.«

»Auschecken?«, fragt Henning. »Ich dachte, das darf man erst nach Ende des Seminars.«

»Quatsch, geh einfach hin. Das kann man jetzt schon machen. Darfst dich nur nicht von der Schlange beißen lassen.«

»Von welcher Schlange?«, fragt Lüdkers leicht verwirrt.

»Dem Schrapnell am An- und Abmeldetresen. Komplett frustriert, die Alte«, antworte ich.

»Die Dame mit den langen schwarzen Haaren?«

»Keine Ahnung, hab mir die nicht näher angeguckt. Nicht meine Zielgruppe.«

»Aber meine Frau.« Lüdkers schaut mich mit durchdringendem Blick an. Meint der das ernst?

»Ihre Frau?«, frage ich unsicher.

»Meine Frau.« High noon, morgens um halb zehn in Deutschland. Lüdkers und ich stehen uns regungslos gegenüber. Im Western würde der Totengräber jetzt meine Maße nehmen. Im Seminarraum herrscht zumindest Totenstille. Gebannt warten die anderen darauf, wer als Erster zieht. Ich versuche es mit Appeasement.

»Dann meine ich bestimmt die Kollegin Ihrer Frau.«

»Wohl kaum. Ihre Beschreibung passt haargenau auf meine Alte. Seien Sie froh, dass Sie abreisen dürfen. Ich muss für immer bei ihr bleiben.« Der Lärm von zwanzig Zwerchfellen am Anschlag dröhnt in meinen Ohren. Lachend geben Lüdkers und ich uns die Hand.

»Sie werden mir fehlen, Herr Lüdkers.«

»Sie mir auch, Herr Feuer. Sie mir auch.«

Um halb zwölf sitzen Jan und ich im Zug. Zwanzig Minuten Verspätung. Wir hätten also auch nach dem Seminar genug Zeit zum Auschecken gehabt. Aber kann man das ahnen, dass die Deutsche Bahn Verspätung hat? Hat man selbst Verspätung, kommt sie pünktlich. Oder gar, zum ersten Mal in ihrer Unternehmensgeschichte, zu früh.

Mein Plan fürs Wochenende ist schnell geklärt: Schlafen. Exzessiv. Ich lauf nur noch auf Reserve. Die nächsten sieben Wochen steht Fasten im Kalender. Kein Alkohol. Oder zumindest nicht in den nächsten sieben Tagen.

Gewaltmarsch im Garten

»Alter, ich hab die schlimmste Woche meines Lebens hinter mir!« Andi schleppt sich vollkommen abgekämpft in unsere Ziviwohnung. Sein Arbeitsoverall, ursprünglich rot, ist nun bauschutt-weiß.

»Hat das damit zu tun, dass du aussiehst wie jemand, der es knapp aus dem World Trade Center geschafft hat?«

»Respekt, dir entgeht wirklich nichts. Sieben Tage am Stück hab ich im Keller die Kacheln von der Wand geschlagen und neue drangeklebt. Im Schein meiner Grubenlampe.«

»Auch am Wochenende?«

»Auch am Wochenende. Schmittke meinte, ich könnte meinen Bereitschaftsdienst ausnahmsweise mal sinnvoll nutzen. Umso schneller wäre ich fertig. Eins ist sicher: Dem schmeiß ich keinen Pinsel mehr an den Kopf!«

»Weise Entscheidung.«

Andi sackt erschöpft auf seinem Bett zusammen.

»Was machst du eigentlich schon hier? Ist doch erst halb zwölf?«, fragt er.

»Hab das ganze Wochenende gepennt. Konnte nicht mehr liegen. Bin topfit. Obwohl meine Woche auch ziemlich hart war. Hab fast jeden Abend hart gefeiert.«

Andi atmet tief durch und kämpft gegen seine aufkeimenden Aggressionen.

»Noch so eine dumme Bemerkung, und ich sag Schmittke, dass du was von seiner Lieblingsnichte willst.«

»Du hast gefragt.«

Im Büro widme ich mich bis zum Mittagessen der aktuellen Tageszeitung. Leider kommt um kurz vor halb eins Schmittke von der Begrüßung einer neuen Gruppe zurück.

»Ach, Herr Feuer! Wie war Ihr betreutes Wohnen für Zivis?«

»Sie meinen dieses überaus sinnvolle Seminar, das Sie mir haben angedeihen lassen? Hervorragend! Das Seminar an sich war zwar eine grandiose Zeitverschwendung, aber die Abendgestaltung war dafür umso besser.«

»Erika?«

»Und Matze, korrekt.«

»Wer ist Matze?«

»Stammgast bei Erika, Taxifahrer und Alkoholiker.«

»Verstehe. Haben Sie was Nützliches gelernt?«

»Ich hab die Lösung für unser Problem mit Herrn Fischer von dieser komischen Synode: zwei Top-Ideen für eine epochale und günstige Werbekampagne.«

Schmittkes Augen leuchten auf.

»Ach was? Schießen Sie los!«

»Also, wir verschicken zwei Mailings. Eins an männliche Gruppenleiter und eins an weibliche Gruppenleiterinnen.«

»So weit, so logisch«, kommentiert Schmittke. »Ein Mailing an männliche Gruppenleiterinnen hätte mich auch gewundert.«

»Sehr witzig. Vielen Dank für den konstruktiven Beitrag. Für die männlichen Gruppenleiter schießen wir ein Foto von unserer gesamten Belegschaft. Im Garten, mit dem See im Hintergrund, und das Wichtigste: mit Charlotte im Vordergrund.« Gespannt warte ich auf seine Reaktion. Nach und nach zieht der Gedanke seine Mundwinkel nach oben. Trotzdem lässt er es sich nicht nehmen, den Grund für dieses Fotoarrangement aus meinem Mund zu hören.

»Klingt zunächst ganz nett, aber wieso soll Charlotte nach vorn?«

»Weil sie die überzeugendsten Argumente für die männlichen Gruppenleiter mitbringt.«

»Ich befürchte, ich verstehe nicht ganz«, grinst Schmittke.

»Okay, deutlicher: Charlotte sieht bei Weitem besser aus als Sie. Und sie hat die größeren Brüste. Enge Bluse, die obersten zwei Knöpfe geöffnet, und schon bimmelt das Telefon Sturm.«

»Ich weiß nicht, ob das mit unseren moralisch-sittlichen Standards vereinbar ist.«

»Wenn das Haus dichtgemacht wird, können Sie Ihre Standards gleich mitbegraben.«

»Hm, ist 'n Argument. Aber Sie müssen Charlotte beibringen, warum sie sich offenherzig in die erste Reihe stellen soll.«

»Kein Problem, krieg ich hin.«

»Gut, und für die weiblichen Gruppenleiter?«

»Für die Gruppenleiterinnen habe ich etwas, das zu Herzen geht. Wir suchen in den alten Gästebüchern nach begeisterten Einträgen der Gruppen, die schon lange nicht mehr bei uns waren. Das kopieren wir auf schönes

Briefpapier und legen ein Anschreiben dazu, das sie an die wunderbare Zeit im St.-Stephanus-Haus erinnert.«

»Gekauft! Ich kenne den Fotografen in der Stadt ganz gut, Gunter Glücklich, der macht das Gruppenfoto.«

»Gunter Glücklich? Ist das ’n Künstlername?«

»Ich glaube nicht.«

»Hm, Paul Polaroid wäre sonst auch passender.«

»Oder Knut Knipser.«

»Oder Charlie Cheese.«

Schmittke lacht. »Am besten fangen Sie sofort an, zwei nette Anschreiben zu formulieren, die Gästebucheinträge zu suchen und sie mit unseren alten Buchungsordnern abzugleichen. Klingt, als wären Sie damit eine Weile beschäftigt.«

»Das befürchte ich auch.«

»Um ganz sicherzugehen, dass Ihnen nicht langweilig wird, habe ich noch eine weitere Aufgabe für Sie.«

»Ich darf für immer Bürodienst machen und muss nie wieder draußen in der Hitze ackern?«

»Werden Sie nicht albern. Natürlich müssen Sie weiter draußen schwitzen. Aber zusätzlich dürfen Sie einige Verwaltungstätigkeiten übernehmen. Ist das nicht toll?«

»Ich flippe aus!«

»Dachte ich mir. Sie haben zum Beispiel die Ehre, mich noch stärker im Kampf gegen die Schließungspläne der Synode zu unterstützen. Wir dürfen uns absolut keine Fehler erlauben, sonst dreht uns Herr Fischer einen Strick draus.«

»Kriegen wir in dem Fall eine offizielle Abmahnung, oder wie muss man sich das vorstellen?«

»In etwa. Der sammelt. Am Ende gibt die Summe der kleinen Schnitzer eventuell den Ausschlag. Deshalb möchte ich Sie bitten, alle Buchungen, die ich in der Liste an der Pinnwand und im Buchungsordner eintrage, mit den Auftragsunterlagen abzugleichen. Es darf keine Gruppe unter den Tisch fallen!«

»Das ist alles?«

»Nein, später kommt noch mehr. Aber ich möchte Ihr Gehirn nicht gleich überlasten. Nehmen Sie das bitte nicht auf die leichte Schulter! Das ist eine äußerst verantwortungsvolle Tätigkeit!«

»Keine Sorge. Ich werde die Arbeit sehr gründlich und in aller Ruhe, ohne jeglichen Zeitdruck, erledigen.«

»Vorsicht! Das ist kein Freibrief zum Trödeln.«

»Natürlich nicht.«

»Zivis …«, seufzt Schmittke, »kennste einen, kennste alle. Sie können sofort nach dem Mittagessen anfangen und nebenbei den Telefondienst übernehmen. Ich muss zu Herrn Fischer.«

Eine Stunde später habe ich meine Ruhe und mache es mir an meinem kleinen Schreibtisch in der hintersten Ecke des Büros gemütlich. Direkt vor meinem Platz ist eine Glasscheibe, durch die ich einen hervorragenden Panoramablick in die Eingangshalle genieße. Das Entertainmentprogramm will ich auf keinen Fall verpassen. Charlotte saugt, wie jeden Tag, den Teppich. Kaum zu glauben, dass sie Anfang vierzig ist. An der ist alles so straff wie an Cindy Crawford, als sie noch die Pretty Woman von Richard Gere war.

»Na, ganz alleine hier?«, fragt sie in der Tür stehend.

»Ja, ich bin heute Nachmittag der Chef.«

»Sag bloß. Das ging aber schnell. Und was soll ich jetzt machen, Chef?«

»Tja, was sind denn Ihre herausragendsten Talente, Fräulein Charlotte?«

»Tja, das möchten Sie wohl gerne wissen, Herr Feuer.«

»Unbedingt. Diese Frage hält mich seit Tagen wach.«

Sie lacht und macht sich wieder an die Arbeit. »Dann grüble mal schön weiter. Hast ja anscheinend genug Zeit.«

Ich mache mich an die Arbeit und sichte die Buchungsunterlagen. Die Aufgabe ist so stupide und langweilig, dass ich schon bei der ersten Akte gedanklich abschweife. Dabei kommt mir dieser komische Schatz wieder in den Sinn. Ob es den wirklich gibt? Unwahrscheinlich, aber möglich. Zur Sicherheit blättere ich einige Gästebücher auf der Suche nach weiteren Hinweisen durch.

Nach drei Tagen muss ich mich vorerst von meinem Logenplatz verabschieden. Die Gästebücher haben keine zusätzlichen Hinweise auf den Schatz preisgegeben. Das erste Anschreiben meiner Werbekampagne besteht bisher aus »Sehr geehrte Frau Gruppenleiterin«. Ein vielversprechender Anfang.

Der Grund für meinen Abschied von der Spanner-Loge ist mindestens genauso heiß wie Charlotte. Andi und ich sind von Schmittke zur Gartenarbeit mit Herrn Rogowski verdonnert worden – bei nach wie vor afrikanischer Hitze. Hätte nicht gedacht, dass nach dem Liegestuhlstreichen noch eine Steigerung auf der Sklaven-Skala möglich ist. Leider scheint diese nach oben offen zu sein, denn Schmittke hat noch Reserven. Hecke schneiden ist angesagt. Wobei fürs Schneiden Herr Rogowski zuständig ist. Andi und ich dürfen den Schnitt aufsammeln, in Schubkarren laden und damit mehrere Hundert Meter über das Grundstück laufen. Was ungefähr erahnen lässt, von wie vielen Metern Hecke wir hier reden. In einem angrenzenden Waldstück kippen wir das Zeug weg. Das Wäldchen gehört mit zum Grundstück, insofern ist das legal, keine Sorge. Nur falls Ihr grüner Daumen nervös zuckt, weil es in Deutschland sinnigerweise als Umweltverschmutzung gilt, Grünzeug in einen grünen Wald zu kippen.

Die ersten Fuhren sind noch auszuhalten. Ab der zehnten wird's zäh. Nach der zwanzigsten laufe ich wie in Trance. In meinem Overall dürften an die hundert Grad herrschen. Würde mich nicht wundern, wenn sich das Teil gleich selbst entzündet. Hoffentlich wurde der Feuerlöscher aus der Küche in der Zwischenzeit wieder aufgefüllt. Ausziehen ist keine Option, da der Overallstoff von mindestens drei Litern Schweiß großflächig festgehalten wird. Pattex made by nature. Nach der dreißigsten Fuhre lasse ich mich im schattigen Wald rücklings in die volle Schubkarre fallen. Zum Glück hat die Hecke keine Dornen. Wär mir aber inzwischen auch egal. In meinem transpirierend transzendenten Zustand haben sich Bewusstsein und Empfinden längst von der Realität entkoppelt. Ich empfinde weder Schmerz noch sonst irgendetwas. In der Schubkarre bleibe ich mindestens eine halbe Stunde liegen, so viel ist sicher. Bin schließlich Zivi – kündigen können die mich kaum. Im Gegenteil: Wenn ich diese skandalösen Arbeitsbedingungen melde, kommen die ins Schwitzen!

Während sich meine Sinne langsam wieder sortieren, nehme ich das vergnügte Gekreische vom See aus wahr. Außer dem hauseigenen Steg gibt es noch eine sehr viel größere Badestelle ein paar Hundert Meter weiter. Inklusive kleinem Strand, Badeinsel und Eisbude. Ob die auch liefern? Ich muss mich dringend abkühlen. An der Badestelle hätte ich jetzt die Spendierbadehose an und würde einem süßen Mädel selbstlos einen Flutschfinger ausgeben. Danach würden wir uns in die Fluten stürzen und zur Badeinsel schwimmen. Nachdem wir uns in der Sonne geaalt hätten, würde ich sie auf den Arm nehmen und ins Wasser schmeißen. Ihr hinterherschwimmen und sie wieder untertauchen. Sobald sie versuchen würde, sich an einer der Badebojen festzuhalten, würde um diese Boje erbittert gekämpft. Wodurch wir uns so nahe kämen, dass mit etwas Glück sogar ein Busenblitzer oder Busenstreifer drin wäre.

Allein wegen solcher Momente erinnert man sich sehnsüchtiger an die Sommer seines Lebens als an die anderen Jahreszeiten. Oder haben Sie mal jemanden getroffen, der Ihnen vom Winter seines Lebens erzählen wollte? Eben. Peter Maffay singt ja auch nicht »Und es war Herbst«. Jürgen Drews grölt nicht »Ein Bett im Stoppelfeld«. Und Bryan Adams sehnt sich nicht nach dem »Spring of 69«. Das würde nur Sinn machen, wenn der Song von Bruce Springsteen käme.

Irgendwie will ich diesen Augenblick im »Summer of

2005« festhalten. Ich hole mein Taschenmesser aus der Messertasche, wuchte meine müden Knochen hoch und suche einen Baum, der es würdig ist, der Sockel für mein Denkmal zu werden. Zwei Minuten später steht in der Rinde einer windschiefen Eiche: »Summer of 2005. T. F.«

»Timo?« Herr Rogowski läuft mit suchendem Blick über die mehr als fußballfeldgroße Wiese, auf der frisch gestrichene Liegestühle in der Sonne glänzen.

»Ja?« Ich kippe die Schubkarre aus und komme aus meinem schattigen Versteck.

»Ah, wo waren Sie denn?«

»Im Schatten. Stand kurz vorm Hitzekoller.«

»Dachte schon, es wär was passiert. Kommen Sie, Herr Schmittke gibt für jeden eine kalte Cola und ein Eis aus.«

»Unser Herr Schmittke? Gut, dass Sie mich gefunden haben.«

Im Schneckentempo trotte ich hinter dem wieselflinken Rogowski her zum Haupteingang. Frühstückt der Duracell-Batterien, oder wieso ist der so fit?

»Herr Feuer, greifen Sie zu. Das Büfett ist eröffnet«, empfängt mich Schmittke.

»Hoffentlich bin ich nicht zu schwach zum Essen und Trinken«, stoße ich mit letzter Kraft hervor.

»Mann, Mann, Mann, als ich in Ihrem Alter war, hab ich ganz andere Sachen weggeschafft.«

»Als Sie in meinem Alter waren, gab's auch noch keinen Klimawandel.«

»Ach, er nun wieder. Wir haben allerschönstes Sommerwetter.«

»Von wegen. Das is' 'n Vorgeschmack auf die Temperaturen in der Hölle.«

»Ich muss doch sehr bitten, Sie arbeiten in einem christlichen Haus.«

»Ja, genau! Ich reiß mir hier für Jesus den Arsch auf!« Schmittke verschluckt sich vor Lachen fast an seiner Cola. »Sie könnten sich ruhig ein wenig in christlicher Nächstenliebe üben und mir für den Rest des Tages freigeben«, setze ich nach.

»Stehen Sie unter Drogen?«

»Nee, unter Hitzeschock.«

»Herr Feuer, die protestantische Wertvorstellung besagt, dass man den Herrn am besten durch harte, ehrliche Arbeit ehrt.«

»Man muss auch nicht alles glauben, was in der Bibel steht.«

»Das haben wir eher dem gelebten Glauben und Martin Luther zu verdanken.«

Schmittke hält inne und nimmt einen großen Schluck Cola. »Na gut«, sagt er schließlich. »Machen Sie Schluss für heute. Aber morgen geht's sofort wieder in den Garten.«

»Sehr gut. Dann hau ich mal ab, bevor Ihr protestantisches Arbeitsethos wieder die Oberhand gewinnt.«

»Typisch Zivi. Den Arbeitgeber ausnehmen bis aufs letzte Hemd, aber nix dafür tun wollen.«

»Glauben Sie mir, ich bin der Letzte, der Sie ohne Hemd sehen will«, rufe ich mit ausreichendem Sicherheitsabstand. »Bei Charlotte wäre das was anderes.«

»Was wäre bei mir was anderes?« Auf dem Weg zum

Zivihaus laufe ich fast in Charlotte hinein – und knallrot an. Wo kommt die denn auf einmal her? Sonst übersehe ich sie nie.

Ich versuche es mit der alten Da-hast-du-wohl-akustisch-was-falsch-verstanden-Nummer und frage betont entgeistert:

»Hm? Wie bitte?«

Der Trick ist anscheinend zu durchsichtig für sie. Genauso wie ihre Bluse für mich und meine Konzentration.

»Du hast mich schon verstanden«, lächelt sie süffisant.

»Ich glaube eher, du hast mich falsch verstanden, liebe Charlotte.« Wir fixieren uns mit einem unmissverständlichen Grinsen.

»Na gut, Herr Feuer, dieses eine Mal lasse ich Sie noch davonkommen.«

»Und beim nächsten Mal?«

»Sind Sie fällig.«

»Mhm …«, summe erwartungsfroh.

»Das wird nicht so angenehm, wie du denkst!«

»Sind wir jetzt wieder beim Du?«

Schmunzelnd wendet sie sich ab und geht weiter. Mir ist noch heißer als vorhin im Wald.

Aufklärungsmission

Nach zwei Wochen Plackerei habe ich mir einen Tag Urlaub redlich verdient. Anfang August veranstaltet die Uni Kiel einen Tag der offenen Tür für kommende BAföG-Bezieher, Taschengeld-Schmarotzer und studierende Minijobber.

Vom Hauptbahnhof Kiel aus habe ich absolut keinen Plan, wie ich zur Uni kommen soll. Beim ersten Besuch in einer fremden Stadt bin ich jedes Mal überfordert und orientierungslos. Was kein Wunder ist, da jeder größere Bahnhof in Deutschland mindestens drei Ausgänge hat. Selbst wenn ich herausgefunden habe, welche Buslinie mich theoretisch an mein Ziel bringt, ist das Ergebnis praktisch immer: richtige Linie, falsche Richtung. Mittlerweile habe ich zahlreiche Endhaltestellen kennengelernt. In der Regel mache ich dort mit dem Fahrer zehn Minuten Pause und fahre dann zurück. In die richtige Richtung.

Weil mich die Endhaltestelle der Linie zwölf nicht näher interessiert, gönne ich mir von meiner üppigen Zivibesoldung ein Taxi. Unnötig zu erwähnen, dass ich auf der falschen Straßenseite aussteige und zunächst auf den seit Jahren verlassenen Teil des Unigeländes laufe. Immerhin fällt mir recht schnell auf, dass es hier eher nach einem Tag der geschlossenen Tür aussieht. Mein Orientierungssinn braucht dringend ein Update.

Ich vollführe mal wieder eine 180-Grad-Wende, die sich vor Katarina Witts Pirouetten nicht zu verstecken braucht, und gehe zurück zur Straße. Siehe da, auf der gegenüberliegenden Seite steht ein nicht zu übersehendes Hochhaus mit einem weithin sichtbaren Schriftzug: Christian-Albrechts-Universität zu Kiel. Den tausend Hochschulreifen mit suchendem Blick nach zu urteilen, scheine ich dort richtig zu sein.

Im Hauptgebäude liegen auf schier endlosen Tapeziertischreihen tonnenweise Infomaterialien zu verschiedenen Studiengängen. Die Menschen hinter den Tapeziertischen sehen sehr nach überengagierten Studenten und untermotivierten Verwaltungsangestellten der Uni aus.

»Hi, Lust auf ein Mathematikstudium?«, spricht mich eine der Studentinnen an.

»Nee, gibt es überhaupt jemanden, der darauf Lust hat?«

»Natürlich«, höre ich eine vertraute Stimme neben mir. »Ich zum Beispiel spiele mit dem Gedanken, in die faszinierende Welt der Integrale und Differenziale einzutauchen.« Lena!

»Hi! Was machst du denn hier?«, frage ich etwas zu begeistert.

»Mich umsehen. Das macht man so an Tagen der offenen Tür. Die Frage ist eher, was du hier machst? Außer dieser netten Mathematikkommilitonin das Studium schlechtzureden.«

»Ich rede hier nichts schlecht. Ich habe lediglich kritisch nachgefragt. Dazu ist ein Tag der offenen Tür schließlich auch da.«

»Ja, ja, komm, lass uns lieber die Qualität des Mensakaffees hinterfragen. Ich muss mich hinsetzen.«

»Verstehe, das Alter ... Wo geht's denn zur Mensa?«

Lenas Antwort wird von meinem Schmerzenzschrei übertönt, als ihre schlagkräftige Rückhand meinen Luxuskörper für den Spruch mit einem blauen Fleck verziert.

Die Mensa liegt am anderen Ende der akademischen Piazza, die sich vor dem Hauptgebäude erstreckt, und ist total überfüllt. Lena und ich lassen uns davon nicht abschrecken, reihen uns in die Schlange vor der Kaffeeausgabe ein und üben das geduldige Warten. Wird bestimmt nicht das letzte Mal sein, in Zeiten vollgepackter Hörsäle und halbjährlicher Gänge zum BAföG-Amt.

Nachdem wir unsere Heißgetränke erhalten haben, bahnt sich Lena mit bemerkenswerter Konsequenz einen Weg durch die Menge. Zwei angehende Soziologiestudentinnen machen sofort Platz, als sie uns von Weitem auf ihre Sitzgruppe zusteuern sehen.

»Was willst du eigentlich studieren, falls es mit dem Mathematikstudium nicht klappt?«, frage ich Lena, während wir uns in die durchgesessenen roten Kunstledersessel fallen lassen.

»Wahrscheinlich BWL.«

»Ach, ich auch! Damit stehen einem hinterher ja bekanntlich alle Türen offen. Kann man alles mit machen«, äffe ich die Berufsberater nach, die einem das BWL-Studium schmackhaft machen wollen.

»Genau, ich studiere das auch nur, weil ich absolut keine Ahnung habe, was ich nach dem Studium machen soll«, grinst Lena.

»Dito. Außerdem wüsste ich nicht, was sonst infrage käme. Lehrer zu werden ist auch keine Lösung und Mathematik oder sonst was auf Magister zu studieren erst recht nicht.«

»Bestimmt nicht.«

»Apropos Zahlen: Was hältst du davon, Handynummern auszutauschen?«

»Geniale Idee. War letztens etwas hektisch zum Schluss. Hätte mich auf der Treppe zum Nachbargleis fast hingepackt. Knapper ging's nicht.«

Wir tippen unsere Telefonnummern ins Handy des jeweils anderen und lästern über schüchtern in der Ecke stehende Null-Semester.

»Gehst du gleich zur Infoveranstaltung im Audimax?«, fragt Lena nach dem letzten Schluck Kaffee.

»Die für BWLer? Klar. Falls wir noch einen Platz kriegen wollen, sollten wir langsam los.«

»Ein Platz würde ja reichen. Den würdest du mir doch sicher gentlemanlike überlassen, nicht wahr?«

»Nee, nicht wahr. Deine Nummer hab ich ja jetzt, wozu also noch übertrieben nett sein?«

»Damit ich auch rangehe, wenn du anrufst?«

»Oh.«

»Männer. Einfach mal einen Schritt weiter denken.«

»Ja, ja, komm jetzt, wir sind spät dran. Außerdem warten andere darauf, dass unsere Sessel frei werden.«

»Was interessieren mich denn die anderen?«, fragt Lena ehrlich irritiert.

Das Audimax ist fast bis auf den letzten Platz gefüllt. Nur viel zu weit vorn in der Mitte sind einige Sitze frei. Wie in der Schule. Wenn zehn Leute in einen Raum mit zwanzig Stühlen müssen, wird sich niemand in die erste Reihe setzen. Selbst die zweite wird frei bleiben, solange es dahinter genügend Plätze für alle gibt. Irgendwo habe ich gelesen, dass es die größte Angst der meisten Menschen ist, vor einer Gruppe zu sprechen. Vorn zu stehen scheint also noch schlimmer zu sein, als vorn zu sitzen. Die Angst vor dem Tod kommt übrigens erst an zweiter Stelle. Was bedeutet, dass die meisten lieber sterben würden, als vor anderen Leuten den Mund aufzumachen. Aber es hat ja niemand behauptet, dass Ängste eine rationale Angelegenheit wären.

Lena und ich machen uns auf den Weg zu den freien Plätzen.

»Schon ziemlich weit vorn, oder?«, frage ich Lena mit Blick auf das kaum fünf Meter entfernte Pult. Habe nicht behauptet, dass *ich* mich freiwillig nach vorn setzen würde.

»Im Studium sitzen wir auf jeden Fall weiter hinten. Umso eher können wir abhauen«, flüstert Lena.

»Das Semester hat nicht mal angefangen, und du willst schon schwänzen!«

»Schwänzen! Eigentlich 'n bescheuertes Wort, oder?«

»Nö, wieso? Haben halt Männer erfunden. Wie alles Gute in der Welt.«

»Ist richtig. Sonst würde es vaginieren heißen, oder wie?«, fragt Lena etwas zu laut. Einige drehen sich zu uns um. Unsere Rettung sind die Profs, wie wir coolen Studenten sie bald nennen werden, die gerade den Saal betreten.

»Herzlich willkommen, meine Damen und Herren«, begrüßt uns der, der am meisten dem Bild des beliebten Professors entspricht: dicker Bauch, Vollbart, kariertes Sakko und ausgebeulte Cordhose.

»Mein Name ist Professor Benkenstein. Wie schön, dass Sie so zahlreich erschienen sind. Wir möchten Ihnen heute das Studium der Betriebs- und Volkswirtschaftslehre an der Christian-Albrechts-Universität zu Kiel schmackhaft machen. Obwohl das angesichts der alljährlichen Anmeldezahlen vollkommener Quatsch ist. Je weniger von Ihnen sich nach dieser Veranstaltung bei uns einschreiben, desto besser. Für alle, die trotzdem ihr Studium bei uns auf der Fensterbank beginnen möchten, haben wir eine kleine Präsentation unserer Fakultät vorbereitet. Bei den Mathematikern sind übrigens immer Sitzplätze frei.«

Die Sympathien hat er bereits auf seiner Seite. Die anderen werden es in dieser Professoren-Castingshow schwer haben.

»Siehst du, der hackt auch auf den Zahlenfreaks rum«, flüstere ich Lena zu.

»Der darf das auch.«

»Ach, und wieso ich nicht?«

»Weil du von nix 'ne Ahnung hast.«

»Aber er!«

»Ja! Er ist Professor, und du bist nicht mal Erstsemester.«

»Aber immerhin Abiturient.«

»Hui, damit bist du hier an der Uni aber ganz weit vorn.«

»Blöde Kuh.«

»Wirst du immer persönlich, wenn dir die Argumente ausgehen?«

»Ja, genauso wie du offensichtlich immer handgreiflich wirst.«

»Richtig, danke! Hätte ich fast vergessen«, sagt Lena ironisch und stößt ihren Ellbogen in meine linke Seite.

»Hallo? Möchten die beiden Turteltäubchen in Reihe drei meinem Vortrag vielleicht folgen?«, höre ich plötzlich die Stimme meines potenziellen Lieblingsprofs über die Lautsprecheranlage. Meint der uns? Fragend schauen wir beide zu ihm.

»Ja, genau Sie meine ich«, bestätigt er meine Befürchtung und schaut uns an. Super! Dank Lena stehen bzw. sitzen wir jetzt im »Spott-Light«.

»Meine Sitznachbarin hat sich nur darüber empört, dass Sie die armen Mathematiker verspotten«, antworte ich möglichst laut. Lenas Blick ist tödlicher als Chuck Norris. Professor Benkenstein schmunzelt.

»Das war ein ernst gemeinter Hinweis und wohlmeinender Rat. In der mathematischen Fakultät bleiben tatsächlich viele Plätze leer. Sehen Sie es als Kompliment, dass ich Ihnen ein Mathematikstudium zutraue.«

»Ich glaube, Sie überschätzen uns«, erwidere ich.

»Mit anderen Worten: Sie werde ich im nächsten Jahr auf jeden Fall in der Betriebswirtschaftslehre begrüßen dürfen, junger Mann?«

»Davon können Sie ausgehen. Aber nicht auf der Fensterbank.«

»Das werden wir sehen. Wo war ich stehen geblieben, bevor mich das junge Glück in Reihe drei aus dem Konzept gebracht hat? Richtig, hier drüben.«

Er geht zwei Schritte nach links. Komiker.

»Machen Sie sich keine Sorgen, in den ersten drei bis vier Semestern werden Sie sowieso mehr Zeit auf Studentenpartys als im Hörsaal verbringen. Spätestens im Hauptstudium leeren sich die Säle von allein. Schlecht für die Partys, weil die unterhaltsamsten Leute im wahrsten Sinne des Wortes weg sind vom Fenster, aber gut für Ihr Studium. Und für unseren Hausmeister, der sich weniger Sorgen um die Haltbarkeit der Fensterbänke machen muss.«

»Ich mag den«, flüstert mir Lena zu.

»Stehst du auf ältere Männer?«

»Nein, ich steh auf Männer mit Humor, die keine dummen Fragen stellen. Der ist echt nett. Im Gegensatz zu dir!« Lena schaut mich aus funkelnden Augen an.

»Bitte?«

»Du hast mich schon verstanden. Das von eben kriegste zurück, verlass dich drauf.«

Der Informationsgehalt der Veranstaltung hält sich in den folgenden zwei Stunden in Grenzen. Im Grunde preist jeder Prof seinen Fachbereich als den besten und einzig wahren an. Benkenstein meint, dass gutes Marketing für ein Unternehmen das A und O sei. Professor Denker aus dem Bereich Produktionswirtschaft ist überzeugt, dass es vor allem auf die Qualität der Produkte ankommt. Der Management-Prof findet, dass ohne gute Personalführung und Organisation weder wettbewerbsfähige Produkte noch wirksames Marketing möglich seien. Graf Zahl aus dem Bereich Controlling sieht das völlig anders – schließlich geht jedes Unternehmen den Bach runter, wenn es die Kosten nicht im Griff hat. Ein leiser Herr mit Fliege aus dem Bereich Spiel- und Entscheidungstheorie glaubt, dass ein Unternehmen ohne verlässliche Entscheidungsmodelle in jeder Hinsicht völlig aufgeschmissen sei. Egal ob beim Materialeinkauf, der Produktion oder dem Absatz.

»Was hältst du davon, wenn wir 'n Abgang machen?«, fragt mich Lena kurz vor Schluss.

»Jetzt?«

»Ja klar, jetzt.«

»Wie stellst du dir das vor? Wir sitzen vorn in der Mitte. Einen schlechteren Platz, um unbemerkt abzuhauen, gibt es gar nicht.«

»Traust du dich nicht?«

Ich zögere. Lena lächelt mich herausfordernd an. Toll! Bleibe ich sitzen, stehe ich als Weichei da. Stehe ich auf, lassen mich meine Profs direkt im ersten Semester sitzen. Teufelskreis. Wobei, im Studium kann man gar nicht sitzen bleiben. Oder nennt sich das nur anders, und man muss das Semester trotzdem wiederholen, wenn die einen durchfallen lassen?

»Was ist nun?«, drängelt Lena.

»Ja, warte, ich gehe nur kurz ein spieltheoretisches Entscheidungsmodell durch.«

Sie stöhnt genervt. »Und wie lautet das Ergebnis?«

»Dass wir die letzten fünf Minuten ruhig abwarten können. Der Nutzen des früheren Abgangs steht in keinem Verhältnis zum Risiko, wieder negativ aufzufallen«, versuche ich sie zu beschwichtigen.

»Schisser!« Sie nimmt ihre Tasche und ihre Jacke, steht auf und deutet mit einer Geste an, dass sie an mir vorbeiwill. Jetzt muss ich doch aufstehen. Genauso wie alle, die rechts von mir sitzen. Am Pult dröhnt der Kanzler der Uni ein paar abschließende Worte. Die Profs haben sich bereits in die äußerste Ecke verdrückt. Die Gelegenheit ist tatsächlich günstig. Kurz entschlossen schnappe ich mir meine Sachen und folge Lena. Leider haben sich die Ersten in unserer Reihe bereits wieder hingesetzt und müssen sich erneut erheben. Wahrscheinlich ist es besser, ich studiere woanders.

»Hey«, empfängt mich Lena vor der Tür. »Hast dich ja doch getraut.«

»Ich bin eben kein Schisser! Nur besser erzogen als du.«

»Kann sein. Bin ich halt ein ungezogenes Mädchen.«

»Dann sollte dir endlich jemand Manieren beibringen.«

»Und du glaubst, derjenige bist du?«

»Vielleicht.«

»Komm mit, du Träumer!«

»Wohin?«

»Erkundungstour über das Unigelände. Hab vorhin eine nette Grünanlage gesehen, die, glaub ich, zur Unibibliothek führt.«

Die Grünanlage verdient durchaus das Prädikat »Park«. Die Unibibliothek schauen wir uns deshalb nur von außen an. Bei dem schönen Wetter wäre es eine Sünde, sich nicht unter die Sonnenanbeter zu mischen. In den trostlosen Glaskasten müssen wir noch oft genug. Für heute reicht es, die Nähe der schlauen Bücher auf sich wirken zu lassen und es sich auf dem Rasen davor gemütlich zu machen.

Um kurz vor drei knurrt uns der Magen.

»Brütest du 'n Alien aus oder haste Hunger?«, murmelt Lena mit geschlossenen Augen.

»Hunger. Und du?«

»Alien. Werde bald Mama.«

»Aha, kommt bestimmt ganz nach der Mutter.«

»Noch so 'n Spruch, und ich hetz dir den Vater auf den Hals.«

»Ein ziemlich schleimiger Typ, nehme ich an.«

»Auf jeden Fall stärker als du.«

»Aber vielleicht nicht schneller.«

»Richtig, du kleiner Angsthase hoppelst sicher sofort weg. Mal gucken, ob wir für dich ein paar Möhrchen auftreiben können. Und für mich Hasenbraten oder so. Hauptsache Fleisch.«

In der Mensa gibt es nur noch Kuchenreste – also ab zum Bahnhof. Ich verzichte auf frische Möhren, obwohl es Lena nicht versäumt, mich am Haupteingang auf den Gemüsehändler hinzuweisen. Stattdessen gönnen wir uns nach diesem anstrengenden wie informativen Tag eine Riesencurrywurst mit exzellenter Sauce und Röstzwiebeln.

»Wohnst du eigentlich in Bargteheide?«, frage ich sie auf dem Weg zu den Gleisen.

»Ja.«

»Ich komm aus Eutin. Dann wohnen wir ja gar nicht so weit auseinander.«

»Stimmt. Ein Dreiviertelstündchen, würde ich schätzen. Können gern mal was zusammen machen.«

»Sehr gute Idee. Handynummern sind gespeichert – kann praktisch nichts mehr schiefgehen.«

»Außer, dass wir beide unsere Handys verlieren.«

»Richtig. Hat mich auf jeden Fall sehr gefreut, dass wir uns wiedergetroffen haben.«

»Die Freude war ganz meinerseits, Herr Feuer. Könnte ein unterhaltsames Studium werden.«

Mit dem Versprechen, in Kontakt zu bleiben, und einer herzlichen Umarmung verabschieden wir uns voneinander. Irgendwo zwischen Gleis drei und Gleis sechs trennen sich unsere Wege. Zur Sicherheit checke ich das Adressbuch in meinem Handy: Ihre Nummer steht drin.

Elitetruppen-Training

Die nächsten Tage vergehen im St.-Stephanus-Haus recht angenehm. Zurzeit ist selbst für hiesige Verhältnisse wenig los. Nur eine winzige Reisegruppe belegt den Schlaftrakt und den kleinsten Aufenthaltsraum. Das bedeutet für mich: kein gesundheitsgefährdender Stress, kein sinnloses Schwitzen, keine überraschenden Brände – aber leider auch keine Charlotte. Sie nutzt die Flaute und bummelt ein paar Überstunden ab. Allmählich muss ich meine genialen Werbemaßnahmen umsetzen, sonst verbringe ich die letzten Monate meines Zivildienstes womöglich im Altersheim.

Am Mittwoch ziehe ich kurz vor achtzehn Uhr meine Ziviklamotten aus und meine Zivilkleidung an. Feierabend. Der Küchendienst zum Abendbrot entfällt mangels Nachfrage.

»Heute Abend ins Fitnessstudio?«, schreibt mir Markus per SMS.

»Krieg ich hin«, simse ich zurück.

Seit einigen Wochen treffen wir uns regelmäßig zum Sport. Spätestens am Ende meiner zivilen Knechtschaft und zum Studienbeginn will ich topfit sein. Schließlich geht es an der Uni so richtig ab, wie man hört. Wer dort keine abkriegt, sollte unbedingt einen kritischen Blick in den Spiegel werfen, meinte mein Lieblingslehrer am

Gymnasium immer. Mir gefällt der Mann im Spiegel zwar extrem gut, aber selbst ein Körper an der Grenze zur Perfektion lässt sich noch weiter optimieren.

Das Fitnessstudio ist recht kuschelig und klein. Im Grunde besteht es nur aus zwei Räumen mit je vierzig Quadratmetern. Damit es größer wirkt und man ständig neue Problemzonen an sich entdeckt, sind die Räume komplett verspiegelt. Das Beste an diesem beschaulichen Sportplätzchen ist: Es gibt keine Pumper, die schlechte Laune verbreiten, weil man ihre Anabolikabeulen mit dem eigenen Bizeps vergleicht. Einziger Nachteil ist die Mitgliederfraktion mit künstlichen Hüftgelenken und einem Redebedarf, der meinen deutlich übersteigt.

»Moin, bist du schon lange hier?«, begrüßt mich Markus, als er mit halbstündiger Verspätung ins Studio kommt.

»Seit dreißig Minuten, wie verabredet«, antworte ich absichtlich mit zickigem Unterton und stelle mein isotonisches Fitnessgetränk ab. Außer Sodbrennen hatte das Zeug bisher zwar keinen spürbaren Effekt, aber ich bleibe dran.

»Musste einen Mandanten davon abbringen, wegen eines Nachbarschaftsstreits bis vors Bundesverfassungsgericht zu ziehen.«

»Du hast es auch nicht leicht.«

»Nee, absolut nicht. Andererseits kann ein Prozess durch alle Instanzen, in dem es um Blätter vom Baum des Nachbarn geht, die auf das eigene Grundstück fallen, äußerst lukrativ sein. Mein zukünftiger Porsche finanziert sich nicht von allein.«

»Wohl wahr. Drei solche Fälle, und du hast die erste Rate im Sack.«

»Exakt. In der Zwischenzeit zieh ich mich um.«

Markus hat vor Kurzem sein erstes Staatsexamen abgelegt und versucht nun als Rechtsreferendar, Traum – so flammende Plädoyers zu halten wie Tom Cruise in »Eine Frage der Ehre« oder Matthew McConaughey in »Die Jury« – und Realität – Amtsgericht Eutin, Nachbarschaftsstreitigkeiten und Verkehrsunfälle mit Blechschäden – in Einklang zu bringen. Der Weg an die Spitze ist eben steil, steinig und lang. Genauso lang ist auch unsere Freundschaft. Das gemeinsame Ausheben von Bunkern auf unbebauten Wiesen als Versteck vor verfeindeten Kinderbanden aus dem Neubaugebiet und stundenlange, nervenzerreißende Kantsteinfußballspiele schweißen zusammen. Sie kennen Kantsteinfußball nicht? Aber was ein Fußball ist, wissen Sie, oder? Gut, ist immerhin ein Anfang. Also: Man nehme eine verkehrsberuhigte Straße mit handelsüblichen Gehwegen auf jeder Seite, inklusive amtlicher Bordsteine, die im Norddeutschen Kantsteine heißen. Sinnigerweise wirft man nun den Ball in Richtung des Gegners. Insofern müsste es eigentlich Kantsteinhandball heißen, aber wer möchte bitte schön freiwillig behaupten, dass er gern Handball spielt? So einer könnte auch gleich sagen: »Ich komm vom Dorf.« Ziel ist es jedenfalls, den gegenüberliegenden Kantstein so zu treffen, dass der Ball zurückprallt. Jeder Treffer ein Punkt.

Während sich Markus umzieht, frage ich mich, wie ich bei Charlotte punkten könnte. Sicher, der Altersunterschied von fast zwanzig Jahren ist recht heftig. Einen standesamtlich beglaubigten Begatter hat sie auch. Heiraten – in meinen Augen totaler Quatsch. Einen Tag besoffen vor Glück und anschließend fünfzig Jahre Kater. Für nur eine Muschi. Kirchlich verordnete Monogamie. Ohne mich!

»Na, Schatz, wie war dein Tag?«, fragt mich Markus beim Aufwärmen auf den Crosstrainern.

»Heiß«, schnaufe ich bei achtzig Umdrehungen pro Minute.

»Das heißt? Haste endlich eine aufgerissen?«

»Nee, aber mir selbst den Arsch. Stichwort: Hecke schneiden.«

»Das ist doch schon über 'ne Woche her.«

»Aber die Nachwehen spüre ich bis heute. Wir dummen Zivis mussten den Schnitt mit der Schubkarre zig Hundert Meter weit bis in den Wald karren.«

»Ist das nicht verboten?«

»Nicht, wenn einem der Wald gehört, Herr Anwalt. Die viel entscheidendere Frage wäre gewesen, ob man Zivis bei solchen klimatischen Extrembedingungen überhaupt derartige Arbeiten verrichten lassen darf.«

»Genug Kraft für Sport scheint ja übrig geblieben zu sein.«

»Aber nur, weil es hier drinnen klimatisiert ist. Außerdem hab ich bei der Gartenarbeit im Schatten eine längere Pause eingelegt, um mich vor dem Hitzetod zu bewahren.«

»Das ist Arbeitsverweigerung.«

»Das ist Selbstschutz.«

»Höchstens Selbstmitleid! Möchtest du wissen, was ich für unsere Volkswirtschaft geleistet habe?«

»Anwälte tragen was zum Bruttoinlandsprodukt bei?«

»Ohne uns wäre es praktisch unmöglich, eins zu erwirtschaften, mein Freund. Stichwort Rechtssicherheit. Wir haben letzte Woche das Mandat für einen der größten Wirtschaftsprozesse erhalten, den diese Stadt je gesehen hat.«

»Der größte Wirtschaftsprozess in der Geschichte Eutins. Wahnsinn. Worum geht's? Falsch abgerechnete Spesen?«

»Witzig! Komm nicht angekrochen, wenn du 'n guten Anwalt brauchst.«

»Wieso, kennst du einen?«

»Muhaha! Nee, im Ernst, der Streitwert liegt bei über einer Million Euro. Das sind zwei Millionen Mark!«

»Irre. Worum geht's?«

»Das darf ich nicht im Detail verraten. Nur so viel: Der größte Bauunternehmer der Region hat bei öffentlichen Aufträgen zu viel Material und Arbeitsstunden abgerechnet. Der Bauamtsleiter steckt mit drin.«

»Wen vertrittst du?«

»Die Frau des Bauunternehmers. Sie tritt als Zeugin auf und will ihrem Gatten eins reinwürgen, weil er sie mit dem Au-pair-Mädchen betrogen hat. Die erhofft sich davon eine bessere Ausgangslage für den Scheidungsprozess.«

»Verstehe. Eure Kanzlei macht wirklich alles, oder?«

»In die Kanzlei ist ein neuer Partner für Wirtschaftsrecht eingestiegen. Ich schnupper am Anfang überall rein.«

»Mit anderen Worten: Du trägst die Akten?«

»Ich lese die Akten! Ich bearbeite sie! Und tragen muss ich sie auch ...«

Nach zehn weiteren Minuten beenden wir die Produktion fürs Schweißinlandsprodukt und begeben uns zu unserem Trainer Thilo an die Bar. Sportliche Erfolge brauchen eine gesunde Grundlage.

»Na, Jungs, was darf ich euch anbieten?«

»Irgendwas, das die Muskeln wachsen und das Fett schmelzen lässt«, umreiße ich unsere Bestellung.

»Kein Problem. Soll das vielleicht auch noch Flügel verleihen?«

»Ihr habt Red Bull?«, fragt Markus erstaunt.

»Nee, aber was von der Kuh. Kann euch einen Milch-Proteinshake mixen.«

»Mit welchem Aroma?«

»Kirsche.«

Wir nicken und schauen Thilo beim Mischen zu. In richtigen Fitnessstudios könnte man jetzt den Blick über die Trainingsfläche zu den Mädels in engen Outfits schweifen lassen. Ist hier eher schwierig. Im Geräteraum loten zurzeit drei Mitglieder jenseits des Renteneintrittsalters die Belastungsgrenzen ihrer Herzschrittmacher und künstlichen Gelenke aus. Meine Augen haben Schöneres verdient.

Thilo stellt die Shakes auf den Tresen.

»Und, ihr Loser, was habt ihr heute schon gemacht?«

»Zehntausendmeterlauf aufm Crosstrainer«, behauptet Markus und stößt imaginär auf seine vermeintliche Leistung an.

»Wohl eher ein Zehnminutenlauf. Kenn euch doch.«

»Timo vielleicht. Der ist immer noch kaputt von der Arbeit.«

»Welcher Arbeit?«

»Gartenarbeit. Bin Zivi im St.-Stephanus-Haus.«

»Bei Schmittke?«

»Genau. Kennste den?«

»Flüchtig. Seine Nichte kommt ab und an zum Training vorbei.«

»Die, die bei der Sparkasse arbeitet?«

»Genau, Suse.«

»Wann kommt die für gewöhnlich zum Training? Wochentage, Uhrzeiten, sonstige Informationen!«

»Du willst was von der Nichte deines neuen Chefs?«

»Bisschen Networking kann nie schaden.«

»Hab von einem gehört, der was mit ihr hatte und sie dann wegen einer anderen sitzen gelassen hat. Soll kurz danach in einen merkwürdigen Verkehrsunfall verwickelt gewesen sein.«

»Hab ich von gehört. Angeblich hat jemand an den Bremsleitungen rumgefummelt.«

»Ein Verfahren gab es dazu meines Wissens nicht«, meint Markus.

»Könnte auch nur ’n Gerücht sein. Die Suse ist für den Schmittke so was wie sein Augapfel.«

»Ja, mach mir ruhig noch mehr Angst, Thilo. Danke!«

Lachend geht er in den Geräteraum und gibt einem der dortigen Elvis-Fans der ersten Stunde Tipps, wie man die Gewichte der Rudermaschine ohne Gefahr eines doppelten Bandscheibenvorfalls nach dem Anreißen »Return to Sender« schickt.

»Wollen wir nachher ins Phoenix, was essen gehen?«, fragt Markus, während wir unsere Muskelaufbau-Shakes schlürfen.

»Gern. Hab guten Hunger gekriegt, durch das Geacker hier.«

»Ich auch. Könnte wieder was vertragen.«

»Dann lass uns vorher noch einen draufsetzen und zum Abschluss in der Sauna die Kalorien vom Shake bei neunzig Grad verbrennen.«

»Genialer Plan.«

Wehrlos in Suses Schwitzkasten

Die Sauna ist nicht viel größer als die in den Villen aus alten »Derrick«-Folgen. Zudem ist sie meistens leer. Gott sei Dank! Niemand will die Durchschnittsmitglieder dieses Studios so sehen, wie Gott sie vor einem knappen Jahrhundert schuf. Andererseits muss ich meine Brille eh draußen ablegen. Von daher sehe ich nicht viel.

»Hallo. Reinkommen und Tür zumachen, es wird kalt.« Suse!

Markus und ich bleiben wie angewurzelt stehen. Wäre es blöd, meine Brille wieder aufzusetzen? Oder wäre es blöd, es nicht zu tun?

»Hallo. Ähm, tja, dürfen wir?«, stottere ich.

»Ihr dürft nicht nur, ihr müsst – und zwar euch entscheiden: rein oder raus?!«

Bin ich der Einzige, der bei dieser Formulierung in einer derartigen Situation nicht an das Betreten einer Sauna denkt? Ein Blick zu Markus verschafft mir Gewissheit: Nein, ich bin nicht der Einzige.

»Gut, dann kommen wir rein, was, Timo?«

»Mhm.«

Verlegen wie zwei Chorknaben im Stimmbruch klemmen wir uns auf die von ihr am weitesten entfernten Bänke und lassen unsere Handtücher selbstverständlich um. Thilo hätte uns ruhig vorwarnen können.

Vor uns sitzt Suse, wie Gott sie an einem seiner besten Tage schuf. Eins ist klar: Ich bleibe hier hocken, bis sie aufsteht. Erstens, weil sie auch ohne Brille zu scharf ist, als dass meine Weichteile hier auf Dauer weich bleiben könnten. Zweitens, weil ich wohl nie wieder die Chance bekommen werde, diesen Prachthintern ohne störenden Stoff zu sehen. Meinetwegen warte ich, bis ich innerlich austrockne, ist mir scheißegal! Sonst hasse ich mich bis ins Grab. Schmittke muss ja niemals erfahren, dass ich mich zusammen mit seiner Lieblingsnichte nackig gemacht hab. Außerdem komme ich mit dem Fahrrad zur Arbeit. Ein durchgeschnittener Bremsbowdenzug fällt sofort auf und ist nicht weiter tragisch. Mein Fahrrad hat 'ne Rücktrittbremse. Er könnte höchstens die Luft aus den Reifen lassen, aber pfff, dann geh ich halt zu Fuß.

»Und«, durchbricht Suse die angespannte Stille, »hast du dich im St.-Stephanus-Haus schon eingelebt?«

»Hm?«

»Na, du bist doch der neue Zivi, oder?«

»Richtig. Zivildienst. T1.«

Sie lacht. »T1?«

»Ja, eigentlich bin ich 'ne Kampfmaschine. Zumindest glaubt das der Bundeswehrarzt, der mich gemustert und für kriegstauglich befunden hat.«

»Dafür machst du aber einen recht friedlichen Eindruck.«

»Das täuscht. Innerlich bin ich ein Vulkan. Könnte jederzeit ausbrechen.« Wenn sie wüsste, wie sehr das stimmt. Wehe, sie legt sich hin! Das steh ich nicht durch. Weder mental noch schwellkörperlich.

»Ich heiße übrigens Markus«, fährt mir einer meiner angeblich besten Freunde in die Parade. »Kuss mit einem S.«

»Tatsächlich?«, lacht sie.

»Den schwachen Spruch bringt er bei jeder«, revanchiere ich mich bei ihm.

»Einspruch! Der ist mir eben erst eingefallen. Dank dir, Suse, meine Muse.«

»Einspruch abgelehnt, Herr Anwalt«, albert sie mit ihm herum.

»Ich bin wirklich Anwalt. Also bald.«

Ich hüstele betont laut dazwischen.

»Oh Gott, bevor ich einen Streit unter Freunden provoziere, gehe ich lieber. Viel Spaß noch.«

Wie schaffen es Frauen, aufzustehen und mit derselben Bewegung ein Handtuch um ihren Luxuskörper zu wickeln? Ihr Hintern sieht zwar selbst unter einem IKEA-Frotteehandtuch noch hocherotisch aus, ärgerlich ist es trotzdem. Als sie draußen ist, fallen Markus und ich augenblicklich in uns zusammen.

»Alter, was war das denn?«, keucht Markus. »Das war die von der Sparkasse?«

»Ja, die Nichte meines Chefs. Für die würde ich mir ohne zu zögern die Bremsseile durchschneiden lassen. Egal ob am Auto oder am Fahrrad.«

»Für die würde ich deine Bremsseile persönlich durchschneiden! Bei der stimmt einfach alles. Kein Hagelschaden weit und breit.«

»Kein was?«

»Cellulite!«

»Ach so. Na ja, soweit man das sehen konnte. Wieso ist ausgerechnet die mit meinem Chef verwandt? Es gibt genug ältere Herren in dieser Stadt, die sich darum reißen würden, ihr Onkel sein zu dürfen.«

»Tja, wenn du die haben willst, musst du ausnahmsweise was riskieren. Einfach nur zu hoffen, dass sie dir irgendwann ihre Nummer gibt, wird dich nicht weiterbringen.«

»Was soll das heißen?«

»Dass du dich bei Frauen zu wenig traust. Du musst öfter mal einen flotten Spruch raushauen!«

»Einen flotten Spruch? Wo lebst du, in den Fünfzigern? Die bekommt man nicht mit einem flotten Spruch. Die Frau hat Klasse.«

»Gut, dann probiere ich es eben bei ihr mit einem flotten Spruch.«

»Du bleibst schön sitzen, ist das klar? Ich hab sie zuerst gesehen.«

»Ohne Brille? Wohl kaum.«

»In der Sparkasse! Mit Brille und starrem Blick.«

»Okay, folgender Deal: Du schaltest endlich auf Angriff, und falls du keinen Treffer landest, darf ich.«

»Also bitte! Sie ist doch kein Lustobjekt, sondern ein menschliches Wesen. Besser gesagt ein elfengleiches.«

»Sind dir bei der Hitze die Eier geschmolzen? Die Frau ist die Definition eines Lustobjekts! Wenn du sie nicht bis spätestens Weihnachten klarmachst, darf ich sie auspacken. Brauchst mir nicht zu danken, bin 'n Kumpel. Dir bleiben über vier Monate Zeit. Ist selbst für dich zu schaffen. Falls nicht, umso besser.«

»Wieso sind wir eigentlich befreundet?«

»Weil du jemanden brauchst, der dich anschiebt. Die viel wichtigere Frage ist: Wieso hocken wir hier noch rum, während sie fünf Meter weiter nackt unter der Dusche steht?«

»Weil wir Gentlemen sind.«

»Blödsinn! Weil wir beide sonst 'nen Ständer kriegen, bei dem auch die kalte Dusche nichts bringen würde.«

»Oder so.«

Eine Minute später schwebt Suse in die Umkleidekabine. Natürlich wieder eingehüllt in die Spannersperre aus IKEA-Frottee. Diese lustfeindlichen Dinger kann nur ein schwuler Schwede erfunden haben.

Ich befürchte, dass ich mich niemals trauen werde, sie zu einem Date einzuladen. Bei Lena ist das was anderes. Mit der will man Pferde stehlen. Von Suse hingegen will man geritten werden.

Lagebesprechung

In unserem Stammlokal ist nicht allzu viel los. Das Phoenix ist eine dieser perfekten Mischungen aus Restaurant und Bar: dunkle Holzmöbel, die Hälfte der Tische steht zwei Stufen erhöht, hier und da trennt künstliches Urwaldgewächs die Sitzbereiche voneinander. Die Wände sind mit nach alter amerikanischer Werbung aussehenden Blechtafeln zugepflastert. Das Essen ist eine glatte Eins, immer frisch. Genau wie die Bedienungen: keine älter als fünfundzwanzig. Ein gut durchdachtes Konzept.

»Ah, die Olympioniken«, begrüßt uns Achmed, der iranische Wirt. Die Küche ist italienisch und vielleicht gerade deswegen so gut. Das beste Wiener Schnitzel meines Lebens habe ich zum Beispiel bei einem Griechen gegessen.

»Hey, Achmed, alles klar?«, begrüßt ihn Markus per Handschlag.

»Habt ihr wieder die Eisen gestemmt?« Achmed pumpt imaginäre Hanteln in die Luft.

»Haben geschwitzt wie Calli Calmund beim Treppensteigen«, bestätige ich.

Warum Achmed Bayer-Leverkusen-Fan ist, weiß nur er selbst.

»Oha, so viel? Dann nehmt Platz und ruht euch aus. Jessica bringt gleich die Karten.«

Wir gehen zu unserem Stammplatz hinten an der Wand. Von hier aus haben wir beide den gesamten Laden im Blick. Leute gucken ist eh das Beste. Könnte ich hauptberuflich machen. Abwechslungsreicher als mein derzeitiger Job ist es auf jeden Fall.

»Na«, begrüßt uns Jessica, »braucht ihr die Karten überhaupt? Ihr nehmt doch bestimmt dasselbe wie immer.«

Natürlich nehmen wir das Gleiche wie immer. Markus die 32, Schinken-Rucola-Pizza, und ich die 21, Tortellini in Schinken-Sahne-Sauce mit reichlich Parmesan. Meine Energiebilanz fällt damit heute zwar leicht positiv aus – mehr Haben, als ich soll –, aber dafür nehme ich mir vor, beim nächsten Besuch im Fitnessstudio meine eisernen Fettreserven umso brutaler anzugreifen.

»Wie willst du denn nun Suse ans Höschen?«, fragt Markus, nachdem Jessica breit grinsend unsere Bestellung aufgenommen hat.

»Ans Höschen?«

»Ja, wie lautet deine Strategie für die Besteigung des Mount Suse?«

»Ach …«

»Lass mich raten: Du läufst wieder freiwillig in die Freundesfalle hinein, oder?«

»Quatsch! Mein Pech ist höchstens, dass ich mich dauernd in Frauen vergucke, die fest vergeben sind.«

»Hat Suse einen Freund?«

»Keine Ahnung, ich bin ihr erst zweimal begegnet.«

»Dann gib nicht schon auf, bevor du das überhaupt weißt. Du musst deinen inneren Schweinehund endlich mal in den Zwinger sperren und leben! Selbst wenn sie vergeben ist – bisschen was geht immer. Es sei denn, man nimmt die Abkürzung in die Freundesfalle und spielt den Netten.«

»Ich bin eben nett. Das Arschloch-Gen fehlt in meiner DNA.«

»Leider. Dabei versuche ich dir seit Jahren ein schlechtes Vorbild zu sein.«

»Du bemühst dich nach Kräften. Ich weiß das zu schätzen.«

»Danke.«

»Was mich viel mehr beschäftigt: Hat der Schmittke wirklich die Bremsseile von ihrem Ex gekappt?«

»Ist bestimmt nur ’n dummes Gerücht. Du meintest doch, der sei ganz nett«, beschwichtigt Markus.

»Kennst du einen Serienmörder, der aussieht wie ein Serienmörder?«

»Ich kenne keine Serienmörder. Hoffe ich zumindest. Nicht mal beruflich.«

»Die wirken alle normal. Im Fernsehen sagen die Nachbarn hinterher: ›Der hat immer freundlich gegrüßt‹ oder ›der war total unauffällig‹.«

»Mein Vorschlag ist: Find’s raus. Mach diese Suse klar und guck einfach, ob du in einen tragischen Auto- oder Arbeitsunfall verwickelt wirst oder nicht.«

»Abermals sehr hilfreich, danke.«

Wir stoßen auf mein baldiges Ende an und beobachten die hereintrudelnden Pärchen, Mädelsrunden und Kegelgruppen.

»Außerdem hab ich ein zweites Eisen im Feuer«, versuche ich etwas Druck aus der Suse-Sache zu nehmen.

»Aha, das heißt? Schmiedest du dir deinen eigenen Keuschheitsgürtel?«

»Haha. Das heiße Eisen ist eine Frau! Hab ich auf der Zugfahrt zum Zivilehrgang kennengelernt. Lena.«

»Lena? Wie dieser Song von PUR?«

»Wieso kennst du einen Song von PUR?«

»Lenk nicht ab. Haste ihre Nummer?«

»Ja.«

»Wann seht ihr euch wieder?«

»Wer weiß, die Welt ist klein.«

»Die Welt ist klein? Glaubst du, dass du ihr einfach so wieder über den Weg läufst?«

»Schon passiert. Beim Tag der offenen Tür an der Uni Kiel. Ich glaube eben an das Schicksal, und falls das Schicksal vorgesehen hat, dass wir …«

»Oah, hör auf, mir wird schlecht! Du bist ihr zufällig zweimal begegnet, hast ihre Nummer, aber nicht vor, sie anzurufen, und bezeichnest sie als Eisen im Feuer?«

»Wir wollen ja irgendwann was zusammen machen. Haben wir zumindest verabredet. Das wird schon. Bin Optimist.«

»Du bist 'n Träumer! Dein Glas ist nicht halb voll, dein Glas ist leer. Staubtrocken. Trockener als die Vagina von Mutter Teresa.«

»Du bist ekelhaft.«

»Ich bin vor allem ehrlich. Meine Kehle ist übrigens auch trocken. Achmed?«

Wir bestellen die nächste Runde Cola light und wechseln das Thema. Gegen kurz vor elf bringt uns Jessica die Rechnung. Natürlich die gleiche Summe wie immer.

In der Nacht träume ich davon, Suse zu besteigen. Als ich gerade nach ihrem Prachthintern greifen will, stürze ich in eine tiefe Schlucht. Irgendjemand hat an meinen Karabinerhaken herumgefummelt, bevor ich das Gleiche mit der Lieblingsnichte eines potenziellen Serienmörders tun konnte.

Drückeberger

An den darauffolgenden Tagen bleibt mir der Weg zur Sparkasse erspart. Nach unserer letzten Begegnung wäre ich mental auch gar nicht in der Lage, Suse anzubaggern. Stattdessen werde ich von Schmittke und Rogowski wieder zu Höchstleistungen unter unmenschlichen Bedingungen angetrieben. Nach der Hecke sind die Bäume und Sträucher dran.

Gartenarbeit ist was für Frührentner, aber nicht für dynamische Zivis, die eine Unmenge anderer sinnvoller Dinge für die Gemeinschaft tun könnten – zum Beispiel Kinder zeugen mit Suse. Oder einer frustrierten Ehefrau wie Charlotte zu ein paar Minuten Glück verhelfen. Gut, vielleicht auch nur zu einer einzigen Minute Glück, aber immerhin. Ich könnte auch mein zweites Eisen im Feuer anheizen und Lena bei einem Date zum Schmelzen bringen. Oder ich könnte endlich anfangen, das St.-Stephanus-Haus vor diesem Herrn Fischer und der Synode zu retten. Allein schon, damit Birgit, eines der Hausmädchen, ihren Job behält. Mit ihrer mittelschweren Behinderung, die wie eine Art leichtes Downsyndrom wirkt, bekommt sie woanders bestimmt keinen Job. Erst recht keinen, der ihr ein vergleichbares Maß an Selbstständigkeit ermöglicht. Unter der Woche wohnt sie nebenan im Zivihaus, freitagabends holen ihre Eltern sie ab. Nicht schön mit Ende dreißig, aber auf jeden Fall besser, als in einem Heim beim Tütenkleben zu versauern.

»Na, Timo, sind Sie Feuer und Flamme bei dem Gedanken an Ihr langfristiges Projekt?«, ruft Schmittke, als ich mich nach getaner Gartenarbeit mit letzter Kraft ins Büro schleppe und auf meinen Stuhl fallen lasse.

»Nee, im Gegenteil, fühl mich wie ausgelöscht.«

»Ich dachte, Sie brennen für diesen Job?«

»Wenn Sie mit diesen Wortspielereien weitermachen, fackle ich nicht lang und kündige. Dann können Sie Ihr Grünzeug in Zukunft selber schneiden.«

»Dann hole ich mir halt den nächsten Zivi.«

»Auch wieder wahr.«

»Sie erinnern sich noch an Ihre Werbekampagne und das langfristige Projekt mit den Gästebüchern, oder?«

»Selbstverständlich.«

»Hatte nichts anderes erwartet. Ich gebe Ihnen jetzt etwas Geld, damit Sie in der Stadt Tonpapier und einen neuen Edding kaufen können.«

»Wofür?«

»Für die Schutzumschläge, die Sie für die Gästebücher basteln sollen!«

»Richtig. Krieg ich hin.«

»Das hoffe ich! Setze mein ganzes Vertrauen in Sie. Fahren Sie bitte außerdem bei der Bank vorbei und holen Sie zwei Rollen Wechselgeld für den Kiosk. Eine Rolle Eineurostücke und eine Zweieurorolle.«

»Bei der Sparkasse?«, frage ich entsetzt.

»Klar, spricht was dagegen?«

Mist! Darauf war ich nicht vorbereitet. Ich brauche mehr Anlauf, bevor ich den nächsten Schritt in Richtung Suse wage. In letzter Sekunde spuckt mein abiturgestähltes Hirn eine nahezu brillante Idee aus.

»Kann ich die Rollen in der Stadt holen, oder muss ich extra zur Vorstadtfiliale?«

»Die können Sie holen, wo Sie wollen. Wenn Sie in die Innenstadtfiliale gehen, grüßen Sie meine Nichte von mir. Die muss diese Woche unten aushelfen.«

Das kann nicht wahr sein! Ist das nun Schicksal? Falls ja, was für eins? Glücklich mit Suse bis ans Ende meines Lebens oder ein unglückliches, frühes Lebensende dank Schmittke?

»So, Timo, hier ist das Geld. Autoschlüssel liegt auf dem Sideboard. Viel Spaß!«

Spaß? Zu Leuten, die in die Geisterbahn gehen, sagt man auch ›viel Spaß‹! Auf meiner linken Schulter hockt ein Teufelchen namens Markus und krächzt: »Sprich Suse an!«, auf der anderen Seite geht Schmittke wahrscheinlich gleich in den Keller, um seine Messer zu wetzen. Ich bin am Arsch. Leider nicht an Suses.

Für einen kurzen Moment spiele ich mit dem Gedanken, zur Vorstadtfiliale zu fahren. Allein der Gedanke ist Pussy de luxe! Die Blöße gebe ich mir nicht. Nachher fragt Schmittke seine Nichte, ob ich sie von ihm gegrüßt habe. Dann stehe ich vor beiden Marty-McFly-mäßig als feige Sau da. Außerdem kommt Weihnachten schneller, als man denkt. Ehe ich mich versehe, schmerzt »Last Christmas« im Gehörgang, jeder gemeinnützige Verein will eine Spende von mir, auf der Suche nach Geschenken ärgere ich mich, dass die Geschäfte am 24. Dezember schon um 14 Uhr dichtmachen, und Markus macht sich an Suse ran.

Die Stadt ist fast leer, die meisten Parkplätze auch. Ich finde sogar einen für lau, bei dem man nicht den örtlichen Beamtenapparat mitfinanzieren muss.

Mein erstes Ziel: Kaufhaus Mohr. Ja, ich schiebe den Besuch bei der Bank vor mir her, na und? Ist ja wohl meine Sache! Muss eh beide Aufträge erledigen.

In der Schreibwarenabteilung sichte ich zunächst das Zeitschriftenangebot. Politische Bildung ist für Zivis schließlich nicht nur während des einwöchigen Lehrgangs ein großes Thema.

Das Titelblatt der Bravo verkündet, dass sich ein weiterer Boyband-Schönling geoutet hat. Shocking! Laut BILD ist George W. Bush im Irak immer noch auf der Suche nach Massenvernichtungswaffen. Kennt jeder von Ostern, nach dem letzten Ei suchst du ewig. Findet sich frühestens am ersten Weihnachtstag wieder. George wird sich wohl gedulden müssen. Auf dem Playboy macht sich Pamela Anderson zum x-ten Mal nackig. Die Frau hat's nach wie vor drauf. Was hauptsächlich daran liegt, dass mittlerweile weit über ein Kilo schönheitschirurgisches Füllmaterial an ihr klebt.

Nachdem ich die politische und Promi-technische Weltlage sondiert habe, begebe ich mich in den Bereich für Bastelbedarf. Mein persönlicher Bedarf ist in dieser Hinsicht eigentlich seit der ersten Klasse gedeckt. Zudem bin ich weder Mutti noch Kunstlehrerin. Wie ich Kunst in der Schule gehasst habe! Bilder malen, die am ehesten das

Attribut »abstrakt« verdienen, schiefe Sterne ausschneiden, die einen zu Hause noch zwanzig Jahre später in jeder Adventszeit verfolgen, weil sie durch mütterlich verklärte Augen niedlich erscheinen, und Sachen aus Ton formen, die nicht mal Oma braucht. Geheucheltes Lob ist einem trotz der offensichtlichen Talentfreiheit sicher: »Hey, toll hast du das gemacht!« Als ob man es selbst nicht besser wüsste.

Mit zehn Bögen schwarzem Tonpapier und einem silbernen Edding gehe ich zur Kasse. Meine Bastelarbeit soll wenigstens cool aussehen. Farbtechnisch hat Schmittke keine Vorgaben gemacht.

»Mensch, da will aber einer ordentlich was basteln«, scherzt die Kassiererin beim Einscannen. Wie oft sie den Spruch in dieser Abteilung wohl schon gebracht hat?

»Nee, da muss einer basteln«, erwidere ich.

»Oh, mit der kleinen Nichte?«

»Fast. Mit dem großen Onkel.«

»Aha, verstehe …«

Das glaube ich zwar kaum, aber ich lasse sie in ihrem Glauben, bezahle und schleppe den Mist zum Auto.

Das gerollte Kleingeld könnte ich im Grunde von jeder Bank der Stadt holen und behaupten, dass ich Suse nicht gesehen hätte. Niemand zwingt mich, das Geld bei der Sparkasse zu wechseln. Außer meinem Stolz. Mühsam setze ich einen Fuß vor den anderen und schiebe mich durch die breite Schiebetür der Innenstadtfiliale. Suse steht gleich am ersten Schalter. Nicht zu übersehen. Mich übersieht sie leider auch nicht. Die Schlange an Schalter zwei ist wesentlich länger als an ihrem, ergo keine Alternative. Mein Magen fährt Achterbahn. Zehn Loopings in Folge. Ich bin verdauungstechnisch am Limit. Wenn ich nicht sehr bald dran bin, dann …

»Der Nächste, bitte.«

Ich trete vor und ringe mir ein Begrüßungslächeln ab, das sich seltsam schief anfühlt. Wahrscheinlich, weil es schief aussieht.

»Hi. Kannst du mir diese Scheine in Metall umwandeln?«, frage ich lässiger als befürchtet.

»Kann ich. Was soll auf dem Metall stehen?«

»Eine Eins und eine Zwei.«

»Zwölfeuromünzen gibt's leider nicht«, grinst sie.

»Sehr witzig!«

»Du musst schon klar und deutlich sagen, was du von mir willst.«

Was ich von ihr will? Sex, denke ich. Liebe, fühle ich. »Eine Rolle Eineuromünzen und eine mit Zweieuromünzen«, sage ich.

»Siehst du, geht doch. Sonst hätte ich dir womöglich jede Menge Ein- und Zweicentmünzen gegeben«, sagt sie, öffnet eine Schublade unter dem Tresen und holt die Rollen heraus. »Habt ihr es noch lange in der Sauna ausgehalten?«, fragt sie und schiebt mir die Münzen unter dem Panzerglas hindurch.

»Nee, haben nur kurz gewartet, bis du mit dem Duschen fertig warst, und sind dann raus.«

»Bis ich mit dem Duschen fertig war?«

»Ja, wir wollten nicht … nachher wär dir das unangenehm gewesen …«

»Nö. Ich geh öfter in die Sauna, kein Ding. Hatte eher

das Gefühl, dass es euch unangenehm war. Bisschen verklemmt, was?«

»Ich verklemmt? Bitte! Bin total offen. Für alles.«

»Entschuldigen Sie, dass ich Ihr Geturtel unterbreche, aber ich würde gerne drankommen, bevor ich sterbe«, schneidet mir eine ältere Dame das Wort ab. Dabei wollte ich gerade anfügen, dass wir uns ruhig öfter in der Sauna treffen könnten. Typisch alte Leute. Jammern darüber, dass es zu wenig neugeborene Rentenzahler gibt, aber vermasseln mir die Tour mit der zukünftigen Mutter meiner Kinder.

Statt eloquent zu kontern, laufen wir beide rot an, murmeln »sorry« und werfen uns zum Abschied ein gequältes Lächeln zu.

Das lief ja super. Eigentlich kann ich Markus kampflos das Feld überlassen, wenn ich mich weiterhin anstelle wie 'n dummer Bauer. Der setzt mich in maximal drei Anmachzügen matt. Im Schwanzeinziehen bin ich König. Ungeschlagen. Ohne Chance auf die Herzdame. Das passt zwar nicht hundertprozentig in mein sprachliches Schachbild, aber bei »Dame« hatte ich Bammel, dass der ein oder andere denkt, ich würde was von der älteren Dame wollen. Solche Neigungen sind mir jedoch mindestens so fremd wie die Regeln des zwischenmenschlichen Paarungsschachs.

Auf der Rückfahrt fällt mir ein, dass ich vergessen habe, Suse von ihrem Onkel zu grüßen. Egal. Bei ihrem Anblick kann Schmittke froh sein, dass ich nicht vergessen habe, was ich überhaupt in der Bank wollte. Hauptsache, er fragt nicht nach.

»Haben Sie meine Suse schön von mir gegrüßt?«

Schmittke steht mit einem Schraubenschlüssel in einer etwas versteckt liegenden Ecke des Parkplatzes und schließt grade behutsam den Motordeckel von Michaels Auto.

»Mhm«, brumme ich so, dass es alles bedeuten könnte. »Und Sie sind unter die Mechaniker gegangen?«

Wüsste gern, ob unser Koch beim Bremsen bald ins Leere tritt und ich dann nichts mehr zu essen bekomme.

»Herr Koch hat mich gebeten, nach den Bremsen zu schauen. Wäre eigentlich Ihr Job gewesen, schließlich haben Sie das gelernt.«

Menschen umzubringen?, denke ich. Nein, habe ich nicht gelernt. Im Gegenteil, bin Zivi geworden, weil ich eben niemanden zu seinem Schöpfer schicken wollte.

»Bremsen reparieren? Bloß nicht«, antworte ich stattdessen. »Ich hab nicht umsonst meinen Kfz-Mechaniker-Job an den Nagel gehängt. Der Blick in den Motorraum wird Sie allerdings nicht weit bringen. Der Wagen muss auf die Bühne. Von oben können Sie höchstens die Muttern am Bremskraftverstärker nachziehen.« Oder lösen.

»Sehen Sie, das meinte ich. Sie haben wirklich Ahnung davon. Haben Sie in der Stadt alles bekommen?«

Ja, alles außer Ihrer Nichte, denke ich.

»Kleingeldrollen hab ich in der Tasche, Stift und Tonpapier liegen im Kofferraum. Die Bastelstunde kann losgehen.«

Indiana Feuer zieht ins Gefecht

Zehn Minuten später komme ich mir vor wie ein Archäologe auf Spurensuche. Indiana Jones ist nix dagegen. Meine Entdeckungen: Gästebucheinträge aus einer anderen Zeit.

2.6.1957. Wunderschönes Gästehaus. Alles so neu. Haben sogar ein Wasserklosett auf dem Gang und einen Plattenspieler in unserem Gruppenraum. Gestern beim bunten Abend die neue Platte von Elvis aufgelegt und zur flotten Musik kräftig geschwoft. Wir kommen gerne wieder. Gemeinde Bodelschwingh.

Oder:

Ein mit Kugelschreiber gezeichneter Weihnachtsmann auf einem Schlitten. *5.12.1968.* In seiner Sprechblase grüßt er mich mit: *Ho, Ho, Ho Chi Minh!*

Oder auch:

21.9.1994. Sometimes I Wish I Were an Angel… haben das ganze Wochenende mit der Jugendgruppe der Pfadfinder Bremen-Huchting musiziert und die schönen Lieder der Kelly Family gesungen. Aber nicht nur die neuen Hits, sondern auch die alten Sachen. Wir haben die Kellys nämlich schon vor Jahren in der Fußgängerzone entdeckt und nicht erst jetzt wie diese Erfolgs-Fans! Die kennen sie doch bloß aus der BRAVO und weil sie Angelo so süß finden (obwohl Paddy viiieeel süßer ist!!!). Und falls das hier einer von euch Kelly-Family-Hatern liest: Die waschen sich sehr wohl die Haare! Sonst würden die ja wohl kaum so glänzen! Liebe Grüße, Maike und Svenja.

Was für gestörte bis geistig umnachtete Leute hier alles übernachtet haben – interessante Mischung.

Ich hole das Gästebuch mit dem bisher spannendsten Eintrag aus meiner Tasche und blättere zum x-ten Male darin herum.

Sollt' jemals Kummer falln auf dieses Haus,
der Mammon fehlen, droht das Aus,
dann entzünd' im Keller schwarzes Licht,
und goldne Zeiten komm' in Sicht.

Schon seltsam.

»Sie sollen die Gästebücher nicht lesen, sondern sortieren, Timo«, ermahnt mich Schmittke nach einigen Stunden intensiver Lektüre.

»Klar. Hab mir die Anfangs- und Enddaten der Bücher längst notiert. Die Einträge der Gruppenleiterinnen für die Werbeaktion finden sich aber nicht von allein. Außerdem muss ich die chronologische Reihenfolge festlegen.« Was schwieriger ist als gedacht. Die auf meinem Zettel notierten Daten zu sortieren stellt sich als ziemlich kompliziert heraus. Schmittke hält es vor Ungeduld kaum auf seinem Sitz aus. Nach einer Viertelstunde reißt ihm der in meinen Augen viel zu dünne Geduldsfaden.

»Mann, Zivi! Typisch Abiturient. Sie gehen viel zu verkopft an die Sache ran. Warum sortieren Sie die Bücher nicht grob nach Jahrzehnten und bringen dann die einzelnen Jahrzehnte in die richtige Reihenfolge? Bei zweiundfünfzig Büchern kommen Sie mit Ihrer Methode nie auf einen grünen Zweig.«

»Hm, guter Tipp. Klingt fast zu einfach. Ich stelle mich eben gern besonders großen Herausforderungen.«

»Selbstverständlich. Oder Sie stellen sich besonders umständlich an, weil Sie die Aktion künstlich in die Länge ziehen wollen, um nicht wieder in den Garten zu müssen.«

»Das würde ich niiieeemals ...«

»Ja, komm«, winkt er lachend ab. »Haben Sie in den Gästebüchern denn wenigstens was Spannendes gefunden?«

»Jao, war jetzt nicht direkt 'n Krimi, aber sehr unterhaltsam. Einige potenzielle Kommentare für unsere Werbebriefe waren schon dabei. Auf jeden Fall taucht man sofort in die verschiedenen Jahrzehnte ein. Als wäre man live dabei gewesen. So wie Sie.«

»Wollen Sie mir sagen, ich bin alt?«

»Nennen wir es Lebenserfahrung – und Sie haben jede Menge davon.«

»Vorsicht! Noch lasse ich mich nicht aufs Altenteil abschieben. Gibt sowieso kaum Rente.«

»Bekommen Sie keine anständige Pension? Sie sind doch quasi im öffentlichen Dienst.«

»Ha! Das ist kirchlicher Dienst. Wir leben in erster Linie vom Gotteslohn, und der besteht aus was?«

»Keine Ahnung, Messwein bis zum Abwinken?«

»Wenn's das mal wäre! Wissen Sie, wie viele unbezahlte Überstunden ich in dreißig Jahren gemacht habe? Falls

Sie kurz schauen möchten …« Er dreht seinen Monitor in meine Richtung und öffnet eine Excel-Tabelle. »Hab's ausgerechnet. Fast 50000! Unter siebzig Stunden pro Woche komme ich hier selten raus. Wochenenden mit eingerechnet. Im Grunde arbeite ich zum halben Gehalt.«

»Was dermaßen gering ist, dass Sie arm sind wie 'ne Kirchenmaus? Ich dachte, bei den Mengen an Gold in den Kathedralen zahlt die Kirche ganz gut.«

»Das mit dem Gold sind die Katholiken, Herr Feuer. Wir sind ein protestantisches Haus, wie Sie hoffentlich inzwischen mitbekommen haben?«

»Selbstverständlich.«

»Leider ist das Gold nur ein Überbleibsel aus besseren Tagen, als die Kirche die Menschen ungestört ausbeuten und knechten konnte. Heute bleibt uns dafür lediglich die Kirchensteuer.«

»Nicht zu vergessen die Zivis.«

»Wohl wahr, aber davon gibt's viel zu wenige«, seufzt er und lacht.

»Vielleicht sollte man über den Ablasshandel neu nachdenken«, schlage ich vor.

»Gute Idee. Ich werde das in der nächsten Sitzung der Synode vortragen. Haben Sie die Gästebücher endlich fertig sortiert?«

»Fast. Es geht ja nicht nur um Schnelligkeit. Auch die Qualität der Arbeit muss stimmen. In dieser Hinsicht bin ich Perfektionist.«

»Tja, der Herr Fischer leider auch. Bei der letzten Synodensitzung hat der mich ganz schön in die Mangel genommen.«

»Das heißt?«

»Das heißt, allmählich wird's für uns eng. Entweder wir schaffen bald den Turnaround, wie er es im schönsten Unternehmensberater-Denglish ausdrückte, oder das war's.«

»Hm.«

»Nun machen Sie nicht so 'n Gesicht, Timo. Noch gibt es uns. Hauen Sie lieber 'n Schlag rein. Ich muss kurz nach Hause. Zum Abendessen bin ich wieder da.«

Schmittke hat den kürzesten Arbeitsweg der Welt. Sein Heimleiterhaus steht am Rande unserer Protestanten-Ranch. Typisches kleines Siedlungshäuschen aus den Sechzigern. Seine Frau sieht man selten. Angesichts der Gürtellänge von Schmittke steht sie wohl die meiste Zeit in der Küche und kocht.

Bevor dem Haus tatsächlich das Geld ausgeht, sollte ich die Werbeaktion endlich vorantreiben – und vielleicht der Sache mit dem Schatz nachgehen. Weniger als nichts kann ich nicht finden. Einen Versuch ist es wert. Vorher muss ich allerdings Arbeit vortäuschen und die Gästebücher sortieren. Ich lege innerhalb der Jahrzehnte die Reihenfolge fest und bilde fünf Bücherstapel. Sieht nach getaner Arbeit aus. Außerdem kann ich jetzt systematisch in allen Büchern nach weiteren versteckten Hinweisen suchen. Kurz vorm Abendessen beendet Schmittke meine Lesestunde.

»Oh, Sie kommen voran.«

»Jawohl! Morgen bastle ich die Boxen.«

»Sehr gut. Dann ab zum Küchendienst.«

Zum Glück habe ich diese Woche Spätschicht. Morgen Vormittag fahre ich in die Stadt und besorge eine Schwarzlichtlampe für meine Schatzsuche. Nachmittags ist es im St.-Stephanus-Haus ruhig genug, um unbemerkt alle Kellerräume auszuleuchten. Wovon es noch mehr gibt als Aufenthaltsräume. Zwei Kellerräume plus Flur unter dem Schlaftrakt, drei Kellerräume unter meinem Wohnhaus sowie den Tischtenniskeller unter den Tagungsräumen.

Dummerweise werde ich am nächsten Nachmittag dazu verdonnert, mit Herrn Rogowski zwei Gullys auf dem Gelände auszugraben. Genauer gesagt: Ich muss mich mit Spaten, Schaufel und Metallstange zwei Meter tief in den betonharten Boden wühlen. Alle drei Minuten stoße ich auf fußballgroße Steine, die sich nur mit einer langen Eisenstange heraushebeln lassen. Im Grunde kratze ich mich Zentimeter für Zentimeter durch verschiedene Gesteinsschichten. Langsam komme ich mir wirklich vor wie Indiana Jones.

»Ein Schatz? Ist das der erbärmliche Versuch, von den anderen beiden Schätzchen abzulenken?«, fragt mich Markus ungläubig, als ich ihm nach Feierabend im Phoenix von meiner Entdeckung berichte. Ja, ich weiß, eigentlich wollte ich die Geschichte für mich behalten. Aber erstens ist das gar nicht so leicht, und zweitens kann Markus extrem gut dichthalten.

»Suse und Lena? Quatsch! Die sind momentan absolut zweitrangig.«

»Aha! Ich hab's gewusst! Du kneifst.«

»Ich kneif überhaupt nicht! Ich hab bloß die wichtigste

Entdeckung meines Lebens gemacht. Entschuldige bitte, dass ich in diesem Moment nicht an irgendeinen geilen Arsch denke, sondern an ’nen Arsch voll Kohle. Oder Gold«, verteidige ich mich.

»Gut, nehmen wir an, das stimmt und du möchtest nicht von deinen bisherigen Annährungsversuchen ablenken. Vor vielen Jahren hat also jemand …«

»Vor siebzehn Jahren.«

»Meinetwegen. Wenn die 88 nicht für ›Heil Hitler‹ steht und du demnächst eine geheime Nazi-Allianz am Hals hast. Vor siebzehn Jahren hat einer ein bisschen was gereimt, wahrscheinlich weil ihm langweilig war im St.-Stephanus-Haus, was ich gut verstehen kann. Und jetzt reimst du dir deswegen was zusammen von wegen Goldschatz und so.«

»Kann doch sein!«

»Klar. Hat er zufällig mit Captain Hook unterschrieben? Oder mit Klaus Störtebeker?«

»Nee, mit Jack Sparrow. Komm mir hinterher nicht an von wegen: teilen unter Freunden. Der Schatz gehört allein mir.«

»Streng genommen gehört er dem St.-Stephanus-Haus. Schließlich hat der Pirat, oder wer auch immer, das so verfügt. Wenn dunkle Wolken über dem Hause stünden, oh, du leichtgläubiger Klappspaten auf Schatzsuche …«

»Jetzt lass nicht den Anwalt raushängen. Das ist längst verjährt. Ein bisschen was gebe ich ja vielleicht ab.«

»Ein testamentarischer Wille verjährt nicht.«

»Gut, aber der verbrennt, wenn man ein Feuerzeug dranhält.«

»Das ist Urkundenvernichtung.«

»Das ist gerecht! Es war mehr als ausreichend Zeit. Es hätten genug andere Leute vor mir den Hinweis lesen und den Schatz finden können.«

»Vielleicht haben die das auch.«

Shit! Daran hatte ich gar nicht gedacht. Was, wenn mir einer zuvorgekommen ist? Zum Beispiel der Typ, der mir auf dem Weg hierher mit seinem Porsche die Vorfahrt genommen hat? Oder Schmittke. Lässt er mich die Bücher nur sortieren, damit ich den Hinweis finde und mich, zu seinem Amüsement, zum Löffel mache? Vielleicht macht er das mit jedem Zivi. Für 'n dummen Scherz ist der immer zu haben. Oder ist es ihm zu peinlich, mich offiziell auf Schatzsuche zu schicken? Hofft er, dass ich den Hinweis bei der Gästebuchaktion von selbst finde?

Einige Tage später ist es endlich so weit: Bereitschaftsdienst am Wochenende. Genug Zeit, um ungestört einen auf Schatzsucher zu machen. Die Ausgrabungen mit Rogowski haben sich über mehrere Tage hingezogen, wie nicht anders zu erwarten war. Ich nehme mir das Verlängerungskabel aus der Garage, hole die neue Schwarzlicht-Stablampe aus meinem Zimmer und beschließe, im Keller unter dem Schlaftrakt anzufangen. Das Blöde ist: Bei Schwarzlicht sieht man die Spinnweben nicht. Spätestens nach fünf Minuten dürfte ich voll verschleiert sein.

Im Treppenaufgang ist außer Dreck nichts zu sehen. Die Wände scheinen vor nicht allzu langer Zeit frisch gestrichen worden zu sein, was meine Spurensuche radikal erschwert – oder zunichtemacht. Aber so schnell gebe ich nicht auf. Wenn Indiana Jones gleich bei der ersten

Schwierigkeit den Dolch in den Wüstensand geworfen hätte, wäre der Film nach fünf Minuten zu Ende gewesen. Zwei erfolgreiche Fortsetzungen: Fehlanzeige. Eine Milliarde Dollar Einspielergebnis verschenkt, wegen zu geringer Frustrationstoleranz.

Nachdem ich jede einzelne Stufe gründlich untersucht habe – schließlich könnte unter einer von ihnen ein Hohlraum versteckt sein –, inspiziere ich die Wände des Kellerflurs. Das Kaminholz im rechten Seitengang verhindert den Blick auf die dahinterliegende Wand und wirft im Schwarzlicht meiner Lampe ziemlich unheimliche Schatten. Hauptsache, der Schatz wird nicht von einer blutrünstigen Kreatur bewacht. Die womöglich vom Schwarzlicht aus einem jahrzehntelangen Schlaf geweckt wird. Jetzt rächt sich jeder schlechte Film, den ich in meinem viel zu kurzen Leben gesehen habe. Ich bin zu jung zum Sterben! Ich hab doch noch so viel vor.

Gott, die Suche hat kaum angefangen, und ich mach mir schon in die Hose. Jämmerlicher Versuch, mit dem Schicksal zu verhandeln – oder mit einem imaginären Ungeheuer. Flüche liegen auf ägyptischen Schätzen, damit hat nur der echte Indiana Jones zu kämpfen. Jim Hawkins musste sich auf der Schatzinsel meines Wissens nicht mit einem Fluch herumschlagen. Nur mit Piraten. Die dürften in Eutin aber rar gesät sein.

Bevor ich die Holzscheite wegräume, überprüfe ich lieber die anderen Kellerräume. Das Spinnenbiotop muss ich mir nicht unnötig antun.

Hinter der ersten Tür stehen die frisch gefüllten Öltanks für die Heizung. Ich drücke mich mit meiner Lampe an den Tanks vorbei und leuchte den Fußboden darunter aus. Nichts. Dafür höre ich eine leise Stimme. Bilde ich mir das nur ein? Nein, schon wieder!

»Hallo?«, ruft die Stimme etwas lauter.

Bin ich einer Kaspar-Hauser-Nummer auf der Spur? Hat Schmittke den Ex von Suse hier unten eingesperrt? Wusste er vom Schatz und hat deswegen beim Bremsen ins Leere getreten? Weiß Michael ebenfalls zu viel, und Schmittke kümmert sich deshalb auch um seinen Wagen?

»Hallo?«, rufe ich flüsternd und komme mir im selben Moment unglaublich bescheuert vor.

»Hallo?«, höre ich die Stimme plötzlich direkt neben mir. Erschrocken knalle ich mit dem Kopf gegen den Öltank. Ein kurzer, dumpfer Schmerz. Im Kellerflur brennt das Licht. Unter der Lampe steht ein Herr um die sechzig.

»Oh, ich wollte Sie nicht erschrecken«, entschuldigt sich der Leiter einer Gruppe aus Mecklenburg-Vorpommern, die bei uns zu Gast ist.

Und warum machen Sie es dann?, denke ich.

»Ach, kein Problem. Ich war nur eben … Dachte, ich hätte was gerochen, ein Leck, egal. Kann ich Ihnen helfen?«

»Wir würden gern ein paar Lieder singen und bräuchten dafür das Klavier.«

»Bring ich Ihnen sofort. Sie sind in Saal eins, richtig?«

»Genau. Lassen Sie sich ruhig Zeit.«

»Bin sowieso fertig. Ich komm gleich.«

Ich hole den Schrankschlüssel aus dem Büro und gehe in den Saaltrakt. Weil es in diesem Haus nur ein Klavier, aber mehrere Gruppenräume gibt, steht das leicht verstimmte Folterinstrument für Bürgerkinder auf Rollen. Wird es nicht gebraucht, steht es im großen Schrank vor Saal vier.

Der Gruppenleiter hält mir bereits die Tür zu Saal eins auf. Eine Frau mit buntem Seidentuch um den Hals und Doppelnamen auf dem Personalausweis hilft mir beim Rangieren.

»Funktioniert die Heizung nicht?«, will der Gruppenleiter wissen.

»Doch, wieso?«

»Na, weil Sie mit der Taschenlampe unter dem Tank lagen.«

»Ach so, alles in Ordnung. Routineuntersuchung, ob alles dicht ist, bevor wir neues Heizöl bunkern. Wir sind in solchen Dingen sehr gewissenhaft.«

»Das hört man gern. Wir müssen die Schöpfung des Herrn bewahren«, nickt er verständnisvoll.

»Ganz meine Meinung. Dann haben Sie alles, was Sie brauchen?«, frage ich ungeduldig.

»Danke, ja. Sie haben wirklich ein wundervolles Haus. Alle haben stets ein freundliches Wort auf den Lippen, jeder Wunsch wird einem von den Augen abgelesen …« Gott, jetzt geht das Gelaber wieder los. Immer dasselbe. Diese kirchlich angehauchten Leute sind ja ganz nett, aber blubbern eindeutig zu viel rum. Andauernd müssen die einem sagen, wie sehr sie der Aufenthalt bei uns erfüllt. Gleich wünscht er mir noch Gottes Segen, wetten?

»Und das Essen hier – köstlich, muss ich Ihnen sagen.«

»Leite ich gern weiter. Am besten sagen Sie das unserem Koch persönlich, der freut sich über jedes Lob.« Und wie der sich erst über den unerwarteten Besuch freuen wird!

»Das mache ich. Vielen Dank und Gottes Segen.«

»Ja, äh … danke.« Zack, bin ich weg.

Zurück im Keller stelle ich fest, dass die Tür zum zweiten Raum abgeschlossen ist. Im Schlüsselkasten, der gleich neben der Bürotür hängt, trägt keiner der Schlüssel auf seinem Schildchen eine passende Bezeichnung. Damit wäre es nach der Wand mit den Holzscheiten davor schon die zweite Stelle im ersten Keller, die ich vorerst nicht näher untersuchen kann.

Im Wäschekeller unter meinem Zivizimmer gibt es auch bei Schwarzlicht außer Dreckwäsche und einer Luftfeuchtigkeit von hundertzwanzig Prozent nichts zu entdecken. Im Tischtenniskeller spielen momentan zwei kleine Jungs Kicker. Ungünstig. Könnte einen falschen Eindruck erwecken, wenn ich reingehe, »Na, ihr Zwei«, sage und das Licht ausknipse. Das Tageslicht, das durch die Kellerfenster scheint, würde meine Suche sowieso erschweren. Geduld ist die wichtigste Tugend eines erfolgreichen Schatzsuchers.

Ich setze mich ins Büro und komme mir vor wie ein islamistischer Schläfer. Bereit, jederzeit zuzuschlagen. Sobald es draußen dämmert und die verdammten Gören ins Bett müssen, mutiere ich wieder zu Indiana Jones. Vorher muss ich den Küchendienst beim Abendessen hinter mich bringen. Heute ist Charlotte dran. Also mit dem Küchendienst – alles andere wird sich zeigen.

Im Nahkampf

»Na, haste den Samstag gut überstanden?«, fragt Charlotte, als wir gemeinsam die Tische decken.

»Ja, war alles ruhig. Keine besonderen Vorkommnisse«, lüge ich. »Und bei dir? Was Schönes mit deinem Mann unternommen?«

»Ach, wo denkst du hin? Der hockt bräsig vor der Glotze und guckt Fußball. Wie jedes Wochenende.«

»Klingt ziemlich öde.«

»Ist es auch. Ich hoffe, du tust das deiner Freundin nicht an.«

»Würde ich nie machen. Wenn ich denn eine hätte. Bundesliga juckt mich null.«

»Du hast keine Freundin?« Sie klingt ehrlich überrascht.

»Nee, bin noch zu haben, Charlotte. Zwinker, zwinker.«

Sie lacht. »Tja, wäre ich zwanzig Jahre jünger …«

»Man ist so alt, wie man sich fühlt. Ich fühle mich meistens zehn Jahre älter. Vor allem nach einer Schicht im Garten unter Rogowskis Peitsche. Du siehst dafür mindestens zehn Jahre jünger aus. Insofern sind wir quasi gleich alt.«

»Ach, du kleiner Charmeur«, säuselt sie ironisch.

Als die ersten Gäste in den Speisesaal kommen, tragen

wir die Kannen mit Hagebuttentee zu den Tischen und verziehen uns in die Küche. Ich bin mir absolut sicher, dass die Hagebuttentee-Industrie seit Jahrzehnten allein von Jugendherbergen und Einrichtungen wie dieser künstlich am Leben gehalten wird. Genauso wie die Tomatensaftproduzenten am Tropf der Fluggesellschaften hängen. Im echten Leben trinkt das Zeug kein Mensch.

Jetzt heißt es zwanzig bis dreißig Minuten warten, bis wir die Tische abräumen können. Eindeutig zu viel Freiraum für meine Fantasie. Mein hormongesteuertes Hirn malt mir in prallen Farben aus, was Charlotte und ich in dieser Zeit alles miteinander anstellen könnten.

Charlotte schiebt die Tür zur Küche bis auf einen kleinen Spalt zu.

»Wollen wir die Zeit nutzen und oben im Frühstücksraum sauber machen?«, schlägt sie vor.

»Jetzt?« In dem Moment, wo meine Stimmbänder diese unfassbar dämliche Gegenfrage produzieren, würde ich sie am liebsten selbst mit Säure verätzen.

»Okay, macht Sinn. Wir sollten die Zeit sinnvoll nutzen«, versuche ich hastig zu retten, was noch zu retten ist, und schnappe mir den nächstbesten Lappen.

»Den Lappen brauchen wir nicht. Geht nur darum, einmal den Tisch beiseitezurücken und zu saugen.«

Bei dem Ausdruck wird mir schwindelig, erst recht auf der Treppe. Ihr Hintern schwingt vor mir auf Augenhöhe verführerisch hin und her. Er ist zwar nicht ganz so perfekt geformt wie der von Suse, aber man muss im Leben überall Abstriche machen. Ich bin ja auch nicht der eineiige Zwillingsbruder von Brad Pitt.

Wir rücken den Esstisch und die Stühle beiseite. Charlotte holt einen Staubsauger aus dem Nebenraum und beginnt anders zu saugen, als ich es mir in meinem pubertären Tagtraum vorgestellt hatte. Idiotische Männerfantasie. Als ob sie jedem dahergelaufenen Zivi zur Begrüßung einen lutscht. Nach fünf Minuten, in denen zwischen uns eine merkwürdige Spannung herrscht, schaltet sie den Staubsauger aus.

»Wieso hast du eigentlich keine Freundin?«, fragt sie, während sie das Kabel aufwickelt. »Fehlt dir das nicht?«

»Was soll mir denn fehlen? Das Genörgel, die Schwiegermutterbesuche oder die langen Haare in meinem Abfluss?«

»Ich meine eher das Zwischenmenschliche.«

»Du meinst die Nächstenliebe?«

»Genau die«, grinst sie.

»Klar fehlt mir das. Aber dafür muss man ja nicht zwangsläufig das komplette Beziehungsprogramm in Kauf nehmen.«

»Oho, schau an. Don Juan is in the house.«

»Fast. Bisher ist der Plan, zu leben wie Don Juan, an der weiblichen Gegenseite gescheitert.«

»Wie gemein.«

»Du sagst es! Das Leben ist nicht gerecht.«

»In einer festen Beziehung muss es einem in der Hinsicht aber nicht zwangsläufig besser gehen.«

»Aha. Das heißt, dein Mann interessiert sich mehr für die Bälle im Fernsehen als für die perfekt geformten Bälle neben ihm auf der Couch?« Ich stocke. »'tschuldige, das ist mir so rausgerutscht.«

Sie schaut auf ihr Dekolleté. »Tja, dabei hat er die sogar bezahlt. Versteh einer die Männer.«

Offensichtlich nimmt sie mir den Spruch nicht übel. Ich wage mich einen Schritt weiter und schüttele demonstrativ den Kopf. »Unglaublich! Ich würde jeden einzelnen Cent, den ich da reingesteckt hätte, wieder rausspielen wollen.« Gott, was erzähl ich denn da? Testosteron hat die gleiche Wirkung auf meine Hemmschwelle wie Alkohol. Aktuell bin ich definitiv kommunikationsuntüchtig.

Charlotte schaut mich eine Weile an.

»Ist das so?«, fragt sie in einem merkwürdigen Tonfall. Mir wird augenblicklich heiß. Am liebsten wäre ich jetzt in meinem sicheren Zivibettchen mit Decke überm Kopf. Hauptsache, sie macht nicht ernst. Langsam kommt sie auf mich zu. Zur Artikulation sinnvoller Aussagen bin ich nicht mehr fähig. Charlotte nimmt meine rechte Hand und legt sie auf ihre linke Brust.

»Fühlt sich das so an, wie du es dir vorgestellt hast?«

Ich bin kaum fähig zu nicken. Selbst mein Nacken ist steif. Benommen starre ich in ihren Ausschnitt. Don-Juan-gleich lege ich auch mit links Hand an. Ihre Kunstwerke plastischer Chirurgie erinnern mich an die bunten, straff aufgepumpten Plastikbälle, die es früher in den großen Zelten für Gartenbedarf vor Supermärkten gab. Nur sehen ihre eindeutig besser aus. Und mein Spieltrieb ist um einiges stärker als damals.

Charlotte öffnet meine Hose. Bei mir muss kein Chirurg nachhelfen, damit es prall wird. Im Gegenteil. Charlotte schafft es in unter sechzig Sekunden, mit erstklassiger deutscher Handarbeit bei mir die Luft rauszulassen.

Das Öffnen der Hose mit eingerechnet. Meine Knie zittern. Alles dreht sich. Ich liebe diese Frau!

Mitten hinein in meinen postkoitalen Kuschelhormonrausch ruft jemand von unten: »Hallo?« Dieser verdammte Gruppenleiter!

»Einen Moment«, ruft Charlotte, verschwindet kurz auf der Mitarbeitertoilette, kommt zurück, wirft mir ein Lächeln zu und läuft nach unten. Benommen lehne ich an der Wand und komme mir vor wie mit sechzehn kurz nach dem Petting.

Den restlichen Abend klappern wir extra laut mit dem Geschirr, damit wir nicht über das, was eben passiert ist, reden müssen. Ich hoffe nur, dass es noch einmal passieren wird.

Am nächsten Morgen liege ich völlig gerädert in meinem Zivibett. An Schlaf war nicht zu denken. Wen wundert's. Komischerweise bin ich froh, dass Charlotte heute am Sonntag keinen Dienst hat. Einerseits will ich sie wiedersehen und den Ringelpiez mit Anfassen wiederholen. Andererseits kriege ich Magenschmerzen, sobald ich daran denke. Keine Ahnung, wie ich dieses verkrampfte Schweigen zwischen uns lösen soll. Wobei sich die Frage stellt, warum ich derjenige sein muss, der den nächsten Schritt macht. Schließlich hat sie das Ganze dirigiert. Ich war eher passiv. Gut, meine Hände waren ziemlich aktiv.

Ein heftiges Klopfen an meiner Zimmertür verhindert, dass ich wieder geil werde.

»Timo? Sind Sie wach?«, höre ich Herrn Rogowski durchs Holz rufen.

»Ja, wieso?«

Er öffnet die Tür.

»Sie werden in der Küche zum Frühstücksdienst erwartet.«

»Was? Scheiße! Hab den Wecker nicht gehört.« Was daran liegen könnte, dass ich gestern Abend zu verpeilt war, um ihn zu stellen. Hektisch springe ich aus dem Bett.

»Langsam«, beruhigt mich Herr Rogowski. »Macht nix. Wenn Sie in einer halben Stunde zum Abwasch da sind, ist das schon in Ordnung.«

»Alles klar. Ich beeil mich.«

Ich hasse Hektik am frühen Morgen. Danach kann man den Rest des Tages vergessen. Die nächsten zwölf Stunden wird mir durchgängig schlecht sein.

»Na«, lacht Birgit, als ich die Tür zur Küche aufstoße, »verschlafen?«

»Hör bloß auf! Total peinlich.«

»Och, macht nichts. Hab alles allein geschafft.«

»Danke.«

Ich lege die Gummischürze für den Abwasch an und warte mit Birgit darauf, dass sich die Gäste erheben.

»Wie lange bist du eigentlich schon hier?«, versuche ich die Zeit mit etwas Small Talk zu überbrücken.

»Seit 'ner guten Stunde.«

»Nee, ich meine im Haus.«

»Ach so, seit zwei Stunden. Meine Eltern haben mich zu früh gebracht.«

»Ich formuliere die Frage anders. Seit wann arbeitest du im St.-Stephanus-Haus? Nicht in Stunden, sondern in Jahren.«

»Ach, sag das doch gleich. Seit über dreiundzwanzig Jahren. Hab nach der Förderschule hier gelernt. Hauswirtschafsgehilfin. Macht Spaß.«

»Für dich echt ideal, oder? Mit eigenem Zimmer, sicherem Job, guter Bezahlung …«

»Ja. Schwer, das woanders zu finden. Hab 'n bisschen Angst, dass das nicht mehr lange gut geht. Herr Schmittke erzählt manchmal von diesem Herrn Fischer. Der will uns schließen.«

»Ich denke, Herr Schmittke wird das schon irgendwie verhindern.«

»Herr Schmittke sagt auch immer, dass ich mir keine Sorgen machen soll.«

Leider macht sie dazu ein ziemlich besorgtes Gesicht. Wieso gerät man, sobald es für einen gut läuft, sofort in einen Gewissenskonflikt? Da findet man einmal in seinem Leben einen Schatz – oder so gut wie, sollte nur noch eine unbedeutende Frage der Zeit sein –, und peng, baut sich vor einem dieser selbstgerechte Moralapostel auf, schaut einem tief in die Augen und fragt: »Findest du es richtig, dass du den Schatz für dich behalten möchtest, statt dieses Haus vor dem Ruin zu retten?« Dabei helfe ich mehr als genug mit meiner geplanten Werbeaktion. Ich muss endlich das Fotoshooting ansetzen und die Briefe schreiben. Damit hätte ich meine Schuldigkeit getan. Der Schatz ist mein ethisch völlig korrekter Lohn. Einen Teil gebe ich ja vielleicht auch ab. Je nachdem, wie viel Gold in der Kiste liegt.

Charlotte bläst zum Angriff

Am Montag lasse ich mir besonders viel Zeit bei der Morgenrunde. Je länger ich brauche, desto kürzer muss ich mit den anderen im Frühstücksraum sitzen. Mit »den anderen« meine ich natürlich Charlotte.

Als ich an der Badestelle den Entenkot vom Steg bürste, geht am gegenüberliegenden Ufer hinter dem Kirchturm gerade die Sonne auf. Nirgendwo ist der Abstand zwischen Scheißjob und bestem Arbeitsplatz der Welt derart gering.

Um Viertel vor acht wuchte ich mich schweren Herzens die Stufen zum Gemeinschaftsraum hoch. Die Erdanziehungskraft scheint sich innerhalb der letzten Sekunden verdoppelt zu haben.

Als ich Charlottes Stimme höre, durchzuckt es mich mit tausend Volt. Aus Verliebtheit? Eher aus Angst. Dummerweise ist mein Sitzplatz nach wie vor genau neben ihr. Bemüht, jeglichen Augenkontakt zu vermeiden, grüße ich in die Runde und schlängle mich hinter den Stühlen der anderen bis zu meinem Platz durch.

»Hab gehört, du hast gestern verpennt, Zivi?«, fragt Michael gewohnt laut. Ach ja, ich mag ihn. Nicht! Sorry, Birgit, ich brauch den Schatz, um hier schnellstmöglich wegzukommen. Ich halte es nie und nimmer sieben Monate aus, Charlotte jeden Tag über den Weg zu laufen, ohne zu wissen, was ich sagen soll – erst recht nicht, wenn mich Michael vor ihr in Verlegenheit bringt.

»Woher weißt du das denn?«, frage ich Michael etwas zu genervt.

»Von Herrn Rogowski. Und von Birgit. Und von Herrn Schmittke. Und …«

»Schon gut! Es hat sich also rumgesprochen, ich verstehe. Verdammte Stasibande.«

Charlottes Lachen sprengt meine Zwangsjacke aus Angst und Schüchternheit.

»Konntest abends nicht einschlafen?«, setzt Michael nach.

»So ist es! Hab mir Gedanken um das Wohlergehen unserer Gäste gemacht. Ob ich keinen Wunsch vergessen habe. Schließlich trage ich hier am Wochenende ganz allein die Verantwortung. Das kennst du natürlich nicht.«

»Mhm, ja, nee, ist klar«, höre ich in verschiedenen Stimmlagen von allen Ecken des Tisches. Dann wendet sich Michael endlich Brigitte zu. Ich atme tief durch und greife nach dem Brötchenkorb. Dabei habe ich weniger Appetit als ein Magersüchtiger im Endstadium.

Eine Hand auf meinem Oberschenkel lässt mich augenblicklich zusammenzucken. Erschrocken schaue ich zu Charlotte. Sie tut so, als würde sie interessiert dem Gespräch zwischen Michael und Brigitte lauschen. Währenddessen wandert ihre Hand meinen Oberschenkel weiter hoch. Wie soll ich jetzt was essen? Ich kann nicht mal schlucken. Ihre Hand stoppt erst kurz vor dem entstandenen Engpass in meiner Hose. Ich versuche, möglichst unauffällig im Stuhl hinunter und ihrer Hand entgegenzurutschen. Doch sie bleibt im konstanten Abstand zum Zentrum meiner pulsierenden Lust, wie es in der Art von schundigen Bahnhofsheftchen heißen würde, auf deren Covern die heißblütigen Lover längere Haare haben als die Frauen.

Nach dem üblichen Küchendienst beordert mich Schmittke in den Schlaftrakt: Zimmermädchendienst. Morgen reisen drei Gruppen an. Birgit, Brigitte und Beate sind für die Nasszellen der Zimmer eingeteilt. Nasszelle – komisches Wort. Als würde man jeden Morgen in ein Hygiene-Gefängnis gesperrt und erst wieder herausgelassen, wenn man nicht mehr nach Nachtschweiß und Mundfäule riecht. Wegen guter Körperpflege entlassen. Allerdings mit besseren Aussichten, anal unberührt zu bleiben, als in staatlichen Strafanstalten.

Charlotte und ich sind für die Betten eingeteilt. Wortlos ziehen wir die gebrauchten Bezüge ab, stopfen sie in einen großen Holzwagen im Flur und beziehen die Betten neu. Stumpfsinnige Arbeit ist jetzt genau das Richtige für mich. Nachdem Charlotte beim Frühstück handgreiflich geworden ist, bin ich nicht imstande, komplexere Tätigkeiten auszuführen. Von der komplizierten Tätigkeit des Redens ganz zu schweigen. Man kann sagen, ich bin mit der Situation heillos überfordert.

Nachdem wir die Hälfte der Zimmer geschafft haben, beweist Charlotte, dass Frauen mehr Talent zum Multitasking haben als Männer. Sie spricht.

»Kommst du bitte kurz mit, Timo?«

»Mhm.« Dadurch, dass Betten beziehen schneller geht als Badezimmer putzen, haben wir uns einen beachtlichen Vorsprung vor den anderen herausgearbeitet. Die drei Bs schrubben einige Zimmer weiter hinten. Selbst wenn sie uns sehen könnten, würden sie uns wahrscheinlich nicht beachten. Unbemerkt gehen wir am Ende des Schlaftrakts in den zweiten Stock. Charlotte schließt das hinterste Zimmer auf und winkt mich hinein. Kaum stehe ich drin, schließt sie die Tür.

»Bist ’n bisschen stumm heute«, sagt sie.

»Findest du? Na ja, es ist früh am Tag. Bin ’n Morgenmuffel.«

»Mhm, ich hoffe, das von vorgestern Abend ist dir nicht unangenehm.«

Ich zucke stumm mit den Schultern und mache dazu ein Nee-wieso-denn-Gesicht.

»Wenn du willst, kannst du jede Menge Spaß mit mir haben, Timo.« Wie lange habe ich davon geträumt, dass eine Frau diesen Satz zu mir sagt. Grob geschätzt seit dem ersten Tag meiner Pubertät. Damals noch auf Englisch, weil es aus dem Mund von Pamela Anderson kam.

»Ich bin extrem leicht zu haben«, gebe ich unumwunden zu. Keine zwei Sekunden später knöpft Charlotte meine Hose auf. Das verlangt nach einem Konter: Ich knöpfe ihre Bluse auf. Damit ist das Vorspiel beendet. Wir reißen uns nur an den nötigsten Stellen die Klamotten vom Leib und stellen einen neuen, kaum schlagbaren Quickie-Rekord auf. Gut, sagen wir, ich stelle ihn auf. Was zählt, ist die Qualität, nicht die Quantität. Qualitativ war das allererste Liga. Denn wer ist der wichtigste Spieler in jeder Fußballmannschaft? Der Knipser. Der sich den Ball schnappt, ohne Umwege in den gegnerischen Strafraum rennt, schießt und das entscheidende Tor macht. Nur mit dem Unterschied, dass ich erst ins Tor gestürmt bin und dann geschossen habe. Der Strafraum war allerdings klitschnass und super bespielbar, insofern ist die gegnerische »Frauschaft« auch auf ihre Kosten gekommen.

Was mich kurz – ungefähr im Nanosekundenbereich – gewundert hat: Charlotte hatte ein Kondom dabei. Durchtriebenes Luder. Ich bin das willenlose Opfer einer sexuell ausgehungerten Ehefrau. Endlich! Erschöpft liege ich auf ihr.

»Wow! Warst du schon drin?«, keucht sie.

»Was???«

»Spaß! War toll, ehrlich. Das nächste Mal sollten wir uns nur etwas mehr Zeit lassen.«

»Gern. Dann sollten wir uns vielleicht an einem Ort treffen, wo wir auch mehr Zeit haben. Hab mich nur beeilt, damit die anderen nicht vor mir kommen.«

»Schon klar«, lacht sie. »Bei mir zu Hause geht's logischerweise nicht. Mein Mann ist zwar oft weg, aber die Nachbarn sind immer da.«

»Bei mir ist es auch schwierig. Wohne bis zum Studium noch bei meinen Eltern. Bleibt nur mein Zivizimmer.«

»Sollte machbar sein. Irgendwie kann ich mich bestimmt zu dir schleichen«, grinst sie und gibt mir einen Kuss.

Wir ziehen uns wieder an und gehen hinunter, als wäre nichts geschehen. Kann das Leben schöner sein?

Geheime Kommandosache

Es kann vor allem mieser sein. Am nächsten Tag meldet sich Charlotte für eine ganze Woche krank. Na toll. Ausgerechnet jetzt. Wenigstens muss sich Schmittke wieder persönlich vorm werten Herrn Fischer rechtfertigen, und Rogowski hat frei. Zeit, die Augenklappe hervorzukramen und die Schatzsuche fortzusetzen.

Mit der Schwarzlichtlampe im Anschlag schleiche ich mich in den Tischtenniskeller. Die Gruppen, die im Moment das Haus bevölkern, sind weit jenseits des aktiven Pingpong-Alters.

Die Wände sind übersät mit Schmierereien etlicher Generationen von Jugendgruppen. Bestimmt wurde dieser Raum in den Siebzigern als Partykeller für die jungen Leute eingerichtet. Damit sie in Ruhe ihre Geschlechtsreife feiern konnten bei Stehblues zu Nights in White Satin, Pfefferminzschnaps und ersten Joints. Schmittke meint, der Mensch sei wie ein Hund. Er will überall seine Spuren hinterlassen. Also genießen die Jugendlichen Welpenschutz und dürfen hier unten so viel rumschmieren, wie sie wollen. Dafür bleiben die Zimmermöbel verschont.

Zunächst werfe ich bei normalem Licht einen Blick auf die Reviermarkierungen. Ein Drittel besteht aus Nachrichten wie:

Ich war hier! Max Mustermann. Datum.

Das zweite Drittel aus Zeugnissen ewiger Jugendliebe:

Paul & Sandra. Forever Love! Mit Herzrahmen, versteht sich.

Und schließlich:

XY ist doof!

Ich schalte das Deckenlicht aus und die Schwarzlichtlampe an. Quadratmeter für Quadratmeter suche ich die Wände ab. Nach einigen Minuten sehe ich aus dem Augenwinkel im diffusen Schein meiner Lampe etwas schimmern. Gespannt taste ich mich in die hinterste Ecke des Raums vor und stoße dabei zweimal mit dem Hüftknochen gegen die beiden Tischtennisplatten aus Granit. Indiana Jones kommt auch nie ohne Blessuren davon.

Unter einer Sitzbank, die aus ein paar Brettern auf einem Mauervorsprung besteht, leuchtet in verschnörkelter Schrift:

Ein vernarbter Baum
Verrät den goldenen Traum.
Seine knorrige Haut tut kund
Wohin, auf sumpfigem Grund.
Lauf im gebogenen Flur
Ans Ende, um Punkt zwölf Uhr.

Geht's vielleicht noch geheimnisvoller? »Gebogener Flur« ist klar. Der Schlaftrakt ist ein halbrunder Bau. Warum auch immer. Wie ich von dort aus um zwölf Uhr mittags oder um Mitternacht besagten Baum entdecken soll, ist mir allerdings schleierhaft. Was soll das überhaupt sein,

ein vernarbter Baum? Hat er sich verletzt? Oder wurde er verletzt? Und wo ist hier sumpfiger Grund? Hat Karl May den Schatz im See versenkt? Oder ist der Dichter zu oft bei den Nibelungenfestspielen gewesen? Okay, Sherlock-Holmes-Modus an: Eine Narbe entsteht nach einer Schnittwunde. Also könnte etwas in die Baumrinde eingeritzt sein. Ziemlich leichtsinnig, soll ja vorkommen, dass Bäume irgendwann gefällt oder durch einen Blitzeinschlag zerstört werden.

Einen Sumpf gibt es hier definitiv nicht. Die kleine Wiese an der hauseigenen Badestelle könnte man höchstens als morastig bezeichnen. Wer dort Metall vergräbt, muss im Kopf ziemlich eingerostet sein. Ist aber zunächst irrelevant, als Erstes muss ich diesen Baum finden.

Punkt zwölf Uhr mittags stehe ich am Ende des halbrunden Schlaftrakts. Aufgeregt gucke ich abwechselnd aus den Fenstern zur Seeseite, zur großen Liegewiese und zu Schmittkes Haus. Überall stehen Bäume. Von daher kann auch der verletzte Baum in jeder Ecke stehen. Oder gestanden haben. Ein Baumstumpf ist aber nirgends zu entdecken.

Das Glockengeläut aus der Stadt hallt über den See. Zwölf Uhr. Nichts. Auf allen drei Seiten. Kein Sonnenstrahl, der auf besondere Art durch eine Baumkrone fällt. Kein Baum, der einen auffälligen Schatten wirft. Gar nix. Mit anderen Worten: Heute sind Überstunden angesagt. Es gibt ja noch ein zweites zwölf Uhr am Tag.

Nach Feierabend bleibe ich einfach in meinem Zivizimmer. Damit niemand Verdacht schöpft, harre ich still im Dunkeln aus. Kurz vor Mitternacht schleiche ich mich mit Andis Grubenlampe in den Schlaftrakt. Das Gute an christlichen Gruppen ist, dass die meisten früh zu Bett gehen, damit sie am nächsten Tag in aller Herrgottsfrühe mit einer Morgenandacht den Herrn lobpreisen können. Das Blöde ist, dass ich keine Ahnung habe, auf was ich achten soll. Scheint gleich der Vollmond auf eine Lichtung? Kommt ein Wolf aus dem Wald und pinkelt an einer bestimmten Stelle einen Baum an? Tanzen Elfen um eine alte Eiche? Habe ich zu viele B-Movies geguckt? Letzteres scheint am wahrscheinlichsten. Es tut sich absolut nichts.

Wer auch immer diese Hinweise verfasst hat – er hat mich offensichtlich verarscht. Mir bleibt nur eine Möglichkeit, um sicherzugehen: Ich werde dort draußen jeden Baum einzeln untersuchen müssen. Was bei Hunderten Bäumen im näheren Umkreis eine Weile dauern könnte. Spätestens nach fünfzig Stück sehe ich wahrscheinlich den Hinweis vor lauter Bäumen nicht mehr. Außerdem ist es viel zu auffällig, tagelang im Gehölz herumzukriechen. Jetzt ist Geduld gefragt – und Lena. Ich brauche unabhängige Unterstützung.

Schöne Verstärkung

Leider ist in den nächsten drei Wochen an Schatzsuche nicht zu denken. Die Werbeaktion hat absolute Priorität. Fischer hat Schmittke beim letzten Termin die Hölle heiß gemacht. Entweder die Buchungszahlen schießen radikal in die Höhe oder das St.-Stephanus-Haus wird Ende nächsten Jahres geschlossen. Die beiden Anschreiben stimme ich unzählige Male mit Schmittke ab, bis er sie endlich für gut befindet. Vor allem der Brief zum Gruppenfoto darf auf keinen Fall den Anschein erwecken, als würden wir die körperlichen Vorzüge einer Angestellten für werbliche Zwecke missbrauchen. Sonst liefern wir dem Fischer den Schließungsgrund gleich frei Haus.

An einem sonnigen Augusttag ist das Fotoshooting angesetzt.

»Wieso darf ich nicht vorne in der Mitte stehen?«, beschwert sich Michael mit ironischem Unterton.

»Weil du kein Blickfang bist. Kochen kannste, aber gut aussehen kann Charlotte besser.«

»Vorsicht, Zivi! Ich hab dir schon mal gesagt, dass ich dir ins Essen spucken kann.«

»Ja, ja.«

Michael lauscht vorgeblich gebannt in die Ferne. »Hast du das eben gehört, Timo? Das war der Sound eines Zivis, der eingebrochen und qualvoll ertrunken ist, weil er sich auf viel zu dünnes Eis gewagt hat.«

»Haha! Und hörst du das? Diese Stimme, die die ganze Zeit ruft: ›Der Nächste, bitte‹? Das ist deine zukünftige Sachbearbeiterin beim Arbeitsamt, nachdem das St.-Stephanus-Haus geschlossen wurde. Also ab in die zweite Reihe mit dir!«

Charlotte stand meinem Vorschlag, ein Foto mit ihr als erotischem Mittelpunkt zu machen, zunächst skeptisch gegenüber. Aber nachdem ich sie überzeugen konnte, dass sie damit nicht auf einen Schlag vierzig Jahre Emanzipation zunichtemacht, war sie einverstanden. Wer sich solche Kanonenkugeln anschrauben lässt, sollte sie der Welt auch stolz zeigen, finde ich. Außerdem ist es für einen guten Zweck, und der heiligt in diesem Fall ein sexistisches Mittel. Ich lasse mir vom Fotografen sämtliche Abzüge geben und wähle in aller Ruhe das beste Foto aus. Der Rest wandert in mein Privatarchiv.

Ende August gehen die Mailings gebündelt zur Post: 372 mit Foto und 285 mit Gästebucheintrag. Ab jetzt heißt es beten.

In der Woche drauf habe ich sturmfrei – und das nicht nur, weil der Buchungsansturm auf sich warten lässt. Schmittke und sein Schoßhund Rogowski haben wieder gleichzeitig außer Haus zu tun.

»Hi, wir wollten doch mal was zusammen machen. Spontan Zeit und Lust auf 'ne Schatzsuche?«, frage ich Lena per SMS. Seit unserem Treffen in Kiel hatten wir keinen Kontakt mehr. Ohne konkreten Grund zu schreiben hätte ich irgendwie blöd gefunden. Hätte womöglich den Eindruck erweckt, dass ich was von ihr will. Ich finde sie zwar ziemlich hübsch, aber ob ich mehr von ihr will, weiß ich nicht. In erster Linie denke ich, dass wir gute Freunde werden könnten. Das darf ich natürlich nicht Markus erzählen, der kommt mir sofort wieder mit seiner Theorie von der Freundschaftsfalle.

»Schatzsuche??? Hab schon viele bescheuerte Anmachsprüche gehört, aber der ist neu!«, schreibt Lena zurück.

»Kein Anmachspruch! Bin wirklich 'nem Schatz auf der Spur. Und damit meine ich nicht dich. Komm nach Eutin, dann weihe ich dich ein.«

»Alles klar, Pirat! Wann stechen wir in See?«

»Wir gehen in den Wald! Mehr oder weniger ... morgen Nachmittag. 15 Uhr?«

»Geht klar. Ist 'ne Augenklappe Pflicht?«

»Im Gegenteil, streng verboten. Brauch deine beiden Augen. Hör auf zu lästern, sonst kriegst du keinen Anteil an der Beute.«

»Aye, Captain! St.-Stephanus-Haus hab ich gegoogelt – werde da sein.«

Am nächsten Tag um kurz nach drei parkt sie ihren schwarzen Opel Corsa direkt vor dem Haupteingang. Eine Meisterin der Tarnung ist sie nicht gerade.

»Na, Huckleberry Finn, schon was gefunden?«, neckt sie mich bei unserer Begrüßungsumarmung.

»Nein, Pippi, noch nicht. Wollte nicht ohne dich anfangen.«

»Pippi?«

»Langstrumpf. Piraten, Schatzsuche, du verstehst?«

»Ich verstehe. Jetzt muss ich aufs Klo. Deine Schuld! Wo finde ich eins?«

»Hinter der Küche, du Mädchen. Dürfte heute auch nicht unangenehm riechen.«

»Wieso?«

»Weil mein Chef nicht im Haus ist, der geht da sonst immer scheißen.«

»Na, toll. Danke für das Bild in meinem Kopf.«

Nachdem Pippi pullern war, gehen wir über den weitläufigen Rasen zum bewaldeten Teil des Grundstücks. Mir ist aufgefallen, dass sich Lena für ihren Besuch extra schick gemacht hat: knallenge Jeans, figurbetonter Pullover und schwarze Stiefel. Hat das etwas zu bedeuten – oder nur, dass ich mir wieder übertrieben viel einbilde?

»Was hat es nun mit diesem Schatz auf sich?«, fragt sie.

»Ich hab zwei kryptische Hinweise gefunden: einen seltsamen, gereimten Eintrag in einem alten Gästebuch und einen weiteren Reim an der Wand im Tischtenniskeller. Mit einer Farbe geschrieben, die man nur bei Schwarzlicht sieht.«

»Aha. Und die Hinweise führen in den Wald, oder wie?«

»Exakt. Angeblich soll an einem der Bäume die nächste Nachricht stehen. Vermutlich wurde sie in die Rinde eingeritzt.«

»Vermutlich. Wird ja kaum jemand ein Schild drangehängt haben mit der Aufschrift: ›Zum Schatz bitte hier entlang‹. Was macht dich so sicher, dass die ganze Sache kein Scherz ist?«

»Mein Bauchgefühl.«

»Ich bin fünfzig Kilometer gefahren, weil du 'n Bauchgefühl hast?«

»Ja, wobei das keine Schmetterlinge sind. Mach dir keine Hoffnungen.«

»Super. Der Typ, der mich in den Wald lockt, will mir nicht mal an die Wäsche. Aber okay, wo wollen wir mit unserer kleinen Schatzsuche beginnen?«

»Ich dachte mir, wir fangen ganz hinten rechts am Zaun an und arbeiten uns von einem Planquadrat zum nächsten vor.«

»Alles klar. Es gibt Planquadrate?«

»Mann, Lena, das sagt man so unter professionellen Schatzsuchern! Gut, dass das keiner mitgekriegt hat.«

»Entschuldige bitte. Ich bin blutige Anfängerin im Goldgräber-Business.«

»Ich entschuldige hier gar nix. Zur Strafe fängst du mit den drei Bäumen hinterm Dornenbusch an.«

»Pfff, wer ist hier der Mann?«

»Ist ja gut, ich geh schon.«

»So ist's recht«, sagt Lena zufrieden.

Wir arbeiten uns mehr oder weniger systematisch von Baum zu Baum vor.

»Wäre hilfreich zu wissen, wonach wir genau suchen«, meint Lena, während ich mir einige Dornen aus den Klamotten ziehe.

»Nach irgendwas, das nicht in eine handelsübliche Baumrinde gehört: eingeritzte Buchstaben, Zeichen, Zahlen, Pfeile, keine Ahnung.«

»Verstehe. Dieses Herz zählt dann wahrscheinlich nicht.«

»Was für ’n Herz? Das auf der windschiefen Eiche?«

»Das ist ’ne Pappel.«

»Pappellapapp!«, kalauere ich.

»Natürlich ist das ’ne Pappel! Der einzige Baum, den du von anderen unterscheiden kannst, ist doch ’ne Birke.«

»Falsch. Trauerweiden erkenn ich auch. Danach wird’s allerdings eng. Was ich aber mit einem Blick erkenne, ist, dass das alles ist, nur kein Herz.«

»Na sicher ist das ein Herz! Du musst es eben mit deinem Herzen sehen.«

»Gott, wieso stehen Frauen eigentlich alle auf den kleinen Prinzen?«

»Weil es den wenigstens gibt – im Gegensatz zu großen Prinzen …«

Nach einer halben Stunde gibt es von Baumrinden mit sachdienlichen Hinweisen immer noch keine Spur.

»Wie lange wollen wir eigentlich suchen?«, mault Lena.

»Für gewöhnlich sucht man bei einer Schatzsuche so lange, bis man den Schatz gefunden hat.«

»Ich meinte heute, du Klugscheißer.«

»Weiß nicht, vielleicht, bis wir Hunger haben?«

»Was dann?«

»Dann gehen wir einen Happen essen.«

»Hunger!«

»Lena, das war eher perspektivisch gemeint.«

»Ich hab aber jetzt Hunger!«

»Du hast keine Lust mehr, das ist alles. Aber gut, meinetwegen, mach ich eben extra für dich früher Feierabend. Verliere ich halt meinen Job, was soll’s.«

»Hm, das kann ich natürlich nicht verantworten.«

»Ach, passt schon. Heute Abend muss ich nicht zum Küchendienst antreten, von daher wird's wahrscheinlich gar nicht auffallen. Wo wollen wir hin, ins Phoenix?«

»Falls das nicht zu viel Asche kostet.«

»Haha.«

»Willst du bei mir mitfahren?«

»Ja, die paar Meter werde ich wohl überleben.«

»Was soll das denn heißen? Kommt jetzt 'n Machospruch von wegen Frau am Steuer?«

»Würde ich nie wagen. Statistisch gesehen sind Frauen die viel besseren Autofahrer. Wahrscheinlich haben die Statistiker das nur behauptet, um es sich nicht mit den Frauen zu verscherzen und endlich eine abzukriegen, aber egal.«

Ihr Ellbogen trifft gezielt meine linke Niere. Ihre Faust meine rechte Schulter.

»Wie heißt 'n dein Auto?«, frage ich sie beim Einsteigen.

»Hugo. Machos, die über seinen Namen lästern, mag er gar nicht! Also Vorsicht!«

»Sonst was? Sitz ich auf 'nem Schleudersitz?«

»Nee, Gurt lösen, Tür öffnen und dich rausschmeißen mach ich manuell.«

»Verstehe. Schöner Wagen. Toller Name!«

Wir stellen Hugo ein paar Hundert Meter vom Phoenix entfernt ab und gehen die letzten Schritte zu Fuß. Unsere Unterhaltung läuft wie von selbst. Ohne drüber nachzudenken, kommen wir von einem Thema aufs nächste.

Im Phoenix wirft mir Achmed einen verschwörerischen Blick zu, nimmt persönlich unsere Bestellung auf und macht sich ohne großes Palaver dünne. Wusste gar nicht, dass er so diskret sein kann.

Wir halten uns nicht lange mit oberflächlichem Small Talk auf und kommen gleich zu unserem Beziehungsleben.

»Mein Freund ist vor Kurzem bei mir eingezogen«, sagt Lena.

Na toll, denke ich.

»Das ist doch toll«, sage ich. »Wie läuft's?«

»Ganz gut. Ist alles schneller gegangen als geplant.«

»Wieso?«

»Ursprünglich war's 'ne Fernbeziehung. Er wollte mittelfristig gucken, ob er hier oben was findet.«

»Beruflich oder 'ne andere Frau?«

Lena tritt nach meinem Schienbein, trifft aber ein Tischbein.

»Aua!«

»Das geschieht dir recht!«

»Blödmann! Jedenfalls hat er seinen Chef gefragt, ob eine Versetzung in die nördliche Zweigstelle der Firma möglich wäre. Kurz darauf wurde er gefeuert, und plötzlich war er hier.«

»Das ist ja mies. Und jetzt? Trautes Heim, Glück allein? Oder besser gesagt zu zweit.«

»Na ja, blöderweise wohne ich immer noch in der Wohnung, in die ich vor drei Jahren mit meinem Exfreund gezogen bin. Wir haben uns vor einem Jahr getrennt, nachdem ich meinen jetzigen Freund kennengelernt hatte. Ungünstig, ich weiß. Aber find mal auf die Schnelle ’ne neue Wohnung, die beide gut finden. Für mich alleine war die Wohnung völlig okay.«

»Das ist aber schon übel für sein Kopfkino, oder? Ich würde mir nicht ständig einen Porno mit meiner Freundin und ihrem Ex in den Hauptrollen vorstellen wollen.«

»Deswegen haben wir das Wohnzimmer zum Schlafzimmer gemacht und ein neues Bett gekauft. Die Couch ist auch neu. Meine war eh verschlissen.«

»Zu viele Blutflecken von deinem Ex, weil du ihn dauernd geschlagen hast?«

Sie lacht, ohne darauf zu antworten oder mich zu schlagen.

»Ist aber schon übel«, hake ich nach.

»Was willste machen.«

»Das heißt, du hast mit deinem aktuellen Freund was angefangen, als du noch mit deinem Ex zusammengewohnt hast?«

Lena presst die Lippen zusammen und schaut verlegen zur Seite. Süß.

»Es war ’n fließender Übergang. Passiert halt. Wie sieht’s denn bei dir aus mit der Liebe?«

»Ach, ich hab ein Talent für Frauen in festen Beziehungen. Seit ich denken kann. Mal ganz davon abgesehen, dass mein Interesse deshalb meistens auf zu wenig Gegenliebe stößt, hab ich auf so was Kompliziertes keinen Bock. Dann darf es nicht offiziell werden, weil ihr guter Ruf in Gefahr ist oder sie eventuell mehr Zeit braucht, um über ihren Ex hinwegzukommen. Oder noch besser: Sie würde erst gar nicht von ihm loskommen. Ein ewiges Hin und

Her. Am Ende sitze ich allein zu Hause und glotze jeden Tag auf ihren Beziehungsstatus bei studiVZ. Irgendwann kommen nur noch alle paar Monate extrem kurze Nachrichten von ihr, die alle enden mit: ›Hey, wir müssen echt bald wieder was zusammen machen.‹«

»Aber pessimistisch bist du nicht, oder?«

»Eher realistisch.«

»Vielleicht solltest du einer von denen mal eine Chance geben.«

»Ach, ich möchte endlich mal eine finden, die Single ist. Ist das zu viel verlangt? Warum muss ich immer gerade die treffen, die in ihrer Beziehung unzufrieden sind und mich nur brauchen, um sich die Illusion zu bewahren, dass alles ganz einfach sein könnte? Dass ein Liebesleben ohne Anstrengungen und Streitereien möglich wäre?«

Kurz vor Mitternacht muss Lena los. Wie kann man mehr als acht Stunden lang miteinander quatschen, ohne zu merken, wie die Zeit vergeht? Achmed bringt die Rechnung, die wir uns gleichberechtigt teilen. Alice Schwarzer wäre stolz auf mich. Von der Sache mit dem Gruppenfoto darf die natürlich nie erfahren.

»Haste sie geknallt?«, ruft Markus am nächsten Morgen über die Freisprecheinrichtung seines Autos in mein Telefon.

»Natürlich nicht! Wir haben uns erst zum dritten Mal gesehen. Wir waren bloß was essen. Aber es war wirklich sehr nett.«

»Nett???«

»Ja, nett.«

»Oah, ich kotze! Das ganze Auto ist schon voll. Wann siehst du sie wieder?«

»Weiß nicht. Haben nix Neues ausgemacht.«

»Mann, für einen wirklich kurzen Moment dachte ich, du hättest endlich dazugelernt.«

»Was?«

»Wie man dranbleibt, Junge. Die ist maximal lauwarm. Bevor die auf dich heiß ist, musst du noch einiges investieren. Apropos: Ich hoffe, du hast die Rechnung übernommen.«

»Wollte sie nicht.«

Markus stöhnt und schnauft.

»Schon mal was davon gehört, dass Frauen uns laufend testen? Bei dir muss ich echt ganz von vorn anfangen, oder? Also, Grundkurs Schätzchensuche: Emanzipation ist schön und gut, aber Frauen wollen trotzdem umworben und erobert werden. Einladen ist ein Synonym für: Du bist es mir wert.«

»Liebe kann man nicht kaufen.«

»Sagt wer?«

»Die Beatles: Can't Buy Me Love.«

»Wohl eher deine ehemalige Waldorfschullehrerin. Kaum Zivi und schon 'n verkappter Alternativer. Das ging schnell.«

»Mit einer geteilten Rechnung signalisiere ich, dass ich – wenn überhaupt – eine Partnerschaft auf Augenhöhe möchte.«

»Bullshit! Wenn sie dir einen bläst, ist sie dann auf

Augenhöhe? Partnerschaft ist ein ständiger Wechsel der Augenhöhe. Mal liegt der eine oben, mal der andere. Wichtig ist nur, dass es sich am Ende ausgleicht.«

»Aha, danke für diesen wertvollen Rat, Dr. Sommer.«

»Dafür nicht. Die Erstberatung ist umsonst. Ich muss Schluss machen. Wiederhören!«

Mission »Schatzsuche« wird fortgesetzt

Zum Glück habe ich heute nicht viel zu tun. Schmittke ist in seine Büroarbeit vertieft, die Hausmädchen reinigen die Tagungsräume und Rogowski werkelt in der Garage herum. Ideale Bedingungen, um meine Schatzsuche fortzusetzen.

Dieses Mal gehe ich die Sache professioneller an und leuchte jeden Baum mit einer Taschenlampe von oben bis unten ab. Es ist zwar mitten am Tag, aber unter den Baumkronen manchmal etwas schummerig. Den Quatsch mit den Planquadraten lasse ich weg und gehe einfach im Zickzackkurs von einem Baum zum nächsten. Einigen überwucherten Baumstümpfen nach zu urteilen wurden in den letzten Jahren nur fünf Bäume gefällt. Das heißt, die Chancen, dass der nächste Hinweis überlebt hat, stehen bei der Anzahl der Bäume ungefähr dreihundert zu fünf. Oder so ähnlich.

Was ist das? In Kniehöhe scheint jemand drei Buchstaben in eine alte Buche geritzt zu haben. Oder ist das eine Pappel? Egal. Entziffern kann man es jedenfalls kaum. Jetzt zahlt sich die eine Mark fünfzig für das Mickey-Mouse-Heft mit den Detektivtipps aus, das ich mir damals im Tante-Emma-Laden vom knapp bemessenen Taschengeld gegönnt habe. Ich hole mir einen Zettel und einen Bleistift aus dem Büro. Nachdem ich Moos und sonstiges

Grünzeug weggekratzt habe, lege ich das Blatt Papier auf die Rinde und schraffiere mit dem Bleistift darüber. Sherlock Holmes würde weinen vor Stolz. Walt Disney auch.

UKK. Was soll das heißen? Sah der erste Buchstabe vor zwanzig Jahren vielleicht aus wie ein F? Liegt der Schatz unter einem FKK-Strand? Findet man das Gold nur nackig? Oder muss ich jemanden nackig machen, um es zu finden? Unwahrscheinlich. Ich befürchte, der Hinweisgeber hat dabei nicht an Charlotte, Suse oder Lena gedacht, leider. Sonst könnte ich behaupten, wir müssten ganz dringend auf ihrer Haut nach einem Muttermal suchen. Und weil sie hinten keine Augen haben, würde ich – Stopp! Ich brauche jeden Tropfen Blut in meinem Kopf, um dieses Rätsel zu lösen.

UKK. Ukrainisches Kommunisten-Komplott? Uckermärkischer Kirsch-Kompott? Unsere kleine Kirche? Das könnte es sein! Die Hauskapelle. Immer noch absurd, aber einen Versuch ist es wert. Sofort laufe ich zurück zum Haus – und dort Schmittke in die Arme.

»Das hab ich ja noch nie gesehen: ein rennender Zivi! Man reiche mir einen Kalender und einen roten Stift«, juchzt er.

»Ich bin laufend für dieses Haus im Einsatz, das ist bei mir ganz normal.«

»Ja, sicher. Wohin des Weges, Sie Kalauer-König?«

»Ähm, ich wollte zu Ihnen ins Büro und fragen, was ich als Nächstes tun kann.«

»Fünftes Gebot, Timo! Wie lautet das?«

»Du sollst deinen Chef ehren?«

»Fast, das ist das elfte. Richtig wäre: Du sollst nicht lügen.«

»War das nicht irgendwas mit einem falschen Zeugnis?«

»›Falsch Zeugnis reden wider deinen Nächsten‹. Aber bei ›falsch Zeugnis‹ denken Sie ja an Ihre glorreiche Schulzeit, deswegen habe ich mich für die moderne Variante entschieden.«

»Ich wollte wirklich …«

»Ja, ja, schon klar. Sie können tatsächlich etwas für mich tun: Telefondienst. Ich muss kurz in die Stadt und was erledigen.«

»Läuft. Dann kann ich mich von dem ganzen Gerenne erholen.«

»Strengt an, wenn man das noch nie vorher gemacht hat, oder?«

»Sie müssen es ja wissen.« Gekonnt weiche ich Schmittkes angedeutetem Schlag aus und sprinte ins Büro.

Kaum ist er vom Hof gefahren, schließe ich das Büro ab und gehe in die Kapelle. Auf jedem der bunt bemalten Fenster könnte ein Hinweis auf den Schatz versteckt sein. Ausgeschlossen, ihn auf den ersten Blick zu entdecken. Dummerweise klingelt nach drei Minuten im Büro das Telefon. Hoffentlich wird diese Rennerei nicht zur Gewohnheit.

»St.-Stephanus-Haus, Feuer am Apparat, was kann ich für Sie tun?«, frage ich außer Atem.

»Köhler hier, Chorleiter der Melanchthon-Gemeinde. Ich habe Ihr Schreiben bekommen.«

»Welches Schreiben?«

»Das mit dem Foto.«

»Ach so, das!«

»Ja, wirklich sehr schön, muss ich sagen. Da bekommt man direkt Lust zu kommen.«

»Wem sagen Sie das …«

»Bevor ich meinen Chor frage, wollte ich von Ihnen wissen, welche Kapazitäten Sie überhaupt frei haben.«

»An welchen Zeitraum dachten Sie denn?«

»Tja, am liebsten schnellstmöglich.«

»Oh, lassen Sie mich nachschauen. Einen Moment, bitte.« Ich lege den Hörer beiseite und hole den Buchungsordner aus dem Regal. Na also, der erste notgeile Hecht ist auf Charlottes verlockende Köder reingefallen. Einziger Nachteil: Ich könnte demnächst wieder häufiger Küchendienst beim Abendessen haben, sobald das Haus voller ist. Man muss bereit sein, Opfer zu erbringen.

»Herr Köhler?«

»Ja?«

»Sie haben Glück. Je nachdem, mit wie vielen Übernachtungsgästen Sie bei uns anrücken möchten, ginge es bereits im September.«

»Oh, wunderbar. Wir werden wohl um die dreißig Personen sein.«

»Das hört man gern. In dem Fall kann ich Ihnen erst Anfang Oktober etwas freischaufeln.«

»Aber nicht, dass Sie dafür anderen absagen müssen.«

»Nein, nein, wir kriegen alle unter, kein Problem.« Wenn der mit seinen dreißig Leuten ankommt, bleiben hier trotzdem zwanzig Betten leer. Aber das muss er ja nicht wissen.

»Okay, ich frage meinen Chor und melde mich umgehend bei Ihnen.«

»Machen Sie das, Herr Köhler. Wir freuen uns auf Sie.«

Sobald er das Foto mit Charlotte beim Bass und Tenor herumzeigt, sind uns die Ja-Stimmen der männlichen Chormitglieder sicher.

Kaum habe ich aufgelegt, klingelt es erneut.

»St.-Stephanus-Haus, Feuer«, rufe ich euphorisch.

»Feuer? Bei Ihnen brennt's?«, höre ich eine gebrechliche Frauenstimme im Hörer.

»Hier brennt's gerade wirklich, das Telefon steht kaum still. Aber Feuer ist nur mein Name.«

»Ah, ich höre nicht mehr so gut. Passiert Ihnen öfter, nicht wahr?«

»Mir nicht, aber den Menschen am anderen Ende der Leitung.«

»Da haben Sie wohl recht«, lacht sie. »Zur Not könnte ich beim Löschen helfen, mein Name ist nämlich Sparwasser.«

»Na, könnte aber schwierig werden, wenn Sie so knauserig mit dem Wasser sind.«

»Haha, Sie nun wieder.« Dieses sinnlose Gequatsche und den Fünfzigerjahre-Humor hab ich nach zwei Monaten Arbeit mit alten Leuten voll drauf.

»Weshalb ich anrufe: Ihr wunderbarer Brief ist bei uns eingetroffen. Mir wurde ganz warm ums Herz.«

»Das freut mich.«

»Ich habe ihn in der ganzen Gemeinde herumgezeigt. Hatte ganz vergessen, dass ich damals etwas in Ihr Gästebuch geschrieben habe.«

»Hauptsache, Ihr Aufenthalt war ein unvergessliches Erlebnis.«

»Auf jeden Fall. Deshalb würden wir ihn gerne wiederholen. Wir sind schon alle voller Vorfreude. Wäre im November etwas bei Ihnen frei?«

Ein Blick in unseren Buchungskalender verrät mir, dass wir in der Zeit ganze dreiunddreißig Leute zu Gast haben. Auslastungsgrad: dreiunddreißig Prozent.

»Uuuuuh, November«, wiederhole ich, »lassen Sie mich nachschauen. Mit wie vielen Gästen möchten Sie anreisen?«

»Die Liste wird von Tag zu Tag länger. Momentan sind wir bei knapp über vierzig. Ganz schön viel, so kurzfristig, ich weiß.«

»Sie sagen es«, seufze ich. »Aber wir sind ein christliches Haus und bieten jedem eine Herberge – ganz im Geiste von Maria und Josef. Schließlich ist der erste Advent dann nicht mehr fern. Für eine Woche?«

»Ja.«

»Erste Novemberwoche?«

»Nehm ich.«

»Sehr schön. Rufen Sie mich bitte noch einmal an, sobald Sie die genaue Gästezahl kennen.«

»Das mache ich! Ich freu mich!«

»Und wir uns erst! Bis bald.«

»Tschühüss!«, trällert sie mir in die Ohrmuschel.

Falls das so weitergeht, kann ich den Schatz wirklich guten Gewissens für mich behalten. Meine kleine Werbekampagne scheint zur Rettung völlig auszureichen. Allerdings setzt das voraus, dass ich überhaupt dazu komme, den Schatz zu finden. Bei diesem Telefonterror ist das kaum möglich. Gut möglich ist hingegen, dass ich den Telefondienst gleich von der Backe habe. Schmittke kommt wie der Gute-Laune-Bär zur Tür hereingewackelt.

»Hab ich was verpasst, Herr Feuer?«

»Außer der Rettung des St.-Stephanus-Hauses? Nö, nix.«

»Bitte?«

»Danke – das wäre eher angebracht. Meine Werbekampagne hat eingeschlagen wie eine Bombe. Hab eben zwei Telefonate mit großen Buchungsanfragen geführt: einmal dreißig und einmal über vierzig Übernachtungsgäste. Die Gruppenleiter melden sich noch mit den genauen Zahlen.«

Schmittkes Unterkiefer klappt nach unten – und steht zum ersten Mal still. Normalerweise lutscht oder kaut er immer irgendwas. Von nix kommt eben nix.

»Ich glaub's nicht«, sagt er verblüfft.

»Sollten Sie aber. Alles Weitere habe ich notiert. Falls Sie mich suchen: Ich bin in der Kapelle.«

»In der Kapelle?«

Shit! Wieso ist mir das rausgerutscht? Ein Himmelreich für eine Ausrede!

»In der Kapelle, genau. Möchte den Raum mal auf mich wirken lassen. Zur inneren Einkehr. Diesen Erfolg will ich in aller Stille und Dankbarkeit genießen.«

»Hauen Sie ab und erzählen Sie das jemand anderem. Beten Sie lieber, dass die Interessenten tatsächlich zurückrufen.«

Perfekt. Das ist mein Freibrief, um ganz in Ruhe jedes einzelne Sprossenfenster unter die Lupe zu nehmen. Sorgfältig arbeite ich mich von links nach rechts durch. Bedauerlicherweise werden meine Bemühungen nicht belohnt. Nichts deutet auf einen Schatz hin. Es sei denn, der Schatzverstecker war bibelfester als ich, und eins der Heiligenbilder auf den Fensterscheiben steht für einen Bibelvers, der die Lösung parat hält. Aber ich will nicht gleich den Teufel an die Wand malen.

Ich gehe lieber davon aus, dass unsere kleine Kapelle doch nicht gemeint gewesen war. Bis mir also einfällt, was UKK sonst noch bedeuten könnte, liegt die Schatzsuche wieder auf Eis. Ich beschließe, mich stattdessen der Suche nach Charlottes G-Punkt zu widmen. Die Arme ist durch ihre hartnäckige Grippe viel zu kurz gekommen.

Die nächsten zwei Monate sind der nackte Wahnsinn! Mindestens dreimal pro Woche darf ich Charlotte so sehen, wie der Halbgott in Weiß sie schuf. Wir vögeln uns jede einzelne Synapse aus der Großhirnrinde weg. Gibt es ein Wundgel für den Intimbereich? Wir hätten Bedarf. Zwischendurch packt sie ständig ihr schlechtes Ehefrauengewissen. Gott sei Dank kann ich sie oral immer wieder von der Moral abbringen.

Die Anzahl der SMS-Nachrichten, die zwischen Bargteheide und Eutin ausgetauscht werden, steigt von Woche zu Woche an. Lena und ich verstehen uns immer besser. Die Frau ist echt witzig. Die Buchungszahlen im St.-Stephanus-Haus kennen nur eine Richtung: aufwärts bis in den siebten Heimleiterhimmel. Überraschenderweise halten sich die Anfragen von Gruppenleiterinnen und Gruppenleitern die Waage. Hatte mit einem klaren Übergewicht an männlichen Stimmen am Telefon gerechnet angesichts der zwei Pfund Silikon, die Charlotte in die Waagschale geworfen hat.

Gepanzert gegen Amors Pfeile?

Anfang November erreicht mich eine besonders nette SMS von Lena. Der Monat kämpft seit Tagen mit goldenem Herbstwetter gegen sein mieses Image an.

»Lust auf einen Ausflug?«

»Mit dir? Immer! Wo soll's hingehen?«

»Überraschung. Nimm Stift und Papier mit!«

»Wieso das denn? Wollen wir zusammen stiften gehen?«

»Wahnsinnig komisch. Verrate ich nicht. Passt dir dieser Samstag oder hast du Bereitschaft?«

»Nee, hab frei. Wann holste mich ab?«

»Gegen zwölf.«

»Alles klar. Ich bin bei meinen Eltern in der Luisenstraße drei. Schreib mir am besten 'ne Nachricht, kurz bevor du da bist. Dann komm ich raus.«

»Du willst mich also nicht vorstellen?«

»Meinen Eltern? Ich finde, das hat noch Zeit, Schatz.«

»Hach, endlich merkst du, dass du deinen wahren Schatz längst gefunden hast …;-)«

Am Samstag stehe ich um zehn nach zwölf unterm blauen Himmel und warte darauf, dass Lena mit ihrem Hugo um die Ecke biegt. War mir zu blöd und zu warm, in Schuhen und Jacke noch länger drinnen zu warten. Die Sonne bäumt sich ein letztes Mal auf, bevor der Winter sie für Monate ausbleicht. Die kühle, klare Herbstluft riecht bereits nach Schnee.

Um Viertel nach zwölf tuckert Lena endlich in die Luisenstraße. Natürlich hat sie keine SMS geschrieben.

»Mensch, schon da?«, zicke ich sie beim Einsteigen sarkastisch an.

»Während der Fahrt soll man das Handy liegen lassen«, grinst sie.

»Du hättest rechts ranfahren können.«

»Dann hättest du aber noch länger auf mich warten müssen. Das konnte ich nicht mit meinem Gewissen vereinbaren.«

»Ja, du mich auch. Wohin geht's denn jetzt?«

»Hast du Zettel und Stift dabei?«

»Alles am Mann.«

»Okay.« Lena legt den ersten Gang ein und setzt Hugo in Bewegung. »Ich dachte mir, wir fahren erst mal ein bisschen durch die Gegend, halten an, wo's schön ist, und gehen 'ne Runde spazieren. Irgendwo am See. In einem Café 'n Happen essen. Einfach treiben lassen.«

»Guter Plan. Soll ich im Café die Speisekarte abschreiben, oder warum der Zettel und der Stift?«

»Das, mein lieber Timo, bleibt eine Überraschung. Vermutlich eine, die dein trostloses Singleleben für immer beenden wird.«

»Wer hat behauptet, dass mein Leben trostlos ist?«

»Bist du nicht mehr Single? Das würde meinen schönen Plan über den Haufen werfen.«

»Nee, keine Sorge, bin nach wie vor ungebunden und frei. Aber nicht mehr chronisch untervögelt.«

»Ach, deswegen glotzt du mir heute nicht in den Ausschnitt. Hab mich schon gewundert«, lästert sie.

»Du hast einen Kapuzenpulli an, Schnuppi. Die frei liegende Haut beschränkt sich auf deinen Hals.«

»Das ist aber ein besonders reizvoller Hals.«

»Stimmt. Wickel nächstes Mal bitte einen Schal drum. Kann mich kaum beherrschen.«

»Soll ich mich verschleiern?«

»Nee, nicht nötig. So schlimm sieht dein Gesicht nun auch wieder nicht aus.«

Lena steigt brutal in die Eisen und dreht sich zu mir um.

»Kannst du dich an das erinnern, was ich über die manuelle Schleudersitzfunktion in diesem Wagen erzählt hab?«

»Ja.«

»Und dann riskierst du so 'n Spruch? Wo willst du den Schlag hinhaben – Niere oder Magen?«

Ich versuche vorsorglich meine Bauchmuskeln anzuspannen, scheitere aber an meinem Lachen.

»Also beides«, sagt Lena und trommelt mit ihren Fäusten spielerisch auf mich ein.

»Es tut mir leid! Es tut mir leid!«, flehe ich sie an und greife nach ihren Händen.

»Das hättest du dir vorher überlegen müssen, du Weichei. Erst 'ne dicke Lippe riskieren und dann angekrochen kommen.«

Leider hupt jemand hinter uns, bevor ich sie durchkitzeln kann. Meinetwegen hätte diese Kabbelei ewig weitergehen können.

Die Weiterfahrt gestaltet sich deutlich schmerzfreier. Wir parken in der Nähe des Eutiner Sees und schlendern im Sonnenlicht die Promenade entlang.

»Fahren die Ausflugsdampfer eigentlich noch?«, fragt Lena, als wir auf den Bootsanleger zusteuern.

»Könnte sein. Vielleicht haben sie bei dem guten Wetter die Saison verlängert. Wahrscheinlich sind wir nach einem kurzen Blick auf die Tafel mit den Abfahrtszeiten schlauer.«

»Man merkt, dass du das Zeug zum Hochschulstudium hast, Timo.«

»So ist es. Und dass das männliche Gehirn um zehn Prozent größer ist als das weibliche.«

»Alter!« Lena holt tief Luft. »Dafür verkleinert sich dein Magen jetzt um fünfzig Prozent. Mindestens!«

»Oah, was machst du eigentlich beruflich?«, stöhne ich mit schmerzverzerrtem Gesicht. »Türsteherin?«

»Ich arbeite! Kennst du als Zivi nicht, ich weiß.«

»Hast du ’ne Ahnung! Ich sag nur: bei dreißig Grad im Schatten Stühle streichen und die Hecke schneiden.«

»Sag ich doch – du kannst wenigstens im Schatten arbeiten. Ich schwitze in einem Büro ohne Klimaanlage.«

»Mein Gott, ich hatte ja keine Ahnung! Du musst den ganzen Tag sitzen, du Arme?«

»Ja! Und meinen Kopf anstrengen muss ich auch. Was allerdings den Vorteil hat, dass ich lesen gelernt habe und dir verkünden kann: Das nächste Schiff kommt in zehn Minuten.«

»Fahren wir damit irgendwohin, wo ich den Zettel und den Stift brauche?«

»Nein.«

»Sehr gut, hab nämlich beides im Auto vergessen. – Aua! Ich brauch die Sachen nicht, hast du gesagt.«

»Na und? Du hättest sie aber brauchen können!«

»Frauen und Logik. – Aua!«

Der Ausflugsdampfer ist so gut wie leer. Wir gehen zur hintersten Bank auf dem Sonnendeck, legen unsere Füße auf die gegenüberliegende Sitzreihe, schließen die Augen und genießen die wärmenden Sonnenstrahlen.

»Welcher unzumutbaren Tätigkeit gehst du nun eigentlich nach?«, frage ich, um nicht einzupennen.

»Boah, Timo, ich war kurz davor wegzudösen«, schimpft Lena.

»Toll, ich auch. Wollte nur höflich sein und etwas Konversation betreiben.«

»Höflichkeit wird völlig überschätzt.«

»Aber mit Sicherheit nicht von dir.«

»Timo«, droht sie, »ich bin zwar kurz vorm Einschlafen, aber immer noch wach genug, um dir eine zu verpassen.«

»Verstehe. Vergiss die Frage.« Zehn Sekunden lang herrscht gespannte Stille. Nur der Schiffsmotor und das vorbeirauschende Wasser sind zu hören.

»Super, jetzt bin ich wach!«, mault Lena. »Ich sitz beim Arbeitsamt im Callcenter.«

»Die haben 'ne Service-Hotline?«

»Sicher.«

»Rufen bei dir Leute an, die wissen wollen, warum sie nicht mehr Stütze kriegen?«

»Du hast es erfasst. Wir beantworten Fragen zu Anträgen, nehmen die Meldungen zur Arbeitslosigkeit auf und so weiter.«

»Klingt unfassbar spannend.«

»Verrückt, nicht wahr? Dabei ist es strunzlangweilig!«, flötet sie mit einem gespielten Lächeln. »Nach meiner Ausbildung war ich Fall-Managerin, aber mit Blick auf das Studium schien der Job im Callcenter besser zu sein. Da kann ich mir die Arbeitszeit frei einteilen.«

»Du kannst kommen und gehen, wann du willst?«

»Fast. Ich kann zum Beispiel vormittags drei Stunden arbeiten, mich ausloggen und nachmittags noch mal für zwei Stunden hin. Hauptsache, ich komme am Tag auf mindestens drei und in der Woche auf fünfundzwanzig Stunden.«

»Willst du neben dem Studium weiterarbeiten?«

»Klar. Das bisschen BAföG wird nie und nimmer reichen.«

»Also, ich rechne fest mit dem Höchstsatz. Irgendwas bei sechshundert Euro. Wehe, du schlägst mich, weil Vater Staat dich finanziell weniger unterstützt!«

»Ich kann dich schlagen, wann und wo ich will.«

»Ach, wenn Frauen das machen, ist es erlaubt.«

»Logisch. Wenn Männer Frauen schlagen, ist das häusliche Gewalt. Wenn Frauen Männer schlagen, ist das Zuneigung.«

»Zuneigung?«

»Klar. Hast du gar nix gelernt auf dem Schulhof?«

»Doch. Wundere mich nur, dass du in Bezug auf mich von Zuneigung sprichst. Andererseits ist es kaum verwunderlich. War absehbar, dass du mir auf Dauer nicht widerstehen kannst.«

»Ich finde dich äußerst widerstehlich, glaub mir. Aber eben auch nett.«

»Nett? Eben waren wir bei Zuneigung und jetzt bloß noch nett?«

»Meine Zuneigung geht schnell zur Neige, sobald man sich nicht widerstandslos von mir schlagen lässt.«

»Das heißt umgekehrt, wenn ich mich von dir krankenhausreif schlagen lasse, machst du mir auf der Intensivstation direkt nach dem Blowjob einen Antrag?«

Lena lacht so laut, dass sich die anderen sechs Fahrgäste nach uns umdrehen. Guter Zeitpunkt, zu verschwinden. Wir holen uns vom Bordkiosk was zu trinken und zwei Schokoriegel und stellen uns für den Rest der Fahrt unten an den Bug.

»Möchtest du Titanic spielen?«, frage ich Lena in einem Anflug von Romantik.

»Du meinst, ob ich mit diesem Dampfer untergehen will?«

»Nee, Mann, ob ich meine Arme um dich schließen soll und du deine ausbreiten möchtest.«

»Bitte hör auf, mir wird schlecht!«

»Seekrank?«

»Nee, Softie-Allergie. Sag mir nicht, du guckst solche Schnulzen!«

»Selbstverständlich nicht. Aber du als Mädchen …«

»Nenn mich noch einmal Mädchen, und du landest tatsächlich auf der Intensivstation. Aber ohne Blowjob. Höchstens mit Katheter.«

»Dein Aggressionspotenzial ist nur schwer zu toppen, oder?«

»Bei dir bin ich komischerweise immer am Anschlag, stimmt.«

Wir schweigen einen Moment.

»Wie hält dein Freund das eigentlich aus?«, frage ich dann. »Empfindet der keinen Schmerz, oder ist der so fett, dass er deine Schläge nicht spüren kann?«

»Der heult einfach nicht wegen jedem blauen Fleck.«

»Also ein Masochist.«

»Nein, ein Mann!«

»Ach, Lena, ich mag dich. Weiß beim besten Willen nicht wieso, aber ich mag dich.«

»Ich dich auch, Timo. Ich dich auch.«

Nach einer guten Stunde haben wir wieder festen Boden unter den Füßen.

»Was ist denn nun das Ziel unserer kleinen Reise?«, will ich auf dem Rückweg zum Auto wissen.

»Der Baum der Liebe.«

»Was soll das sein? Ein überdimensionaler Dildo aus Holz?«

»Sehr witzig. Du bist doch Single.«

»So weit, so richtig.«

»Das werden wir jetzt ändern.«

»Wusste ich's doch, dass du nicht die Finger von mir lassen kannst.«

»Träum weiter. Ich spiel bloß Amor. Wobei, als Frau müsste ich ja Amora heißen.«

»Meinetwegen kannst du dich Aroma nennen, aber ich werde bestimmt nicht an einer armseligen Speed-Dating-Veranstaltung mit ein paar Verwirrten im Wald teilnehmen.«

»Wer hat was von Speed-Dating gesagt? Eher Slow-Dating. Bei unserer Aktion ist Geduld gefragt.«

Plötzlich fällt mir meine Unterhaltung mit Matze in Erikas Eck wieder ein.

»Du schleppst mich zur Bräutigamseiche?«, rufe ich mit einer Mischung aus Erkenntnis und Entsetzen.

»Ding, ding, ding, ding, ding«, singt Lena, »der Kandidat ist zwar langsamer als Rüdiger Hoffmann nach dem dritten Joint, bekommt aber trotzdem hundert Punkte!«

»Du glaubst ernsthaft, dass ich irgendeine peinliche Kontaktanzeige auf einen Zettel kritzle und freiwillig in das Astloch für verzweifelte Singles stecke?«

»Wer hat denn was von freiwillig gesagt?«, fragt Lena.

»Wie kommst du überhaupt darauf, dass ich auf der Suche nach einer Freundin bin? Ich bin ziemlich glücklich mit meinem Singledasein.«

»Ganz einfach: Wenn du, wie ich, in einer Beziehung steckst, ist dieser ganze hormonelle Blödsinn zwischen uns kein Thema mehr. Dann kann das der Beginn einer wunderbaren, weil platonischen Freundschaft sein.«

»Hm, klingt leider logisch. Kann verstehen, dass du quasi einen Schutzschild gegen meine sexuelle Ausstrahlung brauchst.«

»Dafür brauch ich nicht mal 'ne Sonnenbrille. Aber du weißt ja, wie das ist: Erst schaukelt sich die Sache durch unsere Sprüche und meine liebevollen Prügelattacken hoch, dann haben wir irgendwann zu viel getrunken, und am nächsten Morgen ist auf einmal alles irre kompliziert.«

»Stimmt. Allerdings wüsstest du, dass ich für meinen hormonellen Überschuss längst eine willige Abnehmerin gefunden habe, wenn du besser zugehört hättest.«

»Soll heißen, du gehst jetzt regelmäßig in den Puff?«

»Nein, ich bin stolzer Toy Boy einer älteren Frau.«

Lena legt mir behutsam eine Hand auf die Schulter.

»Leidet sie schon unter grauem Star und kann dich nicht richtig sehen?«

»Sie kann sehr gut gucken, danke der Nachfrage! Vor allem sieht sie sehr gut aus. Ich sag nur: Doppel-D.«

»Doppel-D? Die hat getunte Titten? Also gehst du aus wissenschaftlicher Neugier der Frage nach, ob dumm wirklich gut fickt?«

»Nee, aus Geilheit. Außerdem hat sie bloß gemachte Titten, kein Arschgeweih. Dieses Vorurteil ist längst widerlegt worden. Sonst müsste ich als angehender Akademiker ja grottenschlecht sein im Bett.«

»Wer behauptet, dass du das nicht bist?«

»Zum Beispiel diese reife und erotisch sehr erfahrene Frau. Sie hat es mir zwar bisher nicht wortwörtlich gesagt, aber ich denke, dass ›Oh, mein Gott!‹ eine angemessene Umschreibung meiner außergewöhnlichen Performance ist.«

»Könnte auch der Anfang sein von: ›Oh, mein Gott, bist du schlecht!‹ Den Rest lässt sie vielleicht nur aus Höflichkeit weg.«

»Den Rest lässt sie aus purer Erschöpfung weg.«

»Kann sein. In dem Alter.«

»Sie ist Anfang vierzig.«

»Also hatte sie ihren ersten Freund, als du deinen Strampelanzug noch für eine Toilette gehalten hast.«

»Warum rede ich überhaupt mit dir?«

»Weil dir sonst keiner zuhört. Komm, steig ein. Kannst dir auf der Fahrt überlegen, mit welch poetischen Worten du deine Zukünftige verzaubern willst. Wie soll deine Traumfrau überhaupt aussehen?«

»Nach Möglichkeit hübsch.«

»Geht das etwas genauer?«

»Schlank.«

»Was für euch Männer annähernd magersüchtig bedeutet.«

»Quatsch, ihr Frauen seid es doch, die sich ständig mit gephotoshopten Magermodels vergleichen. Bei uns Männern vergleichen sich nur die Idioten mit Sixpacks-Models und hauen sich freiwillig jeden Tag Reis mit ungewürztem Putenfleisch zum Proteinshake rein.«

»Ja, leider«, meint Lena mit Blick auf meinen minimalen Bauchansatz. »Auf was für einen Typ Frau stehst du denn nun?«

»Normal halt. Sie sollte ihre Klamotten nicht im Geschäft für Übergrößen kaufen, einen Hintern zum Niederknien haben und mir mit ihrem Lächeln die Beine weghauen.«

»Ich könnte dir mit einem Tritt die Beine weghauen.«

»Da bin ich mir sicher. Wär mir allerdings lieber, du würdest es mal mit einem Lächeln versuchen.«

Geschmeichelt schaut sie zu mir rüber und lächelt.

»So?«

»Genau so.«

Für einen kurzen Moment werden meine Knie tatsächlich etwas weicher.

»Dir hat es ja immer noch nicht die Beine weggehauen«, holt mich Lena wieder ins Hier und Jetzt zurück.

»Tja, das wird wohl nix mit uns. Aber beim Anblick deines Hinterns würde ich immerhin etwas in die Hocke gehen. So 'n bisschen«, provoziere ich meinen nächsten blauen Fleck.

»Sieh zu, dass du in den Wagen kommst!«

»In ideale Schlagdistanz?«

»Du sagst es.«

Während der Fahrt zur Bräutigamseiche mache ich mir Gedanken darüber, was ich schreiben könnte. Natürlich ist die Aktion völliger Blödsinn, aber wer weiß. Vielleicht erzähle ich in fünfzig Jahren meinen Enkeln:

»Hätte ich damals nicht diesen Zettel in das Astloch gesteckt, wärt ihr heute nicht auf der Welt.«

Wahrscheinlicher ist, dass ich in fünf Jahren meinem Therapeuten erzähle:

»Ich war derart verzweifelt, dass ich sogar einen Zettel in ein Astloch gesteckt habe.«

So oder so, aus der Nummer komme ich nicht mehr raus. Fahre ich halt morgen noch mal allein hin und fummle meine kostenlose Kontaktanzeige selber wieder aus dem Baum raus.

Wir parken an einem Waldweg und gehen die letzten hundert Meter zu Fuß. Auf einer Lichtung steht sie: die Bräutigamseiche. Rundherum sind mehrere Holzbänke mit Holztischen angeordnet. Außer einem Hundebesitzer, der seinem liebsten Vierbeiner beim Kacken zuschaut, ist niemand zu sehen.

Wir setzen uns an einen der Tische und betrachten ehrfürchtig das über dreihundert Jahre alte Gehölz. Breit gestreute Sonnenstrahlen lassen die Eiche wie im Scheinwerferlicht erstrahlen. Das ist also die Bühne, auf der ich dem Liebesgott meinen Stolz opfern werde.

Wahrscheinlich kommt genau in dem Moment, in dem ich auf der Leiter stehe und meinen Brief in das Astloch stecke, eine Busgruppe mit Rentnern um die Ecke. Die Worte des Reiseleiters werden sich für immer in mein Gedächtnis einbrennen.

»Haben wir ein Glück, Herrschaften! Hier sehen Sie einen hoffnungsvollen jungen Mann, der seiner zukünftigen Liebsten einen Brief in der Bräutigamseiche hinterlässt. Ist das nicht romantisch?« Das Gekicher der Herrschaften werde ich nie wieder vergessen. Im Anschluss muss ich bestimmt mit aufs Gruppenfoto und lande am nächsten Tag in der Lokalzeitung, weil der Reiseleiter den Redakteur kennt.

»Weißt du, warum die Bräutigamseiche Bräutigamseiche heißt?«, fragt Lena in die andächtige Stille und meine Tagalbträume hinein.

»Klar, die Tochter des Försters hat damals heimlich Briefe mit ihrem Stecher ausgetauscht, den ihr Vater nicht ausstehen konnte. Am Ende haben sie unter dem Ding geheiratet.«

»Richtig, aber warum heißt sie dann nicht Brauteiche?«

»Oder Heiratseiche.«

»Oder Pimpereiche, je nachdem, was die Försterstochter hier mit ihrem Liebsten getrieben hat.«

»Wahrscheinlich heißt sie so, weil der Mann immer den Anfang machen muss, wie man an meiner misslichen Lage gut beobachten kann.«

»Jetzt geht das Gejammer wieder los. Also, meinetwegen kannst du auch auf die Leiter klettern und gucken, ob dir die Richtige schon geschrieben hat.«

»Gute Idee. Dann klemme ich mir das Schreiben.«

»Von wegen! Falls dir ein Brief gefällt, musst du ihr natürlich antworten.«

»Ach, Mann! Können wir beide nicht einfach befreundet sein? Ich hab doch ’ne Affäre«, bettele ich. Meine Würde geht früher verloren als gedacht.

»Wer weiß, wie lange. Affären sind in der Regel zeitlich begrenzt. Sonst wären es ja Beziehungen.«

»Niemand mag Klugscheißer, Lena.«

»Sagt der Richtige. Genauso wenig stehen Frauen auf

Jammerlappen, Timo. Also, was ist jetzt? Schreiben oder lesen?«

Gerade als ich mich fürs Lesen entscheiden und aufstehen will, steuert ein Rentnerpaar auf eine der Bänke zu. Selbst vor denen wäre es mir zu peinlich, hoffnungsvoll auf die Leiter zu steigen. Also bleibe ich lieber sitzen. Auf der Lichtung etwas zu schreiben ist logischerweise genauso verfänglich. Flehend schaue ich zu Lena. In ihrem Blick liegt weniger Gnade als in dem von Dieter Bohlen, kurz bevor er einem Kandidaten mit viel Hoffnung, aber wenig Talent den verbalen Todesstoß verpasst.

»Du brauchst mich gar nicht wie ein verschrecktes Reh im Scheinwerferlicht anzugucken«, bestätigt Lena meine Befürchtung.

Möglichst unauffällig hole ich Zettel und Stift aus meiner Jackentasche und lege beides auf meinen rechten Oberschenkel.

»Schreib doch lieber auf dem Tisch, dazu ist er da«, sagt Lena so laut, dass es auch Menschen mit ausgeschaltetem Hörgerät verstehen. Das Rentnerpaar schaut zu uns herüber.

»Sie wollen einen Brief für die Bräutigamseiche schreiben?«, überbrückt die ältere Frau die zehn Meter Distanz zwischen uns mit einer ebenso lauten Frage. »Wie schön. Mein Mann und ich haben uns über diesen Weg kennengelernt.«

»Wirklich?«, fragen Lena und ich einstimmig.

»Ja, heute ist unser achtundvierzigster Hochzeitstag. Wir kommen jedes Jahr hierher.«

»Achtundvierzig? Sie haben sich kennengelernt, als

hier die Immenhof-Filme gedreht wurden?«, frage ich begeistert.

»Genau! Hinter uns ist das Forsthaus Dodau, vor dem viel gedreht wurde. Wir mussten uns förmlich an den Filmleuten und Schaulustigen vorbeizwängen. Da war was los! Nicht wahr, Herbert?«

Herbert nickt selig lächelnd.

»Eigentlich fand ich den Schauspieler, der Ethelbert gespielt hat, ganz schmuck, aber ich hab mich schließlich für meinen Herbert entschieden«, lacht sie. »Sie beide geben aber auch ein entzückendes Paar ab.«

Lena und ich gucken uns skeptisch an.

»Ehrlich gesagt sind wir hier, um genau das zu verhindern«, versucht Lena den Sinn unseres Ausflugs zu erklären. Könnte interessant werden.

»Wie bitte?«, schaltet sich Herbert ins Gespräch ein.

»Der junge Mann neben mir ist ledig. Ich hab einen festen Freund. Damit wir beide platonische Freunde bleiben können, suchen wir jetzt für ihn eine Freundin. Klingt kompliziert, ist aber ganz einfach.«

»Kompliziert ist die Liebe immer«, doziert Herbert. »Falls ich Ihnen einen Rat geben darf: Lassen Sie Ihren Freund sausen und nehmen Sie den jungen Mann neben sich. Wenn er bereit ist, nur wegen Ihnen nach einer anderen Frau zu suchen, muss ihm wirklich etwas an Ihnen liegen.«

»Du sagst es«, unterstützt ihn seine Gattin, »wer die Immenhof-Filme liebt, hat das Herz am rechten Fleck.«

Ich komme mir eher vor wie in einem Film von Rosamunde Pilcher.

»Ich denke darüber nach«, nickt Lena freundlich. Das goldene Hochzeitspaar verabschiedet sich zufrieden und wackelt einträchtig von dannen. Fast fünfzig Jahre zusammen und immer noch glücklich. Für mich sind schon fünfzig Tage Beziehung kaum zu schaffen.

»Jetzt schreib«, befiehlt Lena, als die beiden außer Hörweite sind.

»Ich dachte, du wolltest dir das mit uns noch mal überlegen?«

»Das hab ich. Bin zu dem Schluss gekommen, dass aus uns nix wird.«

»Dein Entschluss scheint mir ein wenig übereilt zu sein.«

»Bauchentscheidungen sind immer schnell – und die besten. Über die muss man nicht lange nachdenken.«

»Na toll, was soll ich jetzt schreiben?«

»Was weiß ich! Zum Beispiel, dass du 'n totaler Fan schnulziger Heimatfilme bist und ob sie Lust auf einen gemeinsamen DVD-Abend hat.«

»Das klänge wie eine Mischung aus: Hallo, ich bin schwul, suche aber trotzdem eine Frau, die sich am ersten Abend flachlegen lässt.«

»Wieso das denn?«

»Weil die Filme zwar schön, aber nicht cool sind. Und ein DVD-Abend ist das klassische Alibi und Synonym für Fummeln auf der Couch.«

»Blödsinn. Eine Einladung zum gemeinsamen Kochen muss auch nicht bedeuten, dass der Nachtisch im Bett serviert wird.«

»Nee, aber als Vorspeise hofft man schon auf einen Kuss. Auf jeden Fall lade ich keine Unbekannte zu mir nach Hause ein. Nachher ist die noch gewalttätiger als du.«

»Kaum vorstellbar. Und wenn schon: Viele Leute stehen auf SM.«

»Ich nicht. In der Hinsicht bin ich eher traditionell unterwegs.«

»Langweiler«, lästert Lena und knufft mir in die Seite.

»Das war für deine Verhältnisse fast zärtlich.«

»Oh, mein Fehler«, sagt sie und rammt mir ihren Ellbogen zwischen die Organe.

»Aua! Siehste, so kenne und hasse ich dich. Ich schreibe jetzt, dass ich eine Frau suche, die Gewalt in jeglicher Form ablehnt.«

»Mach das. Und schreib, dass du nichts gegen Birkenstocksandalen, unrasierte Beine und veganes Essen hast.«

»Sehr guter Tipp. Vielen Dank.«

In Wirklichkeit schreibe ich:

Liebe Unbekannte,
lass mich raten: Du hast dich mal wieder die ganze Nacht hin und her gewälzt, weil ich nicht neben Dir lag? Kein Wunder, Du bist mir bisher ja auch nicht über den Weg gelaufen. Aber gut, ich verzeihe Dir – und gebe Dir auf diesem Weg noch eine Chance. Es sei denn, Du wirst oft mit Angela Merkel verwechselt. Sollten Dich hingegen viele für Miss Germany statt für die neue Bundeskanzlerin halten, melde Dich bei mir.
Meine e-Mail-Adresse: whereareyou@gmx.de
In erwartungsvoller Vorfreude
Timo

P.S. Ich schreibe diesen Brief unter Zwang. Falls Du hingegen freiwillig ins Astloch gegriffen hast, leg meinen Brief bitte wieder zurück.

»Wirklich, äußerst charmant«, lobt mich Lena. »Welche Frau würde bei diesen Zeilen nicht schwach werden.«

»Hab keinen Bock auf eine von diesen Verzweifelten, für die der Baum die letzte Hoffnung ist. Das sind vermutlich nur übergewichtige Bürokauffrauen, die auf der Arbeit einen Kaffeebecher mit lustigem Spruch haben. Die kann man mit dem P.S. gleich aussieben.«

»Aha. E-Mail schreibt man im Deutschen allerdings groß.«

»Danke. Besserwisserin auch?«

»Ja, genauso wie Nackenschläge.« Ihr ausgeführter Schlag an meinen Hals ist wieder annähernd zärtlich. Im Abgang fast ein Streicheln. Ein Versehen?

Ich schaue mich sorgfältig nach allen Seiten um. Niemand zu sehen. In geduckter Haltung renne ich zum Baum.

»Wieso läufst du geduckt?«, ruft mir Lena hinterher. »Angst vor Scharfschützen? Amors Pfeil wird dich sowieso treffen!«

Ich höre nicht hin, nehme auf der Leiter zwei Sprossen auf einmal, werfe den Zettel ins Astloch und springe mit einem Satz herunter. Möglichst locker und unauffällig entferne ich mich vom Baum. Zur perfekten Tarnung gucke ich wie ein zufällig vorbeilaufender Spaziergänger pfeifend in die Baumkronen.

Geschafft. Ohne Busgruppe. Erschöpft lasse ich mich auf die Bank fallen.

»Na, war das so schwer?«, fragt Lena.

»Ja! Du hast keine Ahnung, wie viele Nerven mich das gekostet hat. Ganz davon abgesehen, dass nun jede irre Stalkerin an meine E-Mail-Adresse kommen kann.«

»Das war deine echte E-Mail-Adresse? Whereareyou?«

»Natürlich nicht. Aber einrichten muss ich sie wohl, sonst hab ich dich am Hals.«

»Du lernst schnell. So viele Irre werden schon nicht zu einem Baum fahren, um nach dem Partner fürs Leben zu suchen«, meint Lena mit treuherzigem Blick. Eine Sekunde später kann sie sich kaum noch auf der Bank halten. »Hätte nicht gedacht, dass du das echt machst«, lacht sie.

»Soll das heißen, du hast mich bloß verarscht?«

»Nein, ich glaube wirklich, dass eine Freundschaft zwischen Mann und Frau nur funktionieren kann, wenn keiner *mehr* will. Wenn beide fest vergeben sind, sinkt zumindest das Risiko, dass sich einer in den anderen verliebt.«

»Mag sein. Denke aber, das hängt vor allem davon ab, ob der andere für einen ein sexuelles Neutrum ist oder nicht.«

»Ein was?«

»Komplett ungeil. Das muss nicht heißen, dass man den anderen optisch für geisterbahntauglich hält. Es reicht, sich nicht vorstellen zu können, mit dem anderen in die Kiste zu steigen.«

»Aha. Und kannst du dir vorstellen, mit mir in die Kiste zu steigen, oder verkaufst du mich gleich auf dem Rummel?«

Was soll ich dazu sagen, die Wahrheit? Dass sie in meinen Augen eine absolute Topfigur hat und gegen eine Freundschaft mit Sex nix einzuwenden wäre? Niemals! Eher erweitere ich meine Sammlung blauer Flecken. Ich bereite mich auf ein epochales Trommelfeuer ihrer Fäuste vor.

»Ich würde jetzt nicht sagen, dass ich eher das Astloch da vorne penetrieren würde, aber …«

Eine gezielte Links-rechts-Kombination in die Magengegend beendet meine ausweichende Antwort. In weiser Voraussicht habe ich jedoch den Bauch angespannt, sodass dieses Mal Lena vor Schmerzen aufschreit und ihre Handgelenke massiert.

»Aua! Dafür würde ich mir eher einen Ast unten reinschieben, als mich auf deinen kleinen Stängel zu setzen«, motzt sie.

»Siehst du, meine Suche nach Mrs Right ist im Grunde komplett überflüssig. Wir wollen uns ja beide nicht, also kann zwischen uns auch nichts passieren.«

Wir schweigen, als würden wir darauf warten, dass der andere noch etwas sagt, und humpeln dann wie zwei Kriegsversehrte zu Hugo.

»Willst du eigentlich Kinder?«, fragt Lena, nachdem wir schon eine Weile gefahren sind.

»Kinder?«

»Ja, das sind diese kleinen, lauten, dreckigen Dinger, weißt du?«

»Ich weiß, was Kinder sind. Ich frage mich nur, wie du jetzt darauf kommst.«

»Weil das eine wichtige Frage für Frauen auf Partnersuche ist.«

»Du meinst, ich hätte das im Brief erwähnen sollen? Ich bin eher abgeneigt. Bei euch Frauen ist das ja was anderes.«

»Wieso?«

»Ihr braucht nur einen Hundewelpen zu sehen, und schon gehen mit euch die Hormone durch. Danach haben eure Typen drei Tage lang keine Ruhe und müssen aus reinem Selbstschutz wieder auf Kondome zurückgreifen.«

»So 'n Quatsch!«

»Von wegen! Noch schlimmer wird's, wenn eine eurer Freundinnen geworfen hat.«

»Geworfen? Du meinst, wenn sie einem Kind der Liebe das Leben geschenkt hat.«

»Nenn es, wie du willst, es bleibt das Ende vom eigenen Leben.«

»Also, meine Freundin Manu hat gerade den kleinen Tiberius unten rausgequetscht, und ich bin alles andere als im Östrogenrausch.«

»Tiberius? Und wer ist der Vater: Cäsar?«

»Nein, Nero, und der brennt dein ganzes St.-Stephanus-Haus nieder, falls du noch einen frauenfeindlichen Spruch zum Besten gibst.«

Den Rest der Rückfahrt versuchen wir, uns gegenseitig im schiefen und lauten Mitsingen von Popsongs aus dem Radio zu überbieten. Würde Dieter Bohlen auf der Rücksitzbank hocken, könnte man seinen Blick sicherlich zu den Massenvernichtungswaffen zählen.

Ausgezeichnet mit dem Freizeit-Orden

»Es ist unglaublich!« Schmittke hält es kaum auf seinem Bürostuhl. »Einundsechzig Anfragen von Gruppenleitern, vierundvierzig von Gruppenleiterinnen, siebenunddreißig Buchungen für insgesamt – und jetzt halten Sie sich fest, Timo – 2195 Übernachtungen! Ich halt's nicht aus.«

»2195 Gäste?«

»Übernachtungen. Jeder Gast bleibt mehrere Nächte.«

»Super! Gute Werbung zahlt sich eben aus. Wollen die alle dieses Jahr anrücken?«

»Nee, die würden wir gar nicht unterkriegen. Verteilt sich schön gleichmäßig bis zum nächsten Sommer. Der Fischer kippt um.«

»Hoffentlich hat der kein schwaches Herz.«

»Hoffentlich doch! – Oh, hab ich das laut gesagt?« Schmittke hält sich glucksend eine Hand vor den Mund, was wohl spitzbübisch aussehen soll.

»Ja, ja, mir das fünfte Gebot vorhalten, aber selbst gegen das achte verstoßen. Oder ist das mit ›Du sollst nicht töten‹ das neunte?«

»Keine Ahnung, und is' mir auch wurscht. Ich kann mich nur in aller Form bei Ihnen bedanken, Timo. Ohne Ihre Ideen wäre es bald ziemlich eng geworden. Der Ansturm verschafft uns ordentlich Luft. Nehmen Sie sich ruhig den Rest des Tages frei.«

»Wie? Jetzt? Morgens um halb zehn?«

»Meinetwegen gönnen Sie sich vorher noch 'n Knoppers aus unserem Kiosk, aber danach können Sie gerne abhauen. Gute Leistung wird belohnt. Hätten Sie das mal früher gewusst, was?«, lacht Schmittke.

»Glaub, das hätte nichts gebracht. Dafür bin ich zu sehr Zivi. Dann werde ich den Tag mal sinnvoll nutzen.«

»Tun Sie das. Bis morgen.« Schmittke wuchtet seine 130 Kilo Lebendgewicht aus dem Stuhl und reicht mir zum Abschied extra die Hand. Ich weiß schon, wie ich den Tag sinnvoll nutzen kann. Bereits vor Schmittkes Belobigung habe ich die Arbeitszeit ganz in meinem Sinne genutzt und zum x-ten Mal überlegt, was diese komische Abkürzung UKK mit meiner Schatzsuche zu tun haben könnte. Das Ergebnis: eine dicht beschriebene Seite voller Interpretationsmöglichkeiten. Die heißeste Spur ist heißer als eine brennende Oase in der Sahara: Umkleidekabine. Dass ich nicht früher drauf gekommen bin, ist mir ein Rätsel. An der hauseigenen Badestelle steht, wie anfangs beiläufig erwähnt, ein alter Holzschuppen, in dem sich zwei Umkleidekabinen befinden. Der Schuppen dürfte locker fünfzig Jahre alt sein und erinnert an diese Umkleidewagen, die den feinen Herrschaften um die Jahrhundertwende überall an den Strand gekarrt wurden.

Mit Jacke und Rucksack gehe ich zum Fahrradständer und fahre vom Hof, damit es aussieht, als würde ich tatsächlich Feierabend machen. Gleich hinter dem Haus biege ich links ab in den Wald. Oberhalb der Badestelle verstecke ich das Rad hinter zwei Büschen und laufe die

Treppe hinunter. Mit einer Taschenlampe im Anschlag beginne ich meine Spurensuche im Inneren der Herrenumkleidekabine.

Wer sich hier freiwillig umzieht, ist selbst schuld. Der muffige Geruch vertreibt zuverlässig jedes Sommer-Bacardi-Feeling und jeden Langnese-Heißhunger. Oder liegt es daran, dass mir die Muffe geht? Schatzsucher werden selten alt, geschweige denn glücklich. Kann mich an keine Geschichte erinnern, bei der es am Ende hieß: Und wenn er nicht gestorben ist, dann lebt er noch heute von seinem Schatz. Die meisten verrecken spätestens auf der vorletzten Seite der Geschichte. Was, wenn der Schatz ein böser Scherz ist und unter der Sitzbank in der Kabine eine Giftschlange lauert? Gut, die müsste seit fast zwanzig Jahren dort lauern, aber was weiß ich, wie alt die Viecher werden können. Biologie war nie mein Spezialgebiet. Abgesehen von Sexualkunde. Über Doktorspiele könnte ich promovieren. Ob Charlotte meine Performance im Bett mit summa cum laude bewerten würde? Besser, ich frag nicht nach.

Vorsichtig hebe ich den Deckel der Sitzbank an. Unter reichlich Spinnweben liegt eine uralte Rettungsweste aus Styropor, Modell Titanic. Ich hole mir von draußen einen Stock und angle die Weste heraus. An die fünfzig Kellerasseln habe ich damit schon mal gefunden. Fehlt nur noch das Gold. Oder die Edelsteine. Oder der Zettel, auf dem steht: »Willkommen bei Verstehen Sie Spaß?, Sie geldgieriger Vollpfosten!« Die Antwort auf diese rhetorische Frage wäre selbstverständlich ein lautes Nein. Bei Geld hört der Spaß auf.

Ich leuchte jeden Winkel der Sitzbankkiste mit der Taschenlampe aus. Nirgends ist auch nur der Hauch eines Hinweises zu entdecken. Das zentimetergenaue Absuchen der Kabinenwände fördert ebenfalls keine neuen Erkenntnisse zutage. Auf eine Goldmine stoße ich hier wohl nicht mehr. Könnten diese Wände sprechen, würden sie mir bestimmt nichts von einem Schatz erzählen. Höchstens von nackten Menschen, die ihren erotischen Zenit längst überschritten haben.

Die Nachbarkabine ist den Knabberspuren nach zu urteilen das Zuhause einer Mäusefamilie. Diesmal fange ich mit den Wänden an. Doch das Holz stellt sich genauso tot wie nebenan. Genervt greife ich nach dem Stock. Dabei fällt mir etwas schwach Blinkendes ins Auge. Im funzeligen Schein der Taschenlampe hab ich es bisher übersehen.

Ich hätte wirklich neue Batterien besorgen sollen. Große Entdeckungen drohen immer an Kleinigkeiten zu scheitern. Selbst Kolumbus hat bestimmt kurz vorm Auslaufen seiner Armada gedacht: »Verdammt, jetzt hätte ich fast meinen Sextanten vergessen!«, und ist noch mal nach Hause gelaufen. Neil Armstrong hatte zum Glück einen Kugelschreiber dabei und konnte damit Eagle One auf dem Mond landen, nachdem der Joystick abgebrochen war. Und hätten die Eltern von Steve Jobs keine Garage gehabt, könnte sich heute niemand seine Trommelfelle mit einem iPod zerschießen.

Ich leuchte in die Ecke, aus der das Glitzern kommt. Hinter einer Plane versteckt hängt ein Kleiderhaken aus Messing. Unter dem Haken kommt eine etwa fünf Zentimeter große Messingplatte zum Vorschein. Meine Atmung kommt schlagartig zum Erliegen, was angesichts des modrigen Geruchs ein Segen ist. Ich hatte die ganze Zeit schon versucht, nur draußen Luft zu holen. Howard Carters Leute sind beim Öffnen von Tutenchamuns Grab schließlich alle an jahrtausendealten Pilzsporen in der Luft krepiert. Aus Was-ist-was-Büchern lernt man fürs Leben.

Auf der Plakette prangt eine Gravur in winzig kleiner, verschnörkelter Schrift:

Der Schlüssel thront über dem Saal des Königs, doch sein Schloss liegt versteckt in einem Raum aus Eisen.

Hä? Diese komischen Rätselverse sind langsam echt nicht mehr witzig. Konnte der Typ nicht einfach irgendwo reinritzen:

Herzlichen Glückwunsch, die Kohle liegt abholbereit in XY. Wünsche ein schönes Leben.

Nein, er muss unbedingt seine lyrische Ader an mir ausleben. Bei den schlechten Reimen blutet jedem Muttersprachler das Herz. Wo, bitte schön, ist der Saal des Königs? Welcher König überhaupt? In Deutschland gab's praktisch nur Kaiser. Franz Beckenbauer eingeschlossen. In Eutin gibt es zwar ein Schloss, aber darin wird der Schatz wohl kaum versteckt liegen. Er muss einfach hier im Haus zu finden sein. Außerdem steckt das Eutiner Schloss nicht in einem Raum aus Eisen, sondern steht auf einer Insel. Was wiederum für den Hinweis mit dem sumpfigen Untergrund sprechen würde. Das wird wieder dauern, bis ich das beknackte Rätsel knacke. Kacke!

Angriff ist die schlechteste Verteidigung

»Timo, haben Sie noch eine geniale Idee auf Lager, wie wir die Buchungsanfragen weiter in den Himmel schrauben könnten?«, fragt mich Schmittke, als ich eine Woche später an meinem Platz sitze und über das neueste Rätsel grüble.

»Hm?«

»Ob Sie eine zweite Werbeidee haben«, wiederholt Schmittke.

»Spontan?«

»Sie können gern länger drüber nachdenken. Die Anrufe sind spürbar weniger geworden. Ein neuer Impuls wäre nicht schlecht, damit der Fischer kein Blut wittert.«

»Ein neues Mailing können wir schlecht rausschicken. Die einzig mögliche Steigerung wäre ein kompletter Kalender mit Charlotte.«

»Herr Feuer, ich muss doch sehr bitten!«, schmunzelt Schmittke.

»Stimmt, da kleben schon Anfang Januar alle Kalenderblätter zusammen. Bringt nix. Tja, überleg, überleg, überleg – wie sieht's mit Radiowerbung aus?«

»Bisschen teuer, oder?«

»Normalerweise schon. Aber ich kenne eine kostenlose Alternative. Für die kriegen wir sogar was: ein Kilo Gehacktes, um genau zu sein.«

»Sie sprechen in Rätseln, lieber Timo«, seufzt Schmittke.

»Haben Sie 'ne Ahnung …«

»Wie soll ich das verstehen?«

Ich winke ab.

»Am besten gar nicht. Jedenfalls gibt es bei Elb-Radio ein Gewinnspiel, bei dem man ein großes Mett-Frühstück für sich und seine Kollegen gewinnen kann. Bei der Gelegenheit machen alle Werbung für ihre Firma. Das können wir auch.«

»Klingt ganz nach meinem Geschmack, vor allem, dass es kostenlos ist.«

»Ich könnte gleich mal die Telefonnummer raussuchen.«

»Ein Mann der Tat, und das als Zivi. Sehr gut. Müssen wir dafür eine Gewinnspielfrage beantworten?«

»Nee, schlimmer. Wir müssen rappen.«

»Rappen?«

»Jep. Den Mett-Rap des Tages. Kann völlig sinnfrei sein, Hauptsache, es kommt Mett drin vor.«

»Aha. So was können Sie?«

»Nee, aber ich suche auch nur die Nummer raus. Anrufen dürfen Sie«, grinse ich.

»Ha! Sie verkennen die Lage, Timo. Ich Chef – Sie Zivi. Heißt: MC Feuer steht am Mike.«

»Oho, was war das denn? Sie sprechen Hip-Hop?«

»Mein Sohn hat uns damit jahrelang die Ohren vollgedröhnt. Ich kenn mich aus.«

»Also sind Sie bestens qualifiziert.«

»Mein Amt bringt eine gewisse Würde mit sich, die es zu schützen gilt. Ähnlich wie beim Bundespräsidenten. Sie als Zivi hingegen haben nichts zu verlieren.«

»Ich bin jung und hab noch mein ganzes Leben vor mir! Ich kann alles verlieren. Das könnte meine Chancen auf außerehelichen Geschlechtsverkehr auf Jahre hinaus ruinieren.«

»Umso besser. Sie wissen ja: christliches Haus und so.«

»Eben drum. Was du nicht willst, das man dir tut, das füg auch keinem anderem zu.«

»Das ist keins der zehn Gebote. Das ist die Goldene Regel der Ethik.«

»Aber es könnte auch von Jesus sein.«

»Der hätte gesagt: Stell dich nicht so an und tu es fürs Team!«

»Immer ich.«

»Sehen Sie's als Chance. Vielleicht werden Sie berühmt.«

»Ich werde höchstens erschossen. Erst von West Coast- und dann von East Coast-Rappern. Sobald ich doppelt tot bin, schändet Bushido meine Leiche und die Fanta Vier trällern auf meiner Beerdigung: Er ist weg!«

»Und der Geist von Tupac tanzt auf Ihrem Grab, nehme ich an.«

»Sie kennen sich wirklich aus.«

»Und ob, Digga! Ihre kleine Grabrede werte ich als ein Ja.«

»Ja, ja. Auf jeden Fall brauche ich Zeit und Ruhe, um den Rap zu schreiben. Viel Zeit.«

»Mit Zeit meinen Sie vor allem Arbeitszeit, schätze ich.«

»Korrekt.«

»Genehmigt. Aber nächste Woche will ich was hören.«

»Geht klar, MC Chef.«

»Für Sie MC Schmittke.«

»Ich fühle mich geehrt.«

»Zu Recht. Jetzt ab mit Ihnen. Sie finden sicher ein ruhiges Plätzchen.«

Damit könnte er recht behalten. Wobei es ganz darauf ankommt, wie man ein ruhiges Plätzchen definiert. Zählt lustvolles Aufstöhnen schon als Ruhestörung? In dem Fall wird's schwierig. Denn statt Zettel und Stift schnappe ich mir lieber Charlotte. Passenderweise saugt sie gerade in Saal eins im hintersten Teil des Hauses Staub. Lasziv lehne ich mich in den Türrahmen und rufe:

»Na, du kleines, reifes Luder, so ganz alleine hier?«

Charlotte dreht sich grinsend um und schaltet den Staubsauger aus.

»Das kleine, reife Luder zieht dir gleich mit dem Staubsaugerrohr eins über.«

»Möchtest du nicht lieber ein richtiges Rohr sehen?«, antworte ich mit einer Gegenfrage und meinem besten Pornogesicht, bevor wir beide laut loslachen.

»Statt hier rumzublödeln, könntest du mir einen neuen Staubsaugerbeutel aus der Küche holen.«

»Ich hab einen ganzen Sack für dich – und der ist prall gefüllt.«

Charlotte verdreht die Augen. »Du bist eklig! Geht das jetzt ewig so weiter?«

»Nur, bis du was dagegen tust.«

Sie schaut mich an und zieht die linke Augenbraue hoch.

»Du glaubst wohl, ich bin allzeit bereit, was?«

»Als gute Pfadfinderin – ja. Jeden Tag eine gute Tat.«

Sie lächelt und kommt mit verführerischem Hüftschwung auf mich zu.

»Sind Pfadfinderinnen nicht viel zu brav dafür?«, haucht sie mir ins Ohr und greift mir in den Schritt.

»Dann tu es halt für die Emanzipation der Frauen. Schließlich hättest du unglaubliche Macht über mich, mit meinem Schwanz zwischen deinen Zähnen.«

»Das stimmt natürlich. So hab ich das noch gar nicht gesehen.«

»Dafür hast du ja mich.«

»Schließ die Tür«, flüstert sie mir einen süßen Befehl ins Ohr.

»Ich sehe, wir verstehen uns, Kleines.« Meine Tonlage ist ganz nah dran an Humphrey Bogart.

Mit leicht zittrigen Händen gebe ich der Tür einen Schubs und lasse sie ins Schloss fallen.

»Ich hab den Schlüssel nicht dabei«, fällt mir plötzlich ein.

Charlotte gibt mir ihren Schlüsselbund.

»Aber ich.«

Nachdem ich abgeschlossen habe, nimmt Charlotte meine rechte Hand und zieht mich zur Fensterfront.

»Du fängst links an, ich rechts.« Ich kapier kein Wort. Spielen wir jetzt Fangen? »Die Gardinen, Süßer!«

»Ach so! Sag das doch gleich.« Sie geht in die rechte Ecke und zieht die Gardinen zu. Ich mache es ihr auf der linken Seite nach.

»Und jetzt?«, frage ich, als wir uns in der Mitte treffen. Meine Knie zittern wie Wackelpudding im Epizentrum. Ist das Parkinson oder Vorfreude?

»Und jetzt«, seufzt sie, »werde ich dafür sorgen, dass du darum bettelst, kommen zu dürfen.«

Ehe ich so tun kann, als ob das kaum möglich wäre, liegt meine Hose auf dem Boden. Es ist der Blowjob des Jahrtausends! Die Technik sollte sie sich patentieren lassen. Ich befürchte, ich muss gar nicht lang betteln. Vielleicht sollte ich es mit Zählen versuchen, um vor Charlotte nicht wie ein pubertierender Schnellspritzer dazustehen. Eins, zwei, drei – oh Gott, bitte nicht! Du bist doch auch ein Mann. Tu was! Jetzt bettle ich schon meinen Schöpfer an. Vier, fünf, ach, egal. Auch ein Blowjob kann ein Quickie sein. Ein vehementes Klopfen an der Tür kommt mir leider knapp zuvor.

»Charlotte? Bist du da drin?«, ruft eine männliche, aggressive Stimme.

Erschrocken schaut mich Charlotte mit großen Augen und offenem Mund an.

»Mei' Ma'«, flüstert sie.

»Was? Wer? Man spricht nicht mit vollem Mund«, flüstere ich zurück. Charlotte verschluckt sich fast beim Versuch, ihr Lachen zu unterdrücken.

»Mein Mann! Was macht der denn hier?«, flüstert sie erneut und mit deutlich mehr Platz für ihre Zunge. Das hab ich nun davon, dass ich meinen Orgasmus hinauszögere.

»Charlotte?«, ruft die männliche Stimme noch lauter.

»Was sollen wir denn jetzt machen?«, flüstert Charlotte mit leichter Panik in der Stimme.

»Auf keinen Fall die Tür öffnen!«, flüstere ich deutlich panischer zurück. »Vielleicht machst du kurz da weiter, wo du eben aufgehört hast. Dauert maximal noch zehn Sekunden, versprochen. Bitte!« Charlotte tippt sich an die Stirn.

»Du spinnst wohl! Obwohl es mich freut, dass du jetzt doch bettelst. Am besten türmen wir durchs Fenster. Du rennst auf dein Zimmer, holst dir meinetwegen schnell einen runter, und ich tue so, als wäre ich die ganze Zeit im Zimmertrakt gewesen.«

»Klingt nach einem vernünftigen Plan. Vor allem das mit dem Runterholen.«

»Also los!«

Leise schieben wir eine der Gardinen beiseite, öffnen ein Fenster und klettern hinaus. Geduckt renne ich hinter der akkurat geschnittenen Hecke zum Zivihaus. Kaum hat man mal Glück, gibt's vom Schicksal was auf die Fresse. Oder vom gehörnten Ehemann. Ich komme mir vor wie im Krieg. Kein Wunder, wenn mich Charlottes Mann erwischt, läuft es auf das entsprechende Ergebnis hinaus: meinen Tod. Dabei habe ich ihm einen Gefallen getan! Ohne mich hätte er in den letzten Monaten keine entspannte, befriedigte Ehefrau gehabt. Ist ein bisschen Dankbarkeit zu viel verlangt? Ich hab das ja nicht nur für mich getan, sondern auch für ihn. Irgendwie. Könnte aber schwer werden, ihm das zu vermitteln.

»Warum schleichst du geduckt ins Haus?« Andi steht im Flur unserer Wohnung vorm Spiegel und begutachtet seine Frisur. Offenbar muss es kurz vor zwölf sein. Beginn der Spätschicht für Andi.

»Ich hab's im Kreuz. Zu hart gearbeitet.«

»Mmh, ist klar. Als ob du seit der Gartenaktion hart

arbeiten musstest. Im Gegensatz zu mir. Dein Schreibtisch ist der Wellnessbereich in diesem Schuppen.«

»Dafür muss ich Schmittke die ganze Zeit bei Laune halten, damit er sich keine neuen Gemeinheiten für dich ausdenkt.«

»Wie fürsorglich von dir. Aber mal ehrlich – warum versteckst du dich? Vor diesem Typen, der eben ums Haus geschlichen ist?«

»Du hast ihn gesehen?«

»Aha! Bingo! Wusste ich's doch! Der hat nach Charlotte gefragt. Hab ihm gesagt, dass sie wahrscheinlich im Tagungstrakt ist.«

»Vielen Dank auch.«

»Woher soll ich denn wissen, dass er dir ans Leder will? Und wieso eigentlich?«

»Komplizierte Geschichte.«

»Hm, oder 'ne ganz einfache: Du hast was mit seiner Frau, und er will dir eine reinhauen.«

»Gut, nicht ganz so kompliziert, wie ich dachte«, grummle ich.

»Echt jetzt?« Andi flippt fast aus vor Begeisterung. »Du hast was mit der heißen Charlotte? Alter, man kann dir wirklich nicht vorwerfen, du würdest mit angezogener Spaßbremse leben.«

»Schrei nicht so! Erzähl's vor allem nicht weiter. Schon gar nicht Michael.«

»Respekt! Wie fühlen sich die Dinger an?«

»Ihre Brüste? Ich sag mal so: Selbst wenn mich ihr Mann krankenhausreif schlägt, war's die Sache wert.«

»Sind die echt?«

»Nee, glaubst du an Busenwunder?«

»Also künstlich. Hart oder weich? Hab mit Michael gewettet, ob sie sich eher natürlich oder wie zu hart aufgepumpte Plastikbälle anfühlen.«

»Eher fest. Die Wette gewinnst du trotzdem nicht. Sonst müsstest du Michael von meiner Liaison erzählen, und das wirst du nicht, richtig?«

»Ach, Mann! Dafür schuldest du mir was.«

»Und was?«

»Eine Schicht mit Rogowski. Du sagst Schmittke, dass du wieder raus möchtest.«

»Ich kann ganz schlecht lügen.«

»Dann hoffe ich, dass du umso besser einstecken kannst. Herr äh ...«, ruft Andi.

»Okay, okay. Kollegenschwein! Wir sehen uns beim Mittag. Ich muss noch was erledigen«, brumme ich und verschwinde in meinem Zimmer.

Kurze Zeit später kann ich zumindest wieder klar denken. Mit frischen Klamotten setze ich mich auf mein Bett und warte darauf, dass die Luft irgendwann rein ist. Charlottes Mann kann mir überhaupt nichts nachweisen. Es sei denn, sie erleichtert ihr Gewissen. Oder hat er uns irgendwo gesehen? Das hieße, er hat Verdacht geschöpft und sie beschattet. Wofür ich durchaus Verständnis hätte. Wenn die kratzbürstige Ehefrau plötzlich geschmeidig wird – dank eines echten Kerls, der noch weiß, dass sein Schwanz nicht nur zum Pinkeln da ist –, kann man als schlappschwänziger Ehemann durchaus misstrauisch werden.

Hatte Charlotte nicht erwähnt, dass er bei der Bundeswehr ist? Vermutlich sind die alle im Nahkampf ausgebildet. Dürfen die ihre Dienstwaffe mit nach Hause nehmen? Und wie beantragt man eigentlich Polizeischutz?

»Timo, sind Sie da?«, reißt mich Schmittkes Stimme aus meinen aufkeimenden Fluchtgedanken. Was will der denn?

»Äh, ja«, rufe ich, »einen Moment, bitte.« Ich tue so, als hätte ich was in meinem Zimmer zu erledigen, und öffne nach einigen Sekunden die Tür. Entsetzt starre ich in den Flur. Vor mir stehen Schmittke, eine zum Boden blickende Charlotte und ein Typ Mitte dreißig mit Stiernacken und Oberarmen vom Durchmesser meiner Oberschenkel. Mit dem Unterschied, dass meine Oberschenkel butterweich sind und seine Oberarme stahlhart.

»Timo, wir müssen uns unterhalten«, sagt Schmittke in einem Tonfall, den ich bisher nicht von ihm kannte. »Kommen Sie bitte mit in mein Büro.«

»Ich hatte gerade mit Andi besprochen, dass ich viel lieber draußen arbeiten würde und er dafür etwas Bürodienst übernimmt«, versuche ich es mit einem völlig überflüssigen Rettungsversuch. Als ob es in der aktuellen Lage besonders clever wäre, allein in den Garten zu gehen. Charlottes Kampfhund verscharrt mich doch sofort im Wald.

»Wir können auch ohne Umweg vor die Tür gehen«, bestätigt Charlottes Mann meine Todesahnung.

»Jetzt beruhigen Sie sich!«, ermahnt ihn Schmittke. »Alle mitkommen!«

Ich deute auf die 1,90 Meter geballte Eifersucht vor mir: »Aber der geht vor.«

»Umso besser. Will dir ja nicht den Rücken polieren, sondern die Fresse«, grunzt der Gehörnte.

»Reißen Sie sich zusammen!«, fährt ihn Schmittke an. So impulsiv kenne ich ihn gar nicht. »Wir bewahren jetzt alle die Ruhe, gehen in die Kapelle und klären die Sache. Bestimmt handelt es sich nur um ein Missverständnis.«

»In die Kapelle? Gott kann dem miesen Wicht auch nicht mehr helfen«, erwidert Charlottes Mann. Um Gnade brauche ich meinen Henker nicht zu bitten. Lieber aufrecht sterben, als auf Knien leben.

Im Gänsemarsch machen wir uns auf den Weg zu meiner Hinrichtung. Kommt man schneller in den Himmel, wenn man in einer Kapelle stirbt? Oder erwartet einen bei Ehebruch grundsätzlich die Hölle? Wobei ich ja gar nicht verheiratet bin. Also ist eigentlich nur Charlotte die Ehebrecherin. Andererseits: Können Triebe wirklich Sünde sein?

In der Kapelle bildet Schmittke einen Stuhlkreis und weist jedem von uns einen Platz zu. Ich sitze Charlottes Mann gegenüber, rechts neben mir Charlotte, die konsequent zu Boden guckt, und links Schmittke.

»Herr Lanotte«, eröffnet Schmittke unsere kleine Gruppentherapie, »erzählen Sie uns, warum Sie derart aufgebracht sind.«

Verdutzt neige ich mich zu Charlotte hinüber.

»Du heißt mit Nachnamen Lanotte? Charlotte Lanotte?«

»Gibt's daran etwas auszusetzen?«, blökt ihr Mann sofort dazwischen. Unglaublich gute Akustik in dieser Kapelle. Wirkt alles dreimal lauter.

»Kommen Sie, meine Herren, keine Nebenkriegsschauplätze. Herr Lanotte, wo drückt der Schuh?«

»Ihr Zivi hat meine Frau verführt!«

»Verführt? Ich sie? Dass ich nicht lache!«, rufe ich viel zu spontan.

»Ach, dann war es andersrum? Meine Frau hat Sie verführt?«

»Hier hat sicher niemand jemanden verführt«, beschwichtigt Schmittke. »Wie kommen Sie zu diesem Vorwurf?«

»In ihrer Handtasche lagen Kondome.«

»Ja, und?«, mische ich mich wieder ein. »Waren die etwa benutzt? Wollen Sie jetzt einen DNA-Abgleich?«

»Brauch ich nicht. Ich hab euch zusammen gesehen.«

Nun beendet sogar Charlotte ihren Redestreik.

»Wo das denn?«, fragt sie.

»Du hast vor Kurzem dein Handy zu Hause vergessen. Deshalb dachte ich mir, nett, wie ich bin, bringe ich es dir auf dem Weg zur Arbeit vorbei. Und da habe ich die beiden gesehen, Herr Schmittke – wie sie turtelnd in das Haus gegangen sind, wo ihr feiner Zivi sein Zimmer hat.«

»Hast du mein Handy etwa kontrolliert?«, keift Charlotte.

»Nein! Ist ja passwortgeschützt.«

»Aha! Das heißt, du hast es versucht!«

»Lenk nicht ab! Keine Nebenkriegsschauplätze, hat Herr Schmittke gesagt.«

Dieser scheint noch nicht ganz überzeugt zu sein.

»Haben Sie, abgesehen von den Parisern und Ihrer Beobachtung, weitere Indizien?«

»Ja, sie war die letzten Monate wie ausgewechselt.«

»Glücklich?«, schieße ich zurück. Herrn Lanotte hält es kaum auf dem Sitz.

»Nein, anders! Natürlich war sie mit mir vorher auch glücklich, aber sie hat sich plötzlich anders verhalten. Sie hat mehr mit ihrem Handy rumgespielt und ist später nach Hause gekommen.« Er wendet sich wieder seiner Frau zu. »Ich will jetzt wissen, ob du was mit diesem Typen hast!«

Charlotte zögert eine Sekunde zu lang.

»Hab ich's doch gewusst!« Herr Lanotte ist nicht mehr zu halten. Schmittke versucht es zwar, hat gegen einen nahkampferfahrenen Soldaten aber keine Chance. Ich als Zivi logischerweise auch nicht. Bevor ich reagieren kann, steht er vor mir, packt mich an den Schultern und stößt mich samt Stuhl um. Charlottes spitzer Schrei schmerzt wegen der großartigen Akustik der Kapelle noch mehr als der Aufprall auf dem gefliesten und geweihten Boden. Zum Glück gerät Herr Lanotte ins Straucheln, stolpert und bleibt mit den Füßen an den Stühlen hinter mir hängen. Ich nutze die Gelegenheit zur Flucht und springe über ihn hinweg zur Tür. Er rappelt sich auf und nimmt die Verfolgung auf. Im Vollsprint geht es durch einen Aufenthaltsraum nach dem anderen. Charlotte kreischt, Schmittke brüllt, ich schnaufe. Spätestens im Speisesaal wird mich Herr Lanotte einholen. In letzter Sekunde ziehe ich einen Stuhl von der Seite in seinen Laufweg.

Die Flugbahn meines Verfolgers ist überaus beeindruckend, wie ich neidlos anerkennen muss. Für die ängstlich vors Gesicht gehaltenen Arme bekommt er allerdings einen klaren Abzug in der B-Note.

Es dauert eine Weile, bis er wieder weiß, wo er ist. Charlotte und Schmittke kommen in den dritten Aufenthaltsraum gehetzt. Hätten wir's bis in den Speisesaal geschafft, könnte sich Schmittke mit Kreislaufkollaps direkt neben Herrn Lanotte legen. Mit hochrotem Kopf baut sich Schmittke vor ihm auf:

»Sind Sie verletzt? Falls nicht, hole ich das gern persönlich nach. So ein Verhalten dulde ich nicht in meinem Haus.« Er versucht zu brüllen, aber mit seiner krampfenden Lunge klingt er eher wie ein heiserer Löwe.

Herr Lanotte rappelt sich auf und hält sich an zwei Sessellehnen fest.

»Das war versuchte Körperverletzung! Ich zeig dich an, du Zivilist. Ich geh zum Kreiswehrersatzamt und sorge dafür, dass du dich vor der Berufungskommission verantworten musst, und dann gehört dein Arsch mir.«

»Jetzt erzählen Sie keinen Mist, Herr Lanotte«, ermahnt ihn Schmittke. »Wegen so einer Lappalie denkt selbst die Bundeswehr nicht daran, aktiv zu werden. Schon gar nicht daran, jemandem den Zivistatus abzuerkennen.«

»Das werden wir ja sehen«, droht Herr Lanotte.

»Falsch, das wollen Sie sehen!«, sage ich. »Dann bringe ich vor Ihren Kollegen zur Sprache, dass zwischen Ihnen und Ihrer Frau seit Jahren nichts mehr läuft. Wollen mal sehen, wie gern Sie vor Ihren Kameraden als Schlappschwanz dastehen möchten.«

»Timo! Jetzt machen Sie es nicht noch schlimmer«, fährt mich Schmittke an. »Charlotte, Sie fahren mit Ihrem

Mann nach Hause und klären, was auch immer zwischen Ihnen vorgefallen ist. Danach will ich nie wieder was von dieser Sache hören. Das gilt für alle, haben wir uns verstanden?«

»Klar und deutlich«, murmeln wir alle im Chor. Ich verdrücke mich umgehend zu Michael in die Küche. Zum einen, damit mir Herr Lanotte nicht doch noch an die Gurgel springt. Zum anderen, damit Michael notfalls als Bodyguard aushelfen kann. Für irgendwas muss sein wöchentliches Krafttraining ja gut sein.

»Na, Timo, machst du wieder Urlaub in der Bredouille? Was war das denn eben für ein Geschrei?«, fragt Michael über einen Riesentopf mit Gulaschsuppe gebeugt. Der Tumult scheint ihn nicht sonderlich aus der Ruhe gebracht zu haben.

»Charlottes Mann ist Amok gelaufen. Im wahrsten Sinne des Wortes.«

»Charlottes Mann? Der war hier?«

»Ist er immer noch! Weiß auch nicht, was der hat.«

Michael runzelt die Stirn und schaut mich ungläubig an.

»Du meinst, er hat sich heute Morgen gedacht: Ich fahr mal zum St.-Stephanus-Haus und lauf 'ne Runde Amok? Und du hattest bloß Pech, dass du ihm über den Weg gelaufen bist. Verstehe ich das richtig?«

»Gut möglich. Was weiß ich, was im Kopf eines Amokläufers vor sich geht.«

»Vielleicht, dass du seine Frau gepimpert hast.«

Entsetzt starre ich ihn an.

»Woher weißt du das? Wir haben doch immer heimlich ...«

»Ha! Heimlich. Ich hab gleich gemerkt, dass dich ihre Titten komplett hypnotisiert haben. Außerdem habt ihr ständig aufeinandergehockt.«

»Für die Sitzordnung am Esstisch kann ich nichts.«

»Nee, aber du kannst was dafür, dass du mit ihr im hinteren Teil des Schlaftrakts verschwunden bist. Haben mir die Mädels erzählt.«

»Ich dachte, die hätten das damals nicht mitgekriegt.«

»Das sind Frauen. Die kriegen alles mit. Außerdem hat Andi euch in deinem Zimmer gehört. Entweder Charlotte hatte schlimme Schmerzen oder sie hat aus einem anderen Grund laut gestöhnt, meinte er.«

Ich muss mich setzen.

»Gegen ihre Oberweite bin ich machtlos! In Wahrheit bin ich das Opfer und nicht ihr Mann. Zum einen hat er ihr die Dinger finanziert. Zum anderen hat er das Kleingedruckte im Ehegelübde nicht beachtet. Du sollst deine Frau ehren – und befriedigen. Bis dass der natürliche Tod euch scheidet. Nicht der Amoklauftod.«

»Ich glaube nicht, dass er seinen eigenen oder Charlottes Tod plant, sondern deinen.«

»Ja, danke, ich weiß. Auf jeden Fall hab ich jetzt Stress an der Backe, vor allem, weil er mich beim Kreiswehrersatzamt anschwärzen will.«

»Ach, Quatsch! Du hast überhaupt keinen Stress. Ganz im Gegensatz zu mir!« Michael rennt zum Ofen und holt fünf Bleche mit fast verbranntem Butterkuchen heraus.

»Das ist die Idee!«, rufe ich. »Du fackelst wieder die Küche ab, und schon ist Schmittke nicht mehr sauer auf mich, sondern auf dich.«

»Schmittke«, hustet Michael, »ist noch dein geringstes Problem. Klär das lieber mit Charlotte.«

»Geht nicht. Sie fährt gleich nach Hause, um die Sache mit ihrem Mann zu klären.«

»Dann hilf mir wenigstens mit dem verkohlten Butterkuchen. Der muss weg, bevor Schmittke ihn sieht.«

»Klar.« Ich breche mir eine unverbrannte Ecke ab und beiße genüsslich hinein.

»Schmeckt eins a«, lobe ich ihn.

»Du sollst mir helfen, den wegzuschmeißen, nicht aufzuessen!«

»Biste verrückt? Weißt du, wie lecker der ist? Also, zumindest der Teil, der nicht aussieht wie Steinkohle.«

Feuer frei!

Die nächsten Tage bin ich trotz des Vorfalls mit Herrn Lanotte weiterhin offiziell freigestellt, um einen derben Mett-Rap für das Radiogewinnspiel zu schreiben. So bleibe ich wenigstens die meiste Zeit vor Schmittkes Moralpredigten im Büro verschont. Charlotte hat sich für den Rest der Woche freigenommen. Auch gut. Ich hab keine sonderlich große Lust auf »Wir müssen reden«. Den Satz braucht kein Mensch. Der besagt nur, dass man sich schon sehr bald gar nichts mehr zu sagen hat.

Wie soll ich unter diesen Umständen kreativ sein und was Lustiges schreiben? Mit Zettel und Stift verziehe ich mich in den kleinsten Gruppenraum des Saaltrakts: das Tagungszimmer. Eigentlich dient es eher als Abstellraum. In einem großen Wandschrank, der sich über die gesamte Länge des Zimmers zieht, sind Projektoren, Beamer, Extratische und Klappstühle untergebracht. Mitten im Raum steht ein drei Meter langer, alter Holztisch, an dem mindestens genauso alte Lederstühle platziert wurden. Erinnert an einen mittelalterlichen Ratssaal und vermittelt das Gefühl, als ob jederzeit jemand mit weißer, gelockter Perücke und schwarzem Talar hereinkommen könnte. Ich setze mich an die Stirnkante des Tischs am Fenster und starre in den Garten. Selbst wenn mir Charlottes Mann eine reinhaut und ich die restlichen Monate beim

Bund verbringen muss – es wäre jede Schmerztablette wert gewesen. Wer kann schon von sich behaupten, in jungen Jahren etwas mit einer MILF gehabt zu haben? Außerdem weiß ich jetzt, wie sich Silikonbrüste anfühlen. Das kann mir keiner mehr nehmen. Ich hoffe bloß, dass es Charlotte auch gut geht und sie heil aus der Nummer rauskommt.

Okay, Zeit, das Reimmonster aus dem Käfig zu lassen. Beim Mett-Rap geht es nicht um die Söhne von Huren, es werden keine Mütter gefickt, und Popos bleiben jungfräulich. Es geht ausschließlich um Hack. Von EDEKA Gutfleisch. Geschredderte Tierreste mit Zwiebeln – na ja, der Hunger wird's reintreiben.

Brainstorming: Hackfresse. Leg dich gehackt. Hackepeter. Hackbällchen. Ich glaub, es hackt. Die Hacken zusammen! Jemanden zerhacken. Hackfleisch aus jemandem machen. Computer-Hacker. Hack-Hockey. Langsam wird's absurd. Am besten schreibe ich über etwas, das ich selbst erlebt habe. Eigene Erfahrungen verarbeiten und so. Wieso sehe ich plötzlich Charlottes Brüste aus Hack vor mir? Warum nicht, Sex geht immer. Hat auch was Bad-Boy-mäßiges, über Bitches zu schreiben, Hip-Hop eben, damit krieg ich am einfachsten meine Street Credibility.

Nach einigen Versuchen steht mein Hit, bereit, die Hack-Parade zu stürmen:

Das Kamasutra habt ihr schon komplett durchprobiert?
Ihr braucht was, das euch wieder erotisch inspiriert?
Dann lasst die Erdbeern und die Sahne mal lieber auf der Torte und nehmt 'n Kilo Mett, yo, Gutfleisch heißt die Sorte.

Das geht ab! Schade, dass die alten Ratsherren das nicht mehr miterleben können, auf deren Gut das Fleisch heute gezüchtet wird. Headbanging mit weißen Perücken, das wär's gewesen. Gut, das ist Heavy Metal, aber mit einem harten Gitarrenriff geht der Rap vielleicht erst richtig steil. Handelt schließlich nicht von Blümchensex. Der einzige Blümchensex, den ich je haben wollte, war Sex mit Blümchen. Dem Popsternchen aus den Neunzigern. Nicht der Flora aus dem Garten. Bin ja nicht pervers!

Es versteht sich von selbst, dass ich Schmittke den Rap erst Ende der Woche präsentieren werde. So kann ich mich die nächsten zweieinhalb Tage endlich wieder der Schatzsuche widmen. Fragt sich nur, wo ich weitermachen soll. Den letzten Hinweis habe ich bis heute nicht verstanden.

Der Schlüssel thront über dem Saal des Königs, doch das Schloss liegt versteckt in einem Raum aus Eisen.

Der Saal des Königs. Bezogen auf das St.-Stephanus-Haus kann damit eigentlich nur Schmittkes Büro gemeint sein. Das Problem ist: Darüber ist nix, außer Dachziegeln.

Bewegung hilft bekanntlich beim Nachdenken. Ausgenommen bei Fußballern, wie man aus unzähligen Interviews direkt nach Spielende weiß. Ansonsten wäre Lothar Matthäus der größte Philosoph der Gegenwart. Ob Aristoteles damals auch auf dümmliche Ostblockschlampen stand, die gerade erst zu Hause ausgezogen waren? Ich schweife ab; wahrscheinlich brauche ich einfach mehr Platz. Meine Gedanken müssen fliegen. Der Gang vor die Tür ist nicht ganz ungefährlich. Charlottes Mann könnte überall lauern. Andererseits bin ich mit T1 gemustert worden. Wer für sein Vaterland eine Schlacht im Alleingang gewinnen könnte, kann sich auch gegen einen rasenden Ehemann wehren.

Draußen ist es mucksmäuschenstill. Die Ratte könnte trotzdem auf mich warten. Aber ich will kein Schisser sein. Ich bin ein knallharter Rapper! Je bleihaltiger die Luft, desto tiefer atme ich ein. Vorsichtig öffne ich die Tür.

In Saal eins sind leise Stimmen zu hören. Vermutlich ein Teil der Seniorengruppe, die morgen abreist. Saal zwei und drei sind leer. Vor Saal vier hat jemand das Equipment für einen bunten Abend abgestellt: kistenweise Bier, Wein und Knabberkram. Die Sonne fällt durch das Fenster im Flur direkt auf die Holztür. Irgendwas ist anders als sonst. Die Tür erscheint heute im wahrsten Sinne des Wortes in einem anderen Licht. Unter der Beschriftung »Saal 4« sind die verblassten Umrisse früherer Klebebuchstaben zu erkennen. Ich gehe näher ran, um sie zu entziffern: »Christus-Saal«!

Im Stechschritt laufe ich zu Schmittke ins Büro und tue so, als bräuchte ich einen Stift. Im Vorbeigehen frage ich ihn:

»Sagen Sie, Herr Schmittke, hieß der Saal vier früher Christus-Saal?«

Verblüfft schaut er von seiner Aktennotiz hoch.

»Ja. Wie kommen Sie darauf?«

»Ist mir gerade aufgefallen, als ich aus dem Sitzungszimmer kam. Die Sonne schien auf die Tür und hat die Umrisse der alten Buchstaben sichtbar gemacht.«

»Richtig. Der Saal ist relativ neu. Kurz nach dem Bau vor zehn Jahren haben wir die Buchstaben abgenom men und ihn umbenannt, zur Vereinheitlichung. Obwohl Christus-Saal schöner geklungen hat. Aber dann hätten wir die anderen Säle auch umbenennen müssen. Ihr Sündenpfuhl wäre in dem Fall das Judas-Zimmer«, grinst Schmittke.

»Wieso das? Der hat Jesus zwar verraten, aber nicht mit seiner Frau geschlafen.«

»Wäre auch schwierig gewesen, denn Jesus war nicht verheiratet.«

»Na, Dan Brown ist da anderer Meinung. Diese Popsängerin Sandra aus den Achtzigern auch. Stichwort: Maria Magdalena. Egal. Hat Charlotte sich zufällig bei Ihnen gemeldet? Lebt sie noch?«

»Das will ich für Sie hoffen, Timo. Für Charlotte selbstverständlich auch. Bisher habe ich nichts Gegenteiliges gehört.«

»Beruhigend.«

Im Hinausgehen nehme ich unauffällig den Schlüssel für den großen Wandschrank neben Saal vier aus dem Schlüsselkästchen. Als ich das letzte Mal das fahrbare Klavier rausholen musste, ist mir oben im Schrank eine Luke aufgefallen. Könnte ein Zugang zum Spitzboden sein. Im Saal selbst sind an der Decke nur Balken zu sehen, aber kein Zugang zum Stockwerk darüber.

Ich hole mir einen Stuhl aus dem Sitzungszimmer, öffne den Schrank, stelle den Stuhl hinein und lehne die Schranktür hinter mir leicht an. Das Klavier steht gerade bei der Gruppe in Saal eins.

Die Luke ist leicht zu öffnen. Elegant wie ein Puma springe ich nach oben und ziehe mich hoch in den kleinen Zwischenraum über dem Schrank. Links führt ein schmaler, eineinhalb Meter hoher und etwa zwei Meter langer Durchgang zum Spitzboden.

Im Dach sind einige kleine Fenster eingebaut, durch die fahles Sonnenlicht scheint.

Vorsichtig balanciere ich über den Mittelbalken des Spitzbodens. Die Deckenhöhe beträgt gerade mal zwei Meter. Nach außen hin fällt das Dach steil ab. Schade, dass Lena bei der Schatzsuche nicht mehr Ausdauer hatte. Vor meinem inneren Auge kriecht sie auf allen vieren und sucht die niedrigen Ecken ab. Bei dem Gedanken werde ich sofort spitzer als der Spitzboden.

Wo würde ich hier einen Schlüssel verstecken? Ganz am Ende. Ganz am Anfang wäre ziemlich blöd.

Gezielt wanke ich auf dem schmalen Längsbalken zur Fensterluke am Giebel. Außer Spinnweben und Dreck gibt es nicht viel zu entdecken. Weil mir nichts Besseres einfällt, klopfe ich die Mauer ab: Bingo! Unter der Fensterluke wackelt ein Stein. Nach kurzem Ruckeln fällt er aus der Wand und landet polternd auf der Saaldecke neben den Balken. Die Decke hält. Schwein gehabt. Offenbar ist auch niemand auf den Lärm aufmerksam geworden. Eine Taschenlampe wäre jetzt echt praktisch, um in das schwarze Loch zu leuchten. Blind hineinzugreifen erscheint mir wenig verlockend. Kellerasseln, Spinnen und andere Bewohner würden meine Hand vermutlich für einen unerwünschten Eindringling halten. Oder für Nahrung. Hab keine Lust, einen auf Dschungelcamp zu machen.

Ich setze mich auf den Balken, lehne mich zurück und

versuche, so tief wie möglich mit dem Schuh ins Loch zu stoßen. Zu irgendwas muss Größe sechsundvierzig ja gut sein. Denkste! Ich komme mit dem Schuh kaum ins Loch. Das einzig Gute ist: Ich habe einen Grund, gleich einen Abstecher zur kuschelweichen Schuhputzmaschine zu machen.

Vorher setze ich meine Hoffnungen aber erst mal in Plan B. Ich stoße noch einige Male mit dem Schuh ins Loch, um die Bewohner zu erschrecken und im günstigsten Fall zu töten. Danach ist der Moment der Wahrheit gekommen: meine erste Dschungelprüfung. Angewidert greife ich in das dunkle Loch und taste es gründlich ab. Die Schuhattacke hatte spürbaren Erfolg. Bisher kribbelt und krabbelt nix. Aber irgendetwas Kühles liegt drin. Gibt es Insekten, die kaltes Gift versprühen? Nach näherem Betasten fühlt sich das Kühle eher an wie ein Schlüssel. Mutig greife ich zu und ziehe meine Hand heraus. Nennen Sie mich Dschungelkönig! Ach was, warum so bescheiden: Dschungelkaiser! Gekrönt über dem Saal des Bibelkönigs. Das Insigne meiner Macht: ein silberner Schlüssel. Heureka!

Mich trennt nur noch ein Schritt vom Zweitwohnsitz in Saint-Tropez. Das Überleben des St.-Stephanus-Hauses ist ja dank Werbeaktion und Mett-Rap so gut wie gesichert. Okay, durch die Investitionen, die Schmittke für dringend nötig hält und die sich mit dem Schatz finanzieren ließen, könnte man noch mehr Gäste anlocken. Mit einer groß angelegten Anzeigenkampagne in allen Gemeindebriefen von Flensburg bis Göttingen bestimmt auch. Die Aktion mit den Werbebriefen könnte bloß ein

Strohfeuer entfacht haben. Und sicher wäre es auch nicht schlecht, die Gruppenleiterzimmer komfortabler auszustatten und modernste Präsentationstechnik in mehrfacher Ausführung anzuschaffen. Der Mief der Siebzigerjahre ließe sich mit ausreichend Geld ebenfalls aus den Aufenthaltsräumen vertreiben. Das alles wäre wohl ganz im Sinne des Schatzversteckers. Nur nicht im Sinne des Schatzsuchers und baldigen Schatzfinders, also mir. Umso wichtiger ist es, dass ich bald mit dem Mett-Rap auf Sendung gehe.

Als Schmittke wieder hinter der Küche kacken geht, schalte ich daher im Büro das Modem an. Frage mich echt, ob das Internet Zukunft hat, so langsam, wie das ist. In der Zeit könnte ich auch was im Telefonbuch oder im Lexikon nachschlagen. Während mich das ohrenbetäubende Fiepen meinem nächsten Tinnitus näherbringt, beschließe ich, bei Elb-Radio nur unter Pseudonym on air zu gehen. Am besten gebe ich mich als Andi aus. Die Telefonnummer für Mett-Rapper steht gleich auf der Startseite. Ich notiere sie auf einem Zettel und checke bei der Gelegenheit meine E-Mails. Aus Angst vor weiteren Schlägen habe ich nach dem Ausflug mit Lena tatsächlich einen Account für whereareyou@gmx.de eingerichtet. Zu meiner Überraschung hat mir sogar jemand geschrieben.

Hallo Timo,
Du weißt wirklich, wie man eine Frau mit Worten um den Verstand bringt. Wundervoller Brief … (Ironie aus). Ich wurde auch von meinen sogenannten Freun-

den gezwungen, auf die Leiter zu steigen. Ich studiere seit diesem Semester in Kiel Englisch und Geschichte auf Lehramt, komme aber ursprünglich aus Rostock. Falls Du also kein Besser-Wessi bist und keine Probleme mit einer aus dem Osten hättest, lass von Dir hören.
Liebe Grüße,
Natalie

Wer hätte das gedacht. Die klingt doch angenehm normal. Ich antworte ihr, dass ich bald auch in Kiel studieren werde und wir dann in der Mensa gern romantisch essen gehen könnten.

Anschließend verziehe ich mich wieder ins Sitzungszimmer und hole mein Handy aus der Tasche.

»Elb-Radio, hier spricht Melanie, was kann ich für dich tun?«, begrüßt mich eine flippige Stimme. Mich siezen, denke ich reflexartig, sage aber stattdessen:

»Hi, Andi hier, ich ruf wegen diesem Mett-Rap-Gewinnspiel an.«

»Das aus unserer neuen Morning-Show mit Morning-Martin?«, kiekst Melanie.

»Für das Mett-Frühstück am Morning, genau.«

»Supi! Wie heißt denn deine Firma?«

»St.-Stephanus-Haus.«

»Cool. Was macht ihr?«

»Freizeit. Wir sind ein Tagungs- und Freizeitheim für kirchliche Gruppen: Chöre, Seniorengruppen et cetera.«

»Klingt total spannend. Der Slot am nächsten Montag

ist gerade frei geworden, ein Kandidat ist abgesprungen. Würde das bei dir passen?«

»Eigentlich hab ich nächste Woche Spätschicht. Aber für meinen Durchbruch als Rapper quäle ich mich gern früher aus dem Bett.«

»Sehr gut! Mit der Einstellung schaffst du es bis ganz nach oben. Hast du unsere E-Mail-Adresse?«

»Nee, aber was zu schreiben.«

»Auch gut. Dann schreib mal mett-rap@elb-radio.de und schick mir bis Freitag den Text für deinen Rap. Wir müssen vorher checken, ob er jugendfrei ist. Morning-Martin groovt sich dann schon mal ein.«

»Richtig, er macht live die Beatbox, oder?«

»Genau. Nicht immer treffsicher, aber lustig.«

»Ja, so isser, der Morning-Martin«, säusele ich.

»Absolut. Der wird ein ganz Großer bei Elb-Radio. Gut, Andi, wir rufen dich Montag kurz vor acht zurück, und du errappst dir das Kilo Mett.«

»Alles klar.«

»Oh, eins noch: Wie viele Kollegen müssen davon satt werden? Damit der Schlachter Bescheid weiß.«

»Gute Frage, äh, ich glaub neun Leute, wobei mein Chef locker für zwei isst, also sagen wir zehn.«

»Klingt überschaubar. Kriegen wir hin. Denk bitte an die Mail, und bis Montag.«

»Okay. Meine Nummer hast du?«

»Steht auf meinem Display.«

»Sehr gut, verblüffend, diese moderne Technik. Tschüss.«

»Tschüssi.«

Mehr denn je bin ich der Meinung, dass meine selbstlosen Taten zum Wohle des St.-Stephanus-Hauses ein hundertprozentiger Ausgleich für den Schatz sind. Ohne Restschuld. Mit meiner aufopferungsvollen Bereitschaft, mich vor einem Millionenpublikum zum Löffel zu machen, kann ich das Geld ohne schlechtes Gewissen für mich behalten. Immerhin rette ich sogar den Lebensstandard von Charlottes Mann. Wenn Charlotte ihren Job verliert, wird das Loch in der Haushaltskasse ganz schön tief. Timo, der barmherzige Samariter. Sankt Timo. Gefällt mir. Hätte nichts dagegen, das an die große Glocke zu hängen. Die Frauen würden mich anbeten. Es wird höchste Zeit, einen meiner treuesten Jünger, Markus, zurate zu ziehen.

»Moin, Timo, das kommt ja selten vor, dass du mich anrufst«, ruft Markus in seine Freisprecheinrichtung.

»Mir steht eben der Sinn nach körperlicher Ertüchtigung im Fitnesstempel – zur Stärkung von Geist und Seele. Hast du morgen Zeit? Laben wir uns danach wieder an den Köstlichkeiten des Phoenix?«

»Geht's dir gut? Haben die dir in dem Sektenhaus das Gehirn gewaschen? Klingst so bibelfest.«

»Nee, hab nur festgestellt, dass ich das Zeug zum Heiligen hätte.«

»Du? Zum Heiligen? Heilige Scheiße, es ist noch schlimmer, als ich dachte.«

»Im Ernst, ich bin voll dabei, das Haus vor dem Ruin zu retten. Nur mit meinen Talenten.«

»Wusste gar nicht, dass du welche hast.«

»Du weißt vieles nicht, mein Sohn.«

»Zum Beispiel, Vater?«

»Die Werbeaktion mit den Briefen hat eingeschlagen wie eine Bombe ohne Kollateralschaden.«

»Das kann in deinem Fall nur bedeuten, die Nummer war 'n Blindgänger.«

»Im Gegenteil: ein Volltreffer! Hab auch schon nachgeladen: Montagmorgen bin ich live auf Elb-Radio zu hören.«

»Gott bewahre!«

»Kann er nicht, ist bereits abgemacht. Um acht Uhr rufen die mich an, und dann rappe ich für den guten Zweck.«

»Und der wäre?«

»Ein Mett-Frühstück für meine lieben Kollegen. Plus Gratiswerbung bei mehr als einer Million Zuhörern. Die senden im ganzen Norden.«

»Ach, ist das dieses Gewinnspiel, wo sich Leute für ein Kilo Hack zum Klops machen?«

»Genau das.«

»Erwähn bitte nicht, dass wir uns kennen. Ich möchte in diesem Leben noch Geschlechtsverkehr haben.«

»Ha! Ich werde dich extra grüßen und damit viele unschuldige Mädchen vor einem großen Fehler bewahren.«

»Wehe! Menschen müssen ihre Fehler selbst machen, sonst lernen sie nix draus. Erlebe ich jede Woche vor Gericht.«

»Verstehe. Du möchtest, dass auch die unschuldigen Mädchen etwas dazulernen.«

»Korrekt. Ich bin eben ein Menschenfreund. Nenn mich Sankt Markus.«

»Gut, scheinheiliger Sankt Markus, wie sieht es morgen Abend mit ein wenig Sport und Spachteln aus?«

»Bin dabei. Sieben Uhr?«

»Läuft.«

»Bis denn dann.«

Entspannt lehne ich mich zurück. Heute und morgen mach ich nichts mehr. Außer den Schlüssel näher zu untersuchen, um herauszufinden, in welches Schloss er passen könnte. Prüfend halte ich ihn ins Sonnenlicht. Auf der einen Seite ist die Zahl 394 eingeprägt. Auf der anderen lediglich der Hersteller des Schlüssels: Burg. Wie passend bei einem Schlüssel, zu dem das Schloss fehlt. Könnte sich um ein Schließfach handeln. Fragt sich nur, wo. Am Bahnhof? Unwahrscheinlich, die kann man nur zeitlich begrenzt mieten. Vielleicht ist es auch der Schlüssel zu einem Tresor, was zur Beschreibung eines Schranks aus Eisen passen würde. Den zu finden wäre allerdings nahezu unmöglich.

Möglichkeit drei: ein Bankschließfach und damit quasi eine Mischung aus einem Schließfach, für das man eine Nummer braucht, und einem Tresor. Ich bin so scheißintelligent, das gibt's gar nicht! Das Einfachste wäre, ich fahre mit dem Schlüssel zu Suse und frage, ob die Sparkasse Schließfächer hat, zu denen der Schlüssel passen könnte. Das Dumme ist nur, dass sie es eventuell ihrem Onkel verrät. Das Risiko gehe ich vorerst nicht ein. Lieber denke ich die kommenden anderthalb Tage über Alternativen nach.

Unnötig zu erwähnen, dass sich die gefundenen Alternativen am Freitagabend in Grenzen halten. Außer, zuerst bei allen anderen Banken in der Umgebung nach Schließfächern zu fragen, ist mir nichts eingefallen. Ein Unterfangen, das in der Provinz ebenfalls nicht ganz ohne Risiko ist. Bankangestellte sind auch nur Menschen – und kennen Nachbarn, Freunde, Bekannte, ehemalige Mitschüler oder Kollegen. Und was machen Menschen für ihr Leben gern? Richtig, interessante Neuigkeiten austauschen. Am besten bespreche ich das vorher mit jemandem, der einer doppelten Schweigepflicht – beruflich und privat – unterliegt: Markus. Wenigstens einen Erfolg kann ich kurz vorm Wochenende noch verbuchen: Schmittke war von meinem Mett-Rap total begeistert. Der Mann überrascht mich immer wieder. Ganz im Gegensatz zu Markus – der erfüllt in schöner Regelmäßigkeit meine schlimmsten Erwartungen.

»Schwierige Situation. Oder lass es mich anders ausdrücken: Wie kann sich ein Mensch in so kurzer Zeit in derart viele Schwierigkeiten bringen?«

Markus sitzt auf dem Ergometer neben mir und tritt eher nachdenklich als nachdrücklich in die Pedalen.

»Ich fasse kurz zusammen: Du glaubst, einem Schatz auf der Spur zu sein, kannst aber nicht den letzten Schritt unternehmen, weil es dann rauskommen könnte. Du hast einen schießwütigen Ehemann am Hals, weil du seine Frau aufgebockt hast. Als wäre das nicht schon genug, stirbst du am Montagmorgen freiwillig den gesellschaftlichen Tod für ein Kilo Gehacktes und ein bisschen Gratiswerbung. Nur damit du dein Gewissen beruhigen kannst, weil du den Schatz für dich behalten willst. Welchen du allerdings nicht finden wirst, weil es dann herauskommt und du ihn eben nicht für dich behalten kannst. Bis hierher richtig?«

»Im Prinzip ja, aber …«

»Okay, mein Rat als Anwalt: Der Ehemann kann dir rechtlich gesehen gar nichts. Du hast durch dein Verhalten die Notwehrsituation zwar provoziert, aber deinen Status als Zivi kann dir deswegen keiner aberkennen. Kindergarten … Umbringen kann er dich trotzdem.«

»Vielen Dank für den Hinweis.«

»Als Anwalt bin ich der Wahrheit verpflichtet.«

»Seit wann das denn?«

»Seit einer meiner besten Freunde mein Mandant ist. Kommen wir zu Punkt 1.2 auf deiner Don't-do-Liste: der gallige Gatte an sich. Den wirst du nur los, wenn du die Sache mit seiner Frau auf der Stelle beendest. Ansonsten regele ich ungern deinen Nachlass.«

»Also vögeln oder weiterleben?«

»Gut erkannt.«

»Ich denk drüber nach. Nächster Punkt.«

»Der Schatz. Abgesehen davon, dass ich die Nummer für ziemlich schwachsinnig halte, hast du tatsächlich einen Schlüssel gefunden. Was darauf hindeutet, dass es entweder wirklich was zu holen gibt oder dass sich jemand ziemlich viel Mühe gegeben hat, um einen geldgierigen Idioten zu verarschen.«

»Ich weiß, dass die ganze Sache im Grunde bekloppt ist. Aber vielleicht wollte derjenige sein Vermögen auf originelle Weise vermachen. Statt bei einem Notar einen Zettel zu hinterlegen, auf dem steht, dass das Tierheim XY zehntausend Euro für die armen Katzen bekommt.«

»Klar, die Welt ist voller Irrer. Kann alles sein. Falls es so ist, würde ich an deiner Stelle zunächst unauffällig bei allen Banken außer der Sparkasse nachfragen, ob sie überhaupt Schließfächer haben. Ohne gleich den Schlüssel auf den Tisch zu packen. Wenn sie welche haben und du den Schlüssel zeigen musst, sagst du einfach, dass du ihn bei deinem toten Opa gefunden hast.«

»Könnte funktionieren. Und was sag ich Suse?«

»Dasselbe. Beim Öffnen des Schließfachs lassen die einen sowieso alleine, zumindest im Film.«

»Sie kennt mich aber und weiß, dass ich für ihren Onkel arbeite.«

»Na und? Deswegen wird sie nicht gleich ihren Traumhintern zu Schmittke schwingen und erzählen, dass du bei ihr in der Bank warst. So interessant findet sie dich offensichtlich nicht.«

»Danke. Könntest du das mit der Wahrheit bitte etwas einschränken?«

»Ungern. Denn für den letzten Punkt auf deiner nach oben hin offenen Schwachsinns-Skala ist brutalstmögliche Offenheit gefragt. Wieso hast du freiwillig angeboten, live zu rappen? Bist du völlig irre?«

»Weil ich das Haus wirklich retten möchte. Die Leute dort haben es verdient, vor allem Birgit. Außerdem gebe ich mich als Andi aus.«

»Wer sind Birgit und Andi?«

»Eine Kollegin mit leichter Behinderung und der andere Zivi.«

»Weiß dein Zivikollege schon von seinem bevorstehenden Ruhm?«

»Nein. Aber die Leute, die ihn kennen, werden ja merken, dass es nicht seine Stimme ist.«

»Aber die Leute, die dich kennen, werden auch merken, dass in Wirklichkeit du dich zum Honk machst.«

»Shit, daran hab ich gar nicht gedacht.«

»Das hab wiederum ich mir gedacht. Dafür hast du ja mich, auch wenn es praktisch zu spät ist.«

»Was soll's. Manchmal muss man eben selbstlos sein.«

»Is' klar. Vor allem, wenn es dabei hilft, dein Gewissen reinzuwaschen.«

Der Kalorienausgleich nach dem Sport im Phoenix ist wie immer de luxe. Vielleicht stehen wieder etwas mehr Kalorien auf der Habenseite, aber Weizenbier wirkt bekanntlich isotonisch. Und ist nach Leistungssport unverzichtbar.

Kollateralschaden: Andi

Am Montagmorgen sitze ich ab halb acht zu Hause vor meinem Telefon und starre wie hypnotisiert aufs Display. Ich könnte schon wieder aufn Pott. Mein Darm scheint noch nervöser zu sein als ich. Gibt es irgendeine Nervenbahn zwischen Gehirn und Verdauungstrakt, die man operativ kappen kann?

Zum hundertsten Mal gehe ich meinen Mett-Rap durch. Hauptsache, Morning-Martin ist kein Rhythmus-Legastheniker und gibt mir gleich einen passenden Beat vor.

7:45 Uhr. Wieso mache ich das überhaupt? Würde Michael das für mich tun? Oder Charlotte? Oder Schmittke?

Gut, ohne Michael wären die letzten Monate nur halb so witzig gewesen. Ohne Charlotte nur halb so geil. Und ohne den Schatz wahrscheinlich nur halb so einträglich – falls es ihn denn gibt. Trotzdem, ist es das wert?

Fünf vor acht furzt endlich ein Elch die deutsche Nationalhymne. Ich muss unbedingt meinen Klingelton ändern. Verdammte Schnapsideen.

»Feuer?«

»Hallöchen, hier ist der Morning-Martin! Na, alles gut bei dir, Andi?«, schallt es mir lautstark entgegen.

»Wieso Andi? Ach so, ja, alles bestens. Bin so weit.«

»Wunderbar. Ich kann dich auch siezen, wenn du möchtest.«

»Nee, nee, war nur grad nicht ganz bei der Sache. Bin ziemlich aufgeregt.«

»Och, das wird schon. Wir schalten dich in drei Minuten live dazu, direkt nach Nachrichten, Wetter und Verkehr. In deinem Rap geht es ja auch um Verkehr, nicht wahr? Hahaha!«

»Stoßverkehr, sozusagen, genau«, begebe ich mich im Sturzflug auf sein Humorniveau. Hilft vielleicht, um sich aufeinander einzugrooven.

»Ich seh schon, wird lustig mit dir. Bleib einfach in der Leitung. Ich mach eine kurze Überleitung, und dann geht's los. Okidoki?«

»Alles klärchen, Martin!«

Wahrscheinlich sagt der nachher noch tschüssikowski.

Um in das korrekte Hip-Hop-Feeling zu kommen, fange ich an, leicht mit dem Kopf zu nicken. Mit lässiger Handbewegung grüße ich mein Spiegelbild: »Yo, yo, yo!« Meine Stimme mache ich mit ein paar »Oah, oah, oahs« warm. Hoffentlich hat mich Morning-Martin auf stumm geschaltet. Ob ich mir noch schnell einen Kapuzenpulli überwerfe und den Papierkorb anzünde? Für das passende Ghetto-Feeling.

»Andi?«

»Ja?«

»Ich geb dir jetzt den Senderton auf die Leitung, damit du weißt, wann es losgeht.«

»Okay.«

Nachdem Morning-Klaus, oder wie auch immer die Witzfigur aus der News-Redaktion heißt, die Blitzer vermeldet hat, ist Morning-Martin dran.

»Yo, meine Lieben, wie immer um kurz vor acht wird es nun bei uns auf Elb-Radio groovig. Das St.-Stephanus-Haus in Eutin hat sich um ein leckeres Mett-Frühstück beworben. Am Telefon hab ich jetzt den Andi.«

»Moin.«

»Andi, erzähl mal, was ihr im St.-Stephanus-Haus so macht.«

»Wir sind ein bestens ausgestattetes Freizeit- und Tagungsheim für christliche Gruppen, direkt am wunderschönen Eutiner See gelegen.«

»Das klingt verlockend. Das heißt, die Chorleiter aller Kirchengemeinden können sich bei euch für ein Wochenende mit ihren Leuten einquartieren?«

»Genau. Oder eine ganze Woche. Wir haben achtundvierzig Doppelzimmer mit eigenem Bad, Einzelzimmer für die Gruppenleiter, vier große Tagungsräume, gemütliche Aufenthaltsräume ohne Ende, zwei sogar mit Kamin, eine herrliche Sonnenterasse, Parkplätze vor der Tür, eine sehr nette Atmosphäre, leckeres Essen, günstige Preise, viel Grün drum herum …«

»Okay, okay, ich merk schon: Das St.-Stephanus-Haus ist immer eine Reise wert.«

»Absolut. Für nähere Infos einfach anrufen oder auf unserer Internetseite nachschauen. Dort gibt's auch ein paar hübsche Bilder.« Bei der Gelegenheit fällt mir ein: Das Gruppenfoto mit Charlotte muss unbedingt auf die Startseite.

»Und was genau machst du im St.-Stephanus-Haus?«, hakt Martin nach.

»Eigentlich nicht viel, ich bin einer der Zivis. Als solcher hat man ja einen Ruf zu verteidigen und darf sich nicht überarbeiten.«

»Haha, das kenn ich von früher. Hab mich auch nie totgemacht beim Bund.«

»Ich bin quasi der Junge für alles.«

»Na, das klingt doch vor allem für die weiblichen Gäste äußerst vielversprechend. Apropos schlüpfrige Witze: Du willst was für uns rappen. Vor das Hack hat der liebe Gott nämlich den Schweiß gesetzt. Bist du bereit, Andi?«

»Yo, Digga!«

»Alright! Hier kommt dein Beat.«

Morning-Martin beginnt zu beatboxen. Hatte ich mir schlimmer vorgestellt. Nach kurzem Eingrooven rappe ich drauflos.

»Sensationell!«, ruft Morning-Martin nach meinem erotisch inspirierenden Vierzeiler. »Damit hast du dir das Mett-Frühstück redlich verdient. Schwing dich ins Auto und hol den Klops Gehacktes zusammen mit frischen Brötchen, Butter und einer Flasche Sekt vom EDEKA-Markt Ley in der Freischützstraße vier ab. Herzlichen Glückwunsch, und lasst es euch schmecken.«

»Vielen Dank! Das werden wir.«

Kaum habe ich aufgelegt, klingelt mein Handy erneut.

»Timo, herzlichen Glückwunsch, toll gemacht!« Schmittke ist am Apparat – und am Anschlag. Andi auch. Nur anders.

»Bist du bekloppt, dich als mich auszugeben?«, höre ich ihn im Hintergrund brüllen. »Das kriegst du zurück!«

»Ja, ja, sagen Sie Ihrem Zivi, der soll sich beruhigen, Herr Schmittke. Dafür kann er jetzt lecker Mett bei EDEKA abholen.«

»Timo meint, Sie sollen sich beruhigen, immerhin gibt es als Entschädigung für den Rufmord gleich einen ganzen Haufen Hack«, höre ich Schmittke zu Andi sagen.

»Was heißt denn hier Rufmord?«, frage ich. »Ich hab ihm zu beachtlichem Ruhm verholfen!«

»Das erläutern Sie ihm am besten selbst. Sie kommen doch zum Frühstück vorbei, nehme ich an.«

»Selbstverständlich. Andi muss das Zeug nur abholen. Ich bin in einer guten Stunde da.«

»Sehr schön. Sie haben unser Haus wirklich sehr gut verkauft. Am besten machen wir schnell die Leitung frei, damit die Interessenten alle durchkommen.«

»Auf jeden Fall. Hab sogar *noch* eine Idee, wie wir die Telefondrähte zum Glühen bringen: Das Gruppenfoto mit Charlotte muss schnellstmöglich auf unsere Website. Sprechen wir gleich noch mal drüber – mit frischem Mett zwischen den Zähnen.«

»Ich freu mich drauf, Andi, äh, Timo. Bis gleich.«

Super. Wieder ein paar Pluspunkte bei Schmittke gesammelt. Nicht ganz so super: Gleich muss ich Charlotte UND Andi gegenübertreten. Denke aber, dass Andis Humorverständnis ausreicht, um die Nummer mit einem angetäuschten Schlag in die Magengrube auszugleichen. Bei Charlotte könnte es ein sprichwörtlicher Tritt in die Eier werden. Gut möglich, dass sie mir den Laufpass gibt, um ihre kaputte Ehe mit diesem kaputten Typen zu retten. Wäre nicht die Erste, die ins heimische Nest zurückkehrt, nachdem sie ausgiebig fremdgevögelt hat. Wobei ich natürlich sehr dankbar bin, dass sie es mit mir getan hat. Das mit uns hat sowieso keine Zukunft. Ich kann mich an kein Gespräch zwischen uns erinnern, das länger als ein paar Minuten gedauert hätte. Dafür war unsere nonverbale Kommunikation viel zu ausschweifend.

Als ich im St.-Stephanus-Haus ankomme, ist im Personalraum bereits alles aufgetischt.

»Timooo, schön, dass du hier bist!«, ruft Andi in einem Ton, der mich sofort die Bauchmuskeln anspannen lässt. Überraschenderweise gibt er mir nur freundlich die Hand und schüttelt sie nach Kräften. »Vielen Dank für die fünfzehn Minuten Ruhm, mein Lieber«, grinst er diabolisch und drückt immer fester zu.

»Kein Problem, jederzeit«, ächze ich unter ansteigenden Schmerzen und gehe langsam in die Knie. Auf dem Boden angekommen, wird es wohl langsam Zeit für eine Entschuldigung.

»Es tut mir leid! Ich war dermaßen aufgeregt, dass ich meinen Namen glatt vergessen hab«, winsele ich.

»Am Arsch! Du hast einen kompletten Rap auswendig runtergerattert, aber wusstest nicht mehr, wie du heißt?«

»Den hab ich vom Blatt abgelesen. Beim nächsten Mal schreibe ich meinen Namen daneben.«

Michael dreht sich zu uns um: »Muss man sich bei Elb-Radio nicht ein paar Tage vorher mit Namen anmelden, um überhaupt mitspielen zu dürfen?« Danke. Andi war beinahe bereit, frisches Blut in meine Finger zu lassen.

»Ich war bei jedem Telefonat aufgeregt«, versuche ich meine Gliedmaßen zu retten.

»Wir sprechen uns noch!«, droht Andi und geht zurück zu seinem Teller mit vier dick belegten Mettbrötchenhälften.

»Habt ihr für den edlen Spender überhaupt was übrig gelassen?«, frage ich mit Blick auf die üppig belegten Teller der anderen.

»Wenn Ihnen ein gutes Pfund für den Anfang reicht«, mümmelt Schmittke mit einem halben Schwein im Mund. Auf einem kleinen Tisch hinter mir türmt sich unter einer dicken Zwiebelschicht ein riesiger Haufen Fleisch.

»Als zweites Frühstückchen wird's reichen«, antworte ich und schnappe mir einen Teller.

Die erste Prüfung wäre überstanden. Die weitaus schlimmere steht mir unmittelbar bevor. Auf dem Weg zu meinem Platz werfen Charlotte und ich uns einen kurzen Blick zu. Die prickelnde Spannung zwischen uns ist jedoch einer unangenehmen Ernsthaftigkeit gewichen. Die Situation mit Belanglosigkeiten zu überspielen erscheint mir irgendwie unangemessen. Bestimmt lauern alle am Tisch gespannt darauf, was passieren wird. Nachdem ich mich vor Charlottes Mann in der Küche versteckt habe und Michael schon praktisch alles über uns wusste, dürfte mittlerweile jeder in diesem Raum bestens über unsere Affäre informiert sein. Aber den Gefallen, offen darüber zu sprechen, werde ich ihnen nicht tun. Stumm beiße ich von meinem Mettbrötchen ab. Nach einigen Schweigesekunden fängt das allgemeine Gebrabbel am Tisch wieder an. Als die anderen das Büfett zum zweiten Mal stürmen, raunt mir Charlotte zu:

»Ich muss mit dir reden. Um elf im Sitzungszimmer.«

In meiner Brust zieht sich alles zusammen. Das war's also.

»Wir müssen Schluss machen«, empfängt sie mich eine Stunde später.

Man kann ihr nicht vorwerfen, lange um den heißen Brei herumzureden.

»Sonst prügelt mich dein Mann krankenhausreif?«

»Du sagst es. Wenn wir die Sache auf der Stelle beenden, kann ich ihn davon abhalten. Beim Kreiswehrersatzamt hat er dich trotzdem verpetzt.«

»Bitte schön, jeder darf sich auf seine Weise lächerlich machen.«

»Ich würde das nicht auf die leichte Schulter nehmen. Der Amtsleiter ist ein Kumpel von ihm. Zumindest zur reinen Schikane kann der dich vor irgendeine Kommission zitieren.«

»Gut, dann zitiere ich halt deinen Mann. Wir werden ja sehen, ob seine Kollegen es für eine gute Idee halten, jemandem, der sich emotional nicht unter Kontrolle hat, eine geladene Waffe in die Hand zu drücken.«

»Es wird eher darum gehen, ob deine Verweigerung glaubwürdig ist, angesichts des Vorfalls.«

»Lächerlich!« Genervt setze ich mich auf meinen Stammplatz. »Na toll. Und jetzt?«

Charlotte schaut mich traurig an.

»Jetzt ist Schluss. Leider. Hat wirklich Spaß gemacht.«

»Vielleicht noch ein Abschiedsnümmerchen um der alten Zeiten willen?«, frage ich müde lächelnd.

Sie lacht und gibt mir einen Kuss auf die Wange.

»Du bist echt süß. Mach's gut, Kleiner. Wir sehen uns«, zwinkert sie mir zu und lässt mich allein zurück. Scheiße! Trotzdem freue ich mich, dass ich die letzten Monate mit ihr überhaupt erleben durfte – und vor allem überlebt habe. Bis jetzt.

Im Hinterhalt hinterhältiger Hinterwäldler

In den folgenden Tagen nutze ich jede Gelegenheit, um dem sogenannten »Schrank aus Eisen« näherzukommen. Aber egal, welche Bank im Umkreis von zwanzig Kilometern ich ansteuere: Entweder hat sie gar keine Schließfächer, oder der Schlüssel passt nicht zu ihrem Schließsystem.

Bevor ich zu Suse gehe, muss ich aber erst mal meine öffentliche Hinrichtung vor dem Bundeswehrtribunal hinter mich bringen. Unmittelbar nachdem Charlotte mit mir Schluss gemacht hat, hat die Vorladung meinen Briefkasten verseucht. Der Lanotte ist echt krank.

Schmittke gewährt mir für den Termin am Freitag großzügig einen Tag Sonderurlaub, damit ich mich in aller Ruhe darauf vorbereiten kann. Andi springt für mich ein und übernimmt meinen Bereitschaftsdienst. Im Gegenzug bin ich die nächsten beiden Wochenenden dran. Pünktlich um zwölf Uhr mittags stehe ich wie bestellt und nicht abgeholt vor der Tür des Verhandlungsraums im Eutiner Kreiswehrersatzamt.

Zwei Minuten nach zwölf. Die lassen mich extra lange warten. Nervös tigere ich den Flur auf und ab. Endlich geht die Tür auf.

»Herr Feuer, eintreten bitte«, befiehlt ein willfähriger Helfer meiner Ankläger.

»Mahlzeit, meine Herren«, begrüße ich die Anwesenden.

»Der Appetit wird Ihnen noch vergehen«, blafft mich der Vorsitzende an. »Hinsetzen!«

Vor zwei zusammengeschobenen Tischen setze ich mich auf den mir zugewiesenen Holzstuhl. Hinter den Tischen sitzen drei grimmig dreinschauende Herren in Uniform: links ein blasser Dürrer, in der Mitte ein aalglatter Tom-Cruise-Verschnitt und rechts Charlottes Versager von einem Ehemann. Zu Hause keinen mehr hochkriegen, aber hier den dicken Max markieren. Das sind mir die Liebsten.

Ich stelle gleich den ersten Befangenheitsantrag und zeige auf Herrn Lanotte: »Darf er nicht höchstens als Zeuge auftreten?«

»Wer hier was darf, bestimmen wir«, bellt Tom Cruise.

»Aha, und bekomme ich keinen Anwalt zur Seite gestellt?«

»Sie stehen hier nicht vor einem Militärgericht. Es handelt sich lediglich um eine Anhörung, bei der Sie zu den erhobenen Vorwürfen Stellung nehmen können.«

»Wie genau lautet denn der Vorwurf?«

»Sie sollen den Offizier Lanotte tätlich angegriffen haben. Obwohl Sie in Ihrer Kriegsdienstverweigerung ausdrücklich den Verzicht auf jegliche Form der Gewaltausübung geschworen haben.«

»Na ja, geschworen … Ich hab geschrieben, dass ich Kriege im Grunde für schwachsinnig halte. Bei sinnlosen Dingen mache ich halt ungern mit.«

»Sie halten die Bundeswehr für schwachsinnig?«

»Jein, nicht im Großen und Ganzen, aber im Kleinen. Bestes Beispiel ist der Herr rechts neben Ihnen. Der ist nicht nur blöd genug, eine heiße Frau wie Charlotte Lanotte im Ehebett links liegen zu lassen, sondern kreuzt dann auch noch wie ein Gorilla bei meiner Zivildienststelle auf und greift mich an. So sieht's nämlich aus! Ich habe in Notwehr gehandelt. Der Typ wollte mich auf die Intensivstation prügeln.«

»Falsch, auf den Friedhof«, ergänzt Herr Lanotte eiskalt.

»Umso schlimmer! Haben Sie das gehört, Herr Vorsitzender?«

»Klar und deutlich. Trotzdem haben Sie Ihn zuerst angegriffen.«

»Ich war auf der Flucht! Soll ich warten, bis er mir eine verpasst, und mich dann wehren?«

»Das wäre die Definition von Notwehr, ja.«

»Quatsch! Das wäre die Definition von Dummheit. Ich habe Schlimmeres verhindert und Ihren Kameraden vor einem Verfahren wegen schwerer Körperverletzung oder Mord bewahrt. Diese ganze Nummer ist eine Farce, die Sie ausschließlich für Ihren Kegelfreund neben sich abziehen. Wenn Sie hier noch länger von der Stusswaffe Gebrauch machen und den Blödsinn nicht auf der Stelle beenden, haben Sie eine Dienstaufsichtsbeschwerde am Hals! Und die Presse. Der Wehrdienst steht bekanntlich auf der Kippe. Ich hätte kein Problem damit, ihm den letzten Schubs zu verpassen.«

Tom Cruise schaut mich mit großen Augen an. Langsam dämmert ihm wohl, dass dieser Schauprozess keine allzu gute Idee war.

»Beruhigen Sie sich bitte. Lassen Sie uns das zivilisiert und wie unter Männern regeln.«

»Das heißt? Wir prügeln uns und gehen dann alle zusammen einen trinken?«

»Nein, Sie halten ab sofort Abstand von seiner Frau.«

»Ab sofort? Okay.«

»Moment«, funkt Herr Lanotte dazwischen, »was hat diese Nachfrage zu bedeuten? Heißt das, du hast dich in der Zwischenzeit wieder an meiner Frau vergriffen?« Er ist kurz vorm nächsten tätlichen Angriff.

»Bleib ruhig, Horst«, redet der Vorsitzende auf ihn ein.

»Sie heißen mit Vornamen Horst?«, frage ich belustigt. »In Ihrem Alter? Hotte? Hotte Lanotte? Hotte und Charlotte Lanotte?«

Hotte springt von seinem Stuhl auf und reißt dabei einen der Tische um. Tom Cruise kann ihn nur mit Mühe aufhalten.

»Ich denke, es ist besser, Sie gehen jetzt«, ruft er und weist mir mit dem Kopf unmissverständlich den Weg zur Tür. Sein dürrer Adjutant begleitet mich nach draußen.

»Das heißt, die Sache ist erledigt?«, frage ich ihn auf dem Flur.

»Definitiv. Im Vertrauen: Meiner Meinung nach waren der Vorwurf und die angedrohten Konsequenzen unhaltbar. Ihr persönlicher Widersacher wollte Ihnen nur einen Denkzettel verpassen. Von seiner Frau würde ich trotzdem die Finger lassen. Obwohl sie wirklich ein verdammt heißes Geschoss ist.«

»Oh, ja!«

»In der Kaserne hängt in manchen Spinden sogar ein

Foto von ihr beim letzten Truppenball. Das Kleid war waffenscheinpflichtig, sage ich Ihnen«, gluckst er mit verklärtem Lächeln.

»Ach was. Wichsvorlagen sind erlaubt …«, denke ich etwas zu laut.

»Von wegen! Das darf Herr Lanotte nie erfahren«, flüstert er.

»Also von mir erfährt er nix. Es sei denn, er kommt mir wieder quer. Besser, Sie halten ihn auf Abstand.«

»Sie können sich auf mich verlassen.«

»Schön. Die Sache mit seiner Frau ist jedenfalls beendet. Sagen Sie ihm, dass er Charlotte in Zukunft mehr Aufmerksamkeit schenken soll. Sonst überlege ich mir das noch mal.«

»Mach ich.« Er verabschiedet sich mit einem angedeuteten militärischen Gruß und geht zurück in den Verhandlungsraum.

Party-Alarm!

Am Abend fahre ich zum St.-Stephanus-Haus, um Schmittke zu berichten, dass ich ihm weiter erhalten bleibe. Im Büro sitzt Herr Rogowski.

»Wo ist denn Herr Schmittke?«, frage ich ihn.

»Essen gegangen, mit seiner Frau. Im Rathauskeller.«

»Dann kommt er heute wohl nicht mehr hierher. Na ja, hat auch Zeit bis Montag. Schönes Wochenende.«

»Ihnen auch.«

Wo ich schon mal hier bin, kann ich auch was essen, denke ich und mache einen Abstecher in die Küche. Andi und Birgit schieben gerade die Abendessensschicht.

»Na, ihr beiden, schön fleißig?«

»Ich schieb dir gleich fleißig was in den Arsch!«, brummt Andi.

»Ruhig, Brauner. Ich mach's nicht mit Männern, sorry.«

Birgit lacht und bringt zwei neue Kannen Hagebuttentee in den Speisesaal. Ich gehe rüber zu Andi und klopfe ihm gönnerhaft auf die Schulter.

»Es gibt was zu feiern. Ich wurde in allen Punkten freigesprochen. Gut, nicht in allen Punkten, mit seiner Frau hab ich tatsächlich geschlafen. Aber ich bin kein Gewalttäter – und damit weiterhin ein glaubwürdiger Zivi.«

»Glückwunsch! Bei mir kommst du nicht so leicht davon.«

»Das hab ich mir fast gedacht. Deswegen rette ich dich vor einem trostlosen Bereitschaftswochenende.«

»Das heißt, du übernimmst meinen Dienst?«, strahlt Andi.

»Sei nicht albern. Ich gebe einen aus. Wir machen den Getränkekühlschrank im Saaltrakt leer. Bier, Wein, Schnaps – muss ja alles weg, bevor's schlecht wird. Füllen wir hinterher einfach wieder auf.«

»Klingt nach einem Plan. Bin dabei. Wo schießen wir uns ab?«

»In der Kaminhöhle. Ich geh gleich vor, nachdem ich was gegessen habe, und lass euch in Ruhe arbeiten.«

»Bist du weich? Du bleibst schön hier und hilfst! Umso schneller haben wir 'ne Flasche am Hals.«

»Eigentlich hätte ich ja schneller eine Flasche am Hals, wenn ich vor dir rübergehe. Dann kann ich auch den Scheiterhaufen im Kamin entfachen.«

Andi greift in Zeitlupe nach einem langen Küchenmesser und gibt mir somit genug Zeit, meinen Vorschlag zu überdenken.

»Oder noch besser: Ich helfe euch und wir gehen gemeinsam rüber.«

»Weise Entscheidung.«

Nachdem wir die Küche zum Blitzen gebracht haben und Birgit auf ihr Zimmer gegangen ist, prüfe ich, ob die Luft im Büro rogowskifrei ist. Mit den Schlüsseln für die Kaminhöhle und den Getränkekühlschrank machen wir uns auf den Weg zum Saaltrakt. Im Kiosk decken wir uns mit Kippen und Chips ein und schmeißen jeder einen Schein in die offene Kassenschublade. Genau genommen handelt es sich dabei um eine einfache Holzschublade. Bezweifle, dass das finanzamttauglich ist.

Die Kaminhöhle hat kaum mehr als fünfzehn Quadratmeter, dafür aber einen hohen Gemütlichkeitsfaktor. Sechs tiefe Sessel laden dazu ein, geistesabwesend in das Kaminfeuer zu starren.

Ich lasse das Bier kurz atmen und reiche eine Flasche an Andi weiter.

»Ja, denn Prost, ne! Auf deine fünfzehn Minuten unfreiwilligen Ruhm«, sage ich mit norddeutscher Feierlichkeit.

»Auf den edlen Spender und Betrüger!«, erwidert Andi. »Und darauf, dass du noch ein paar Monate lang mein Zivikollege bleiben darfst.«

»Was für ein Glück!«

»Aaah, das Bier kann was!«, meint Andi zufrieden nach dem ersten Schluck.

»Jo, wobei ich heute eher wirkungsorientiert trinke. Brauch 'n bisschen Entspannung nach dem ganzen Stress.«

»Hast du die Sache mit Charlotte beendet?«

»Nee, aber Charlotte die Sache mit mir. Was soll's. Länger als bis zum Ende des Zivildienstes wär das eh nicht gut gegangen. Ich brauch endlich 'ne richtige Freundin.«

»Wieso? Hattest du bisher noch keine?«

»Nicht im klassischen Sinne.«

»Aber schwul bist du nicht?«

»Nee, bei mir herrscht immer ›Tag des geschlossenen Hintertürchens‹.«

»Hätte mich auch gewundert.«

»Es waren halt immer nur kurze Episoden. Davor hab ich Mädchen bloß angehimmelt und heimlich für eine geschwärmt. Konnte mir mit dreizehn ja leider keinen Mut antrinken.«

»Traurige Geschichte«, rülpst Andi, nachdem er sein restliches Bier in einem Zug weggezogen hat. Ich will nicht hintenanstehen und tue es ihm gleich.

»Sach ma, wieso brennt der Kamin eigentlich noch nicht?«, fragt Andi.

»Weil ich nicht früher gehen durfte. Und weil ich kein Feuerzeug dabeihabe.«

»Aber ich.«

Mit vereinten Kräften und einem Flachmann als Brandbeschleuniger knistert es bald darauf behaglich in unserer Höhle.

»Kennste den?«, frage ich Andi.

»Wen?«

»Was haben Handgranaten und Ehefrauen gemeinsam?«

»Keine Ahnung.«

»Wenn man den Ring abzieht, ist das Haus weg.«

Andi kann sein Lachen nicht unterdrücken – obwohl er versucht, mit den Augen zu rollen.

»Okay, schlechte Witze kenn ich auch. Wie bringt man eine Katze zum Bellen?«

»Na?«

»Benzin drübergießen, anzünden: WUFF!«

In der nächsten halben Stunde stehen unsere Zwerchfelle unter Dauerbeschuss. Fips Asmussen würde unterm Tisch liegen.

»Wie findest du den Laden hier eigentlich?«, frage ich Andi, als ich vor Bauchschmerzen nicht mehr kann.

»Du meinst, abgesehen davon, dass ich immer die Scheißarbeiten kriege und du die entspannten Jobs? Und dass du die heiße MILF vögeln durftest? Und dass du der Held bist, weil deine Werbeaktionen die Restlaufzeit von diesem Schuppen vermutlich um ein paar Jahre verlängern – während sich meine bleibenden Spuren auf einen neu gekachelten Kellerflur beschränken? Eigentlich ganz gut.«

»Ich auch. Könnte das glatt länger als neun Monate machen.«

»Jetzt übertreib nicht. Neun Monate unter Schmittkes Herrschaft reichen dicke. Wir sprechen uns Ende März wieder.«

»Vielleicht haste recht.«

Wir köpfen die nächsten beiden Flaschen, schnappen kurz frische Luft und lehnen uns wieder entspannt zurück. Nur wenig später brauchen wir den nächsten Nachschub. Wir geben uns komplett die Kante. Es gibt Tage, an denen ist das nicht nur erlaubt, sondern geradezu zwingend. Zwischendurch gehen wir immer wieder durch die Terrassentür in den Garten, um an der frischen Luft eine zu rauchen.

»Guckst du eigentlich Fußball?«, fragt Andi bei einer dieser Sauerstoffpausen.

»Länderspiele ja, Bundesliga nein. Aber selbst Länderspiele halte ich mit Ton kaum aus.«

»Wegen der Kommentatoren?«

»Genau. Besonders nervig finde ich es, wenn sie mit

ihren Statistiken um die Ecke kommen. Nach dem Motto: In diesem Stadion hat unsere Mannschaft immer gewonnen, wenn Dingsbums zwischen den Pfosten stand. Oder: Gegen Holland haben wir in den letzten x Jahren kein Pflichtspiel verloren. Als ob das irgendeine Garantie für den Ausgang des aktuellen Spiels wäre.«

»Stimmt«, lacht Andi.

»Die könnten auch gleich sagen: Wenn der Busfahrer unserer Mannschaft am Morgen vor dem Spiel gut geschissen hat, haben wir immer drei zu eins gewonnen. Nach Verlängerung. Wahrscheinlich steht die ganze Mannschaft morgens vor der Klotür und bibbert, bis der Busfahrer rauskommt und die erlösenden Worte spricht: Jungs, heute läuft's flüssig. Drei zu eins.«

Andi untermauert meine Theorie mit weiteren, schlüssig klingenden Statistiken. Gegen Ende unseres Gelages wird's philosophisch.

»Kann einem Vegetarier eigentlich irgendwas wurscht sein?«, sinniert Andi.

»Hm, schwierig … Andere Frage: Gibt es einen sinnloseren Job als Bademeister am Toten Meer?«

»Weil man gar nicht absaufen kann?« Andi nickt anerkennend und fragt nach einer bedeutungsschwangeren Pause: »Lecken Männer, die filterlose Zigaretten rauchen, am liebsten behaarte Frauen? Wegen der Fussel im Mund …«

»Wahrscheinlich …« Nicht leicht, darauf mit einer noch bekloppteren Frage zu kontern. Ich versuche es trotzdem: »Wenn man Kühe nicht melken würde, hätte dann auch niemand Laktoseintoleranz?«

»Uh, Respekt! Oder besser gesagt: Muh! Okay, letzte Frage: Wird Understatement überschätzt?«

»Definitiv.«

Gegen zwei Uhr morgens schlummern wir beide in unseren Sesseln ein. Mit dem ersten Vogelgezwitscher wache ich benommen auf. Das Holz im Kamin glüht nur noch schwach vor sich hin. Dafür habe ich einen höllischen Brand und schleppe mich in die Küche. Nach einem Liter kaltem Wasser auf ex geht es mir nur unwesentlich besser. Ein erfrischender und magenschonender Pfefferminztee muss her. Danach dürfte ich wieder transportfähig sein. Ich muss weg, bevor Schmittke oder Rogowski auflaufen. Andi hat versprochen, die Kaminhöhle aufzuräumen und die Getränkevorräte aufzufüllen, bevor die beiden was merken.

Völlig übermüdet schalte ich den Wasserkocher scharf und schmeiße einen Teebeutel in meinen Becher. Wo hat Michael den Zucker versteckt? Egal. Süßes verstärkt eh nur den Kater. Nach einer Minute blubbert das Wasser beinahe von allein aus dem Wasserkocher. Müsste heiß genug sein.

Verpennt wanke ich zum Tresen, lehne mich erschöpft vom langen Weg an Michaels brandneuen, blank polierten Ofen und greife nach der Kanne. Leider reicht meine Kraft nicht mehr zum Einschenken: Erst bleibt die Kanne an der Station hängen, dann rutsche ich mit der Schulter am glatten Metall des Ofens ab und stoße ungebremst gegen die Arbeitsplatte. Spätestens ab diesem Moment habe ich gar nix mehr im Griff – am wenigsten die Kanne.

Da ich sie zu lasch in der Hand gehalten habe, befindet sie sich nun ohne Halt in der Luft. Für einen kurzen Augenblick sehe ich alles wie in Zeitlupe. Unfähig, das Schicksal abzuwenden. Gelähmt starre ich auf den fallenden Liter kochenden Wassers. Als ich aus der Karnickelstarre erwache, mache ich einen Ausfallschritt nach rechts. Zu spät. Ein Schwall H_2O am Siedepunkt ergießt sich auf meinen linken Oberschenkel – und in meinen Schritt. Meinen Schrei dürfte selbst Lena im weit entfernten Bargteheide hören. Instinktiv reiße ich mir die Hose vom Leib. Auf einer Fläche von ungefähr zwanzig mal zwanzig Zentimetern bilden sich auf meinem linken Oberschenkel riesengroße Brandblasen. Mein Schwanz hat zum Glück deutlich weniger abbekommen. Trotzdem hat er verblüffende Ähnlichkeit mit einem dunkelroten dänischen Würstchen. Hotdick statt Hotdog.

Halb nackt hechte ich die Stufen zum Personalraum hoch. Ich hätte nicht gedacht, dass man bei dieser steilen Treppe vier Stufen auf einmal nehmen kann. Wer auch immer in den Fünfzigerjahren im Personalbad eine Badewanne mit Duschbrause eingebaut hat – ich bin ihm zu ewigem Dank verpflichtet. Kurz vorm Kreislaufkollaps setze ich mich auf den Badewannenrand und lasse nonstop kühles Wasser über mein Bein und mein Gemächt laufen. Eiskaltes Wasser soll man ja nicht nehmen. Aber damit sich die Verbrennung nicht in tiefere Hautschichten frisst, ist eine Kühlung unerlässlich. Gut, dass ich in den Neunzigern bei Notruf mit Hans Meiser so aufgepasst habe. Fernsehen bildet eben doch.

Fasziniert schaue ich meiner Haut beim Aufblähen

und Platzen zu. Als ob sie sich gegen die Verbrennung aufbäumen will, bevor sie den Kampf verliert. Unter fließendem Wasser tut es kaum weh. Kann allerdings auch der Schock sein. Sobald ich die Brause wegnehme, fängt es höllisch an zu brennen.

Was mach ich denn jetzt? Andi hat meinen Schrei gekonnt ignoriert und pennt weiter in der Kaminhöhle. Schmittke oder Rogowski über das Haustelefon anzurufen wäre das Dümmste, was ich machen könnte. Offiziell bin ich dieses Wochenende gar nicht hier. Wie soll ich denen erklären, was ich morgens um halb fünf ohne Hose in der Küche verloren hab? Die Gäste sollten von diesem Vorfall am besten auch nichts mitbekommen.

Gegen halb sechs hocke ich immer noch auf dem Wannenrand. Langsam muss mir was einfallen. Ich stelle das Wasser ab, wickle mir notdürftig ein Handtuch um die Hüften und humple die Treppe hinunter. Rauf ging's eindeutig schneller.

Vorsichtig ziehe ich meine Unterhose an. Jetzt machen sich die Boxershorts bezahlt. Mit engen Schlüpfern von Calvin Klein wäre ich verloren. Ich fummele mein Handy aus der Jeans und wähle 112.

»Sie haben den Notruf gewählt, wo befinden Sie sich?«

»Äh, im St.-Stephanus-Haus Eutin. Seestraße eins.«

»Wie heißen Sie?«

»Feuer.«

»Was ist passiert?«

»Ich hab mich verbrannt.«

»Ist das ein schlechter Scherz?«

»Nein, nur 'n blöder Name. Hab mich am linken Bein

mit Heißwasser verbrüht. Ich wollte erst mal nur fragen, was ich dagegen tun kann?«

»Wie groß ist die Wunde? Größer als Ihre Hand?«

»Mit Fingern oder ohne?«

»Mit.«

»Größer.«

»Sind andere Körperteile betroffen?«

»Ja, ein Teil. Besser gesagt mein Teil. Also mein Geschlechtsteil hat's auch erwischt, aber nicht so schlimm.«

»Ich schicke Ihnen auf jeden Fall die Kollegen vorbei. Das sollte sich lieber ein Notarzt anschauen. Wahrscheinlich müssen Sie damit ins Krankenhaus.«

»Heilt das nicht von allein?«

»Jein. Wenn das nicht steril verbunden wird, entzündet es sich. Dann haben Sie richtig Spaß.«

»Okay, überzeugt. Aber sagen Sie Ihren Kollegen bitte, dass sie die Sirene ausgeschaltet lassen sollen. Wir haben schlafende Gäste. Muss keiner mitkriegen.«

»Um diese Uhrzeit kommen die ohne Sondersignal durch, keine Sorge. Wo sollen sie klingeln?«

»Um Himmels willen, nirgends! Ich warte in der linken Ecke des Parkplatzes, direkt vor der Großküche, wo es passiert ist.«

»Okay. Leite ich weiter. Alles Gute, Herr Feuer.«

»Danke. Auf Wiederhören. Oder nee, am besten nicht.«

»Sie sagen es. Tschüss.«

Ich ziehe meine Schuhe an, werfe die Jeans über die Schulter und humple zum Hinterausgang.

»Alter, was ist passiert? Wieso hast du keine Hose an?

War Charlotte hier?« Andi steht hinter mir und schaut mich verwirrt an.

»Zu heiß geduscht. Unfreiwillig. Hab mir den Oberschenkel verbrannt und warte auf den Krankenwagen.«

»Echt? Zeig mal.« Mit fachmännischem Blick begutachtet Andi meine Wunde. Zumindest die auf dem Bein. Die andere zeige ich maximal dem Notarzt.

»Alter Schwede! Wie hast du das denn geschafft?«

»Wollte mir bloß einen Tee aufgießen für den Magen. War wohl nicht ganz bei der Sache.«

»Das ist anzunehmen, bei dem Ergebnis. Ein Tasse Kaffee aus der Maschine wäre besser gewesen.«

»Ja, ja, hinterher herrscht nie ein Mangel an guten Ratschlägen.«

Andi guckt aus dem Fenster. »Ich glaub, da kommt die Kavallerie.«

»Schon?« Mit schmerzverzerrtem Gesicht humple ich zum Hinterausgang. Andi hält mir die Tür auf. Zwei altgediente Sanitäter, die offensichtlich nichts mehr schocken kann, steigen entspannt aus dem Rettungswagen. Im Notarztwagen dahinter sitzt leider eine Notärztin. Wenigstens macht sie den Eindruck einer netten und burschikosen Mittfünfzigerin ohne jegliche MILF-Qualitäten.

»Na, was haben wir denn hier?«, fragt sie in die illustre Runde.

»Verbranntes Fleisch«, kommentiert Andi aus dem Off.

»Aha. Zeigen Sie mal.«

Behutsam ziehe ich die Shorts nach oben.

»Oha, Sie haben nicht mit Heißwasser gespart, wie ich sehe.«

»Warum sollte ich? Die Wasserrechnung zahlt mein Chef.«

Sie lacht, reicht mir ihren Arm als Stütze und begleitet mich zum Rettungswagen. Die beiden Sanis öffnen die Hecktüren und wuchten mich auf die Trage. Die Notärztin springt hinterher und begutachtet mein Bein ausführlicher bei gutem Licht.

»Die Wunde scheint noch weiter in die Mitte zu reichen, richtig?«, fragt sie. Ich nicke betrübt.

»Gut, das guck ich mir später in der Klinik an. Wir müssen Sie mitnehmen und die Wunde versorgen. Da haben Sie sich ganz schön was eingebrockt.«

»Die Befürchtung reift allmählich auch in mir. Wie lange dauert das, bis es wieder verheilt ist?«

»Monate. Viele Monate. Ich würde sagen, Sie haben vorerst einige Wochen frei.«

»Immerhin, Glück im Unglück.«

»Wie groß das Verhältnis von Glück zu Unglück ist, werden wir wissen, wenn ich Ihren Genitalbereich unter die Lupe genommen habe.«

»Unter die Lupe nehmen muss man da gar nix!«, protestiere ich.

»Männer und ihr Penis. Eine endlose Geschichte«, seufzt die Notärztin. »Die Schmerzen werden auf jeden Fall groß sein.«

»Das sind sie jetzt schon! Geben Sie mir bloß den stärksten legalen Stoff, den Ihr Rezeptblock hergibt.«

»Kriegen Sie, verlassen Sie sich drauf. Aber vorher

bringen wir Sie in die Notaufnahme. Bis dahin kühlen Sie das Bein bitte mit dieser Kaltkompresse. Wir sehen uns.« Sie springt aus dem Wagen und steigt in ihren Notarzt-Jeep. Auf die Dinger fahr ich seit meiner Kindheit ab. Darin mit Blaulicht durch die Stadt zu jagen kommt bestimmt noch besser als in einem Polizeiwagen. Jeder würde denken: Der ist auf dem Weg, um Leben zu retten. Einer der letzten Ritter im Galopp auf seinem schnellen Ross.

Im Lazarett

Die Sanitäter schieben mich auf der Ambulanzliege in einen Behandlungsraum. Andi ist netterweise mitgekommen und macht sich im Warteraum auf vier Stühlen lang.

»Die Frau Doktor kommt gleich«, sagt der ältere der beiden Sanis. Er und sein Kollege helfen mir auf die stationäre Liege, bevor sie verschwinden.

Trotz der Kaltkompresse brennen die Überreste meiner Haut dermaßen, dass ich diesen Raum damit locker heizen könnte. Nach einer Minute kommt meine Notärztin herein. Leider nicht allein.

»Dann wollen wir mal. Ich bin übrigens Frau Dr. Wullenweber, und das ist Schwester Janne. Sie geht mir ein bisschen zur Hand.« Das Verhältnis von Glück zu Unglück hat sich soeben massiv zu meinen Ungunsten verschoben. Schwester Janne trägt einen langen, blonden, geflochtenen Zopf, hat vor maximal fünf Jahren ihre Ausbildung abgeschlossen, könnte für Schönheitschirurgen Modell stehen und ist der Grund dafür, dass Frauen in Männerfantasien so oft ein Schwesternkostüm tragen. Außerdem kommt sie mir bekannt vor.

»Hallo«, erwidere ich ihr Nicken, »sind Sie neu hier?«

»Ja, wieso?«

»Hab das Gefühl, ich hätte Sie schon mal irgendwo gesehen.« Vielleicht ähnelt sie auch nur einem Erotikmodel, das ich beim Durchklicken im Internet ganz zufällig gesehen haben könnte. Da ploppt ja manchmal einfach was auf, ohne dass man was dagegen tun kann. Oder man klickt auf ein Suchergebnis, und plötzlich ist was ganz anderes dahinter als angekündigt. Oder man klickt auf »Schließen« und stattdessen wird man auf eine Seite weitergeleitet, bei der das Antivirenprogramm sofort Alarmstufe Rot ausruft. Sie wissen, was ich meine.

»Sorry, Sie kommen mir leider gar nicht bekannt vor«, meint Schwester Janne.

»Ist angesichts der Umstände vielleicht auch besser so.«

»Damit haben Sie wahrscheinlich recht«, grinst Frau Dr. Wullenweber und zieht sich mit einem lauten Schnalzen frische Einweghandschuhe über. Schwester Janne holt ein silbernes Tablett mit medizinischem Besteck, das nicht gerade Appetit auf mehr macht.

»Brauchen wir das alles?«, frage ich besorgt. »Wird das 'ne OP ohne Betäubung?«

»Fast. Eine örtliche Betäubung ist nicht möglich, dafür ist die Wunde zu groß. Eine Vollnarkose wäre hingegen übertrieben. Sie sind doch ein Mann, oder?«, meint Frau Dr. Wullenweber.

»Ja, sicher, aber einer mit Gefühlen und einem gesunden Schmerzempfinden.«

»Wir müssen die tote Haut von der Wunde lösen. Ihr Körper steht sowieso unter Schock, das nutzen wir einfach aus. Sonst zieht das abgestorbene Gewebe Bakterien an und entzündet sich. Dann kommen wir um eine OP unter Vollnarkose nicht mehr herum.«

»Sie wollen mir echt die Haut abziehen?«

Nach dem ersten Satz hab ich nicht mehr zugehört.

»Nur die tote, die liegt wie Pergament ganz lose auf der Wunde. Das merken Sie kaum.«

»Ach, hat das mal jemand bei Ihnen gemacht?«

»Das nicht, aber bisher sind nur ganz wenige dabei ohnmächtig geworden«, grinst sie.

»Tut mir leid, mein Sinn für schwarzen Humor muss mitverbrannt sein. Nicht witzig, Frau Dr. Wullenweber!«

Sie lacht und fährt mit ihren medizinischen Ausführungen fort.

»Nachdem die Haut runter ist, legt Ihnen Schwester Janne einen sterilen Verband an. Den lassen Sie bitte in den nächsten drei bis vier Wochen regelmäßig bei Ihrem Hausarzt wechseln.«

»Klingt großartig.«

»Das täuscht«, zwinkert sie mir zu. Sie nimmt Pinzette und Tupfer vom Tablett und kommt der Wunde bedrohlich nahe. »Wie haben Sie das bloß geschafft?«, seufzt sie.

»Och, war ganz leicht. Ich wollte mir einen Tee machen. Das Heißwasser wollte nur nicht in den Becher.«

»Ist Ihnen die Kanne aus der Hand gerutscht?«

»Ja, war mit meinen Gedanken kurz nach dem Aufwachen noch in Lummerland. Oder zu schwach, um einen Liter Wasser festzuhalten. Aua!«

»Jetzt seien Sie nicht so ’ne Mimose, Herr Feuer. Was soll denn Schwester Janne von Ihnen denken?«

»Wieso, steht sie auf entstellte Brandopfer?«

Schwester Janne entschädigt mich etwas mit ihrem zauberhaften Lachen für meine Qualen. Der Sound kommt mir seltsam bekannt vor. Kreiswehrersatzamt! Bei der Musterung! Die Assistentin von Dr. Feldwebel!

»Gut, Sie Brandopfer, Schluss mit lustig«, schlägt Frau Dr. Wullenweber einen anderen Ton an, »jetzt könnte es etwas schmerzhafter werden. Wenn's zu doll wird, sagen Sie einfach Bescheid.«

»Bescheid!«

»Okay, sagen wir: Kurz bevor Sie glauben, bewusstlos zu werden.«

»Zählt auch das helle, warme Licht, das mich langsam zu sich zieht? Das sehe ich nämlich jetzt schon.«

»Mein Gott, sind Sie wehleidig. Wollen Sie einen Beißring, bevor ich richtig anfange?«

»'ne Flasche Whiskey wär mir lieber.«

Sie schnüffelt geräuschvoll.

»Die haben Sie doch bereits intus.«

»Das war bloß Bier! Und ein paar klitzekleine Kurze. Was mich ins Verderben gerissen hat, war das heiße Wasser für den Pfefferminztee.«

»Natürlich. Zähne zusammenbeißen. Es geht los.«

Schwester Janne legt das Tablett zur Seite und fixiert mit ihren zarten Händen mein Bein. Frau Dr. Wullenweber sticht die geschlossenen Brandblasen auf und zieht die Haut ab. Falls ich hier jemals lebend rauskomme, trinke ich nur noch Eistee!

Nach einer gefühlten Ewigkeit, die tatsächlich nur eine Viertelstunde gedauert hat, bin ich um zehn Gramm tote Epidermis leichter. Schwerer wiegt das, was jetzt kommt.

»Ach, das hätte ich fast vergessen«, sagt Frau Dr. Wullenweber, »ich wollte mir ja noch Ihren kleinen

Freund anschauen. Äh, ich meine natürlich Ihren großen Freund.«

»Haha.«

»Hose runter. Wir sind ja unter uns.«

»Jetzt, wo Sie es sagen.« Zusammen mit meiner Boxershorts entledige ich mich meines letzten Restes an Würde.

»Hm, scheint, als hätten Sie Glück gehabt. Das sieht zwar spektakulär gerötet aus, aber die Haut kann draufbleiben. Herzlichen Glückwunsch.«

»Danke! Ich könnte heulen vor Glück.«

»Mit einem kühlenden Gel eincremen und irgendwie verbinden müssen wir ihn trotzdem für den Anfang.«

»Und schon verlässt mich mein Glück wieder.«

Schwester Janne geht in den Nachbarraum, um Verbandsmaterial zu holen.

»Muss das ausgerechnet sie machen?«, flehe ich Frau Dr. Wullenweber an.

»Den Verband anlegen? Freuen Sie sich lieber. Sie wird für sehr lange Zeit die letzte junge Frau sein, die Sie im Schritt anfassen darf. Am besten gehen Sie vorher auf Toilette, damit Sie den Verband nicht gleich wieder lösen müssen.«

»Wie soll das überhaupt funktionieren?«

»Das weiß ich auch nicht genau. Aber Schwester Janne ist in solchen Dingen äußerst kreativ und genießt mein vollstes Vertrauen. Bleiben Sie tapfer.« Sie lächelt mir aufmunternd zu, tätschelt meine Schulter und geht.

Ächzend wuchte ich meinen geschundenen Körper von der Liege.

»Wollen Sie vor mir flüchten?« Schwester Janne steht mit dem Verbandszeug in der Tür und schaut mich verwundert an.

»Am liebsten ja. Ich komme aber gleich wieder. Geh nur schnell auf die Toilette, bevor Sie meinen besten Freund verbandstechnisch einsperren.«

»Ach so, gute Idee.«

Zwei Minuten später liege ich wieder wehrlos in der Horizontalen. Mit leichter Panik, dass sich bei allzu zärtlichen Berührungen von Schwester Jannes Fingern die Wundfläche entscheidend vergrößern könnte. Wenigstens habe ich keinen Fetisch für Latexhandschuhe.

»Keine Sorge, das ist nichts, was ich nicht schon tausendmal gesehen hätte. Beruflich!« Offensichtlich hat Schwester Janne meinen besorgten Blick bemerkt.

»Selbstverständlich beruflich. Die Vorlage hätte ich in meiner Situation auf keinen Fall verwandelt.«

»Ja, sicher.«

Damit keine peinliche Stille aufkommt, greife ich ihre Vorlage oberhalb der Gürtellinie auf.

»Kann es sein, dass Sie früher beim Kreiswehrersatzamt gearbeitet haben?«

»Ja, warum? Ach, kennen Sie mich von dort?«

»Gewissermaßen. Sie waren die Assistentin bei meiner Musterung, glaube ich.«

»Das muss aber 'ne Weile her sein.«

»Ist es auch. Verdrängen konnte ich es bis heute trotzdem nicht.«

»Wegen des berühmten Husten-Tests?«

»Genau. Vor allem, weil Sie dabei waren.«

»Ach, wenn man hundert Geschlechtsteile am Tag sieht, nutzt sich das irgendwann ab.«

»Kennste einen, kennste alle, was?«

»Ha! Sie sagen es. Zumal der Anlass nicht besonders prickelnd war.«

»Stimmt. Ihr Vorgesetzter hat uns die Stimmung versaut.«

»Glauben Sie mir, auch ohne ihn hätte ich nicht vor Entzücken die Hände vor den Mund geschlagen.«

»Hauptsache, Sie wissen jetzt, was Sie mit Ihren Händen tun. Bin momentan leicht überempfindlich.«

»Ach was«, lacht sie. »Stellen Sie sich nicht so an. Bei genauerer Betrachtung könnte man Sie glatt als gekochtes Weichei bezeichnen.«

»Hallo?! Ich bin froh, dass überhaupt noch alles dran ist!«

»Na, so schlimm hat es Sie in dem Bereich nicht erwischt. Sie haben echt Glück gehabt.«

»Weiß gar nicht, wie ich mich beim lieben Gott dafür bedanken soll«, antworte ich sarkastisch.

»Das meine ich ernst. Wenn das heiße Wasser richtig drübergelaufen wäre, lägen Sie jetzt auf der Intensivstation.«

»Trotzdem leuchtet er im Dunkeln.«

»Dann müssen Sie ihn nachts wenigstens nicht suchen.«

»Bitte? Soll das eine Anspielung auf seine momentane Größe sein? Er hat viel durchgemacht, okay? Bestimmt ist er total verschreckt.«

»Selbstverständlich. Ich bin ganz vorsichtig.«

Ich schließe die Augen und versuche, die Berührungen von Schwester Janne nicht zu genießen. Krampfhaft konzentriere ich mich auf den Schmerz. Der Verband für meine Kronjuwelen und das beachtliche (!) Zepter gestaltet sich in der Tat recht schwierig. Schließlich muss die Binde leicht abnehmbar sein und nach dem Anlegen wieder halten. Eigentlich dient der Verband nur dazu, dass sich die Wundsalbe im akuten Stadium nicht in der Boxershorts verreibt. Auf Dauer muss es an der Stelle ohne Mullbinde gehen.

Eine halbe Stunde später bin ich erlöst. Schwester Janne packt mir Verbandsmaterial, Salbe, ein Rezept für Schmerzmittel und eine Krankschreibung für vier Wochen in eine Tüte. Gute Ratschläge gibt's gratis dazu.

»In den ersten beiden Wochen gehen Sie bitte alle zwei Tage zum Verbandswechsel zu Ihrem Hausarzt. Damit wir sichergehen können, dass die Wunde gut verheilt und sich nicht entzündet. Danach können Sie den Verband eventuell selber wechseln. Das nächste Mal sollten Sie vielleicht gleich Pfefferminztee trinken und den Alkohol weglassen. Gute Besserung!«

»Danke. Ich hoffe sehr, dass es kein nächstes Mal geben wird.« Obwohl ich mich für ein Wiedersehen mit ihr durchaus freiwillig verstümmeln würde. Vielleicht steht sie ja doch darauf.

Andi und ich beschließen, die Details des Vorfalls für uns zu behalten. Vom Rettungswageneinsatz hat anscheinend niemand etwas mitbekommen. Andi verspricht mir hoch und heilig, die Kaminhöhle aufzuräumen und den Kühlschrank aufzufüllen.

Schmittke ist nicht gerade begeistert von meiner langen Krankschreibung. Eher entgeistert, wie das Ganze passieren konnte. Aber damit muss er leben. Von Charlotte höre ich absolut nichts. Das ist schade und ein wenig besorgniserregend, aber ebenfalls nicht zu ändern. Was wohl Lena zu meinem Unfall sagt? Mit allzu viel Mitgefühl sollte ich nicht rechnen. Ich hole mein Handy aus der Tasche, schleppe mich zu Hause ins Wohnzimmer, falle auf die Couch und beginne zu texten.

Hi, du glaubst nicht, was mir passiert ist: Hab mir das Bein und leider auch das beste Stück mit kochend heißem Wasser verbrüht. Notarzt, Krankenhaus, mindestens vier Wochen krankgeschrieben. Hallelujah!

Doch, glaub ich dir sofort. Ist ›er‹ denn noch dran?;-)

Zum Glück, ja! Ich danke jeden Tag dem Himmel für meinen Pimmel. Im Vergleich zum Bein ist er glimpflich davongekommen. Wie läuft's bei dir so?

Recherchiere grad, wann man sich in Kiel für einen Wohnheimplatz anmelden muss.

Oh, hab ich noch gar nicht dran gedacht. Meld dich mal, wenn deine investigativen Nachforschungen was ergeben haben.

Mach ich, du Informations-Schmarotzer.

Wer ganz nach oben will, muss früh das Delegieren lernen.

Und wer 'n Schlag an' Hals will, muss einfach nur so weitermachen wie du, mein Freund!

Ich bin dein Freund?:-)

;-).

Was hältst du davon, wenn wir unsere Schreibmaschinen mit Telefonanschluss zum Telefonieren benutzen? Sonst sind meine Finger bald wund vom Tippen und tun noch mehr weh als mein Bein.

Keine zehn Sekunden später klingelt mein Handy.

»Du bist so ein Weichei!«, lästert Lena und lacht.

»Gar nicht wahr! Ich bin hart wie Stahl. Anders würde ich deine Schlagfrequenz überhaupt nicht aushalten.«

»Ich hab dir schon mal gesagt, dass Mädchen nur die Jungs schlagen, die sie mögen.«

»Und schon damals hab ich dir das in deinem Falle nicht geglaubt.«

»Dafür kann ich ja nix«, säuselt sie.

Für einen Moment sendet die Telekom knisterndes Schweigen zwischen Eutin und Bargteheide hin und her. Debil grinsend lege ich mich hin und kuschele mich zwischen die Kissen.

»Warst du schon in der Schule ein Schlägertyp?«, läute

ich den privateren Teil unseres Telefonats ein. Erinnerungen an die Kindheit und Jugend sind immer ein gutes Thema.

»Nein, früher war ich eher schüchtern. Den ersten Jungen hab ich in der sechsten Klasse gehauen.«

»Mensch, ich wünschte, wir hätten uns in der Grundschule kennengelernt.«

»Wer weiß, ob ich dann nicht früher gewalttätig geworden wäre.«

»Vermutlich. Zumal ich ein ziemlich niedlicher Junge war.«

»Echt? Und wann hast du angefangen zu verhässlichen?«

»Wie bitte? Zu verhässlichen?«

Lena lacht sich scheckig.

»Ich habe den sehr seltenen Sprung von niedlich zu ultraheiß geschafft!«, empöre ich mich.

»Ja, genau! Wenn du ultraheiß bist, was ist dann Johnny Depp? ’ne Supernova?«

»Es haben sich schon verdammt viele Mädels an mir die Finger verbrannt, klar?«

»Klar, die Damen müssen aber extrem hitzeempfindlich gewesen sein.«

»Wann hat sich denn der erste Junge an dir die Finger verbrannt? Auch in der sechsten Klasse?«

»Nee, so früh durfte mich noch keiner anfassen. Bin ja nicht so ’ne Schlampe wie du, die sogar mithilfe eines Baums nach was zu pimpern sucht.«

»Netter Ablenkungsversuch, leider gescheitert. Außerdem war das mit der Bräutigamseiche deine Idee. Also?«

»Klassenfahrt in der Siebten.«

»Wo ging's hin?«

»Amrum. Megaöde, aber die Jungs aus der Parallelklasse waren umso spannender. Besonders Rolf.«

»Aha, und Rolf war rollig?«

»Er war vor allem süß! Es gibt Jungs, die Mädchen auf Händen tragen, weißt du?«

»Das sind bekanntlich die, die von euch als Erstes fallen gelassen werden. Ich nehme also an, direkt nach der Klassenfahrt war Schluss.«

»Richtig, wir hatten uns auseinandergelebt.«

»Natürlich.«

»Ja, echt! Urlaubsflirts taugen nicht für den Alltag.«

»Wohl wahr. Wie viele Opfer kamen bis jetzt nach Rolf?«

»Du willst wissen, mit wie vielen Typen ich im Bett war?«

»Nein!« Und ob ich das wissen will! »Wie viele haben dich danach wegen Körperverletzung angezeigt, meine ich.«

»Das hat sich keiner getraut.«

»Dachte ich mir.«

Wir quatschen, lachen, lästern und flirten, bis unsere Akkus irgendwann genauso platt sind wie wir.

»So langsam müssen wir wohl mal ins Bett«, sage ich mit ehrlichem Bedauern.

»Frühestens nach dem dritten Date!«, entgegnet Lena. »Alleine! Nicht zusammen! Auch wenn du mit Sicherheit von mir träumen wirst.«

»Sicher, aber höchstens in Albträumen. Wache bestimmt schweißgebadet auf.«

»Garantiert. Das ist dann aber keine Angst, sondern Leidenschaft.«

»Träum weiter, aber ohne mich. Gute Nacht.«

»Gute Nacht. Schlaf gut.«

»Du auch.«

Nein, ich träume in dieser Nacht nicht von Lena. Leider. Wäre mir tausendmal lieber als dieser nicht enden wollende Albtraum von einem verregneten Urlaub in einer Jugendherberge auf Amrum – mit zwei lärmenden Schulklassen nebenan.

Die regelmäßigen Verbandswechsel verlieren ohne Schwester Janne viel von ihrem Reiz. Meistens werden sie von einer Arzthelferin meines Hausarztes durchgeführt, in deren Kittel Janne dreimal reinpassen würde. Wieso zeigt Gott einem immer nur ganz kurz, wie toll das Leben sein könnte, und kommt dann mit der bitteren Realität um die Ecke? Wie bei einem Filmteaser, der schon die besten Szenen verrät. Danach kommt meist nicht mehr viel. Kaum feiert man mit ein wenig Alkohol einen kleinen Sieg, kommt schlagartig die Ernüchterung. Vermutlich lacht sich Gott jedes Mal halb tot, wenn wir blöden Menschen zum x-ten Mal auf ein Häppchen Hoffnung reinfallen und er die Mohrrübe sofort wieder hochzieht.

Alles in allem sind die vier Wochen Krankschreibung ziemlich öde. Die einzigen Highlights sind die nun wöchentlichen Telefonate mit Lena. Ab und an höre ich von Andi, dass die Buchungszahlen weiter steigen. Mein kleiner Radioauftritt scheint sich bezahlt zu machen. Von Charlotte höre ich nichts. Gelegentlich überlege ich, bei ihr anzufragen, ob alles in Ordnung ist, was ich dann aber bleiben lasse. Wenn ihr Mann mitbekommt, dass auf ihrem Handy eine SMS von mir eingeht, ist auch niemandem geholfen.

Aufregend sind vor allem zweieinhalb Fragen, die ständig in meinem Kopf umherschwirren, nachdem nur noch die Sparkasse übrig geblieben ist: Passt der gefundene Schlüssel in eines der Schließfächer dort? Und reicht der Schlüssel als Zugangsberechtigung, oder kommt nur der Schließfachbesitzer in den Tresorraum? In dem Fall wäre ich auf Suse angewiesen, die mich an ihren Kollegen vorbei in den Schwarzgeldtempel schmuggeln könnte. Bis dahin ist vor allem Geduld gefragt.

Wo bleibt mein Purple Heart?

Als das Wachs der dritten Adventskerze auf Schmittkes Schreibtisch tropft, kehre ich verwundet, aber arbeitsfähig zurück. Leider werde ich mit sehr viel weniger Pathos und überschwänglicher Freude empfangen, als ich es mir ausgemalt hatte.

Schmittke schaut nur kurz vom Schreibtisch auf und fragt sarkastisch: »Sie schauen kurz vorm langen Weihnachtsurlaub noch mal rein, Timo?«

»Ich wollte bloß wissen, wie viele neue Buchungen Sie dank meiner Werbeaktionen einfahren konnten, und meine Provision abholen.«

»Provision?« Jetzt habe ich seine volle Aufmerksamkeit. Geht doch. »Hat Ihr Gehirn auch was abbekommen vom Heißwasser?«

»Einen Versuch war es wert.«

»Sagen wir, Ihre Provision beträgt ein ganzes Monatsgehalt, ohne arbeiten zu müssen.«

»Demnach hab ich das Geld bereits dankend erhalten?«

»Sie scheinen doch nicht ganz gar im Kopf zu sein. Richtig, Ihre Provision wurde bereits ausgezahlt. Und jetzt entschuldigen Sie mich bitte, ich muss meine Nichte zum Flughafen bringen.«

»Suse?«

»Ja. Sie fliegt heute in den Skiurlaub.«

»Na toll.«

»Wie bitte?«

»Äh, toll! Würde ich auch gern.«

»Kein Wunder. Wenn Sie dort zu heiß duschen, können Sie sich gleich in den Schnee schmeißen«, lacht er und zieht seine Jacke an. »Wie ist das denn passiert?«

»Mit heißem Wasser.«

»Scherzkeks! Wo und wie genau?«

»In der Küche. Wollte mir einen Tee machen und hab die Kanne fallen lassen.«

Zum Glück fragt er nicht, in welcher Küche. Er nickt nur und geht zum Auto.

»Machen Sie erst mal Bürodienst«, ruft er im Hinausgehen.

Super! Jetzt darf ich bis nächstes Jahr warten, bevor ich den Schatz eventuell mit Suses Hilfe heben kann. Immerhin sind keine Gäste mehr da, die mich mit Arbeit belästigen könnten.

Ab Mitte Dezember schließt das Haus bis zum Ende der ersten Januarwoche, damit Instandhaltungsarbeiten vorgenommen werden können, ohne dass die Gäste gestört werden. Außerdem kann dadurch jeder von uns drei Wochen Urlaub am Stück nehmen.

Andi sieht bereits urlaubsüberreif aus. Müde kommt er aus der Küche ins Büro geschlurft.

»Na, wie geht's?«, fragt er und lässt sich auf einen der Besucherstühle fallen.

»Medium.«

»War das Bein nicht ganz durch?«

»Haha! War kein schöner Monat.«

»Frag mich mal! Ich war vier Wochen lang der einzige Zivi. Arbeit ohne Ende.«

»Mensch, das tut mir beinahe leid. Hat Schmittke damals noch irgendwas gesagt?«

»Zu deinem Unfall oder zu unserem kleinen Besäufnis? Hab rechtzeitig alle Spuren beseitigt und geschwiegen wie ein Grab. Bin auch echt tot.«

»Hast ja bald Urlaub.«

»Ich brauch eher ein Sabbatical.«

»Oho, der feine Herr! Kurz vorm Burn-out. Wer ausgebrannt sein will, muss vorher auch gebrannt haben.«

»Noch so 'n Spruch, und ich lösch dich aus.«

Plötzlich springt die Tür zur Küche auf. Michael kommt fröhlich hereinspaziert.

»Was ist denn hier für 'ne Stimmung?«, ruft er.

»Du bist noch hier?«, erwidere ich. »Gibt doch gar keine Gäste, die du bekochen könntest.«

»Nee, aber einmal im Jahr muss die Küche auf Hochglanz gebracht und aufgeräumt werden. Die toten Ratten aus den Kühlschränken kratzen, weißte? Kommt man zwischendurch einfach nicht zu.«

»Stimmt, mein Fehler.«

»Macht nix, bist ja quasi neu hier.«

»Du mich auch!«

»Jetzt nicht. Später vielleicht, du kleiner scharfer Zivi. Bevor ich an dir Hand anlege, könnt ihr mir in der Küche zur Hand gehen.«

»Bäh«, rufen Andi und ich einstimmig.

»Das ist sexuelle Belästigung am Arbeitsplatz«, beschwere ich mich.

»Das sagt der Richtige«, kontert Michael.

»Ja, ja! Apropos: War Charlottes Mann in letzter Zeit hier?«

»Zwei oder drei Mal. Wir haben ihm gesagt, dass du nicht mehr bei uns arbeitest. Seitdem herrscht Ruhe.«

»Sehr gut. Mit einem Bein wäre es auch schwierig geworden, wegzulaufen.«

»Aber arbeiten kannst du. Hep, Männer! Es gibt viel zu tun.«

»Bis Schmittke wiederkommt, muss ich Bürodienst schieben, leider, leider«, lamentiere ich. »Aber sobald er zurück ist, komm ich rüber. Großes Ehebrecher-Ehrenwort!«

»Klasse, darauf ist Verlass«, grummelt Michael und geht mit Andi in die Küche.

Dummerweise kommt Schmittke noch vor dem Mittagessen wieder. Meinetwegen hätte er Suse mit dem Auto in die Berge fahren können statt nur zum Flughafen. Zum Ausgleich verwickle ich ihn bis zur Mittagspause in ein ausgiebiges Gespräch über Merkel und Co. Der Fachkräftemangel in der Politik ist Schmittkes Lieblingsthema. Kurz vorm Essen lohnt es sich eh nicht mehr, mit der Kadaversuche im Kühlschrank anzufangen.

Gegen halb eins schleppe ich meinen verkohlten Körper die Treppe zum Mitarbeiterraum hoch. Charlotte und ich versuchen beim Essen, betont normal miteinander umzugehen. Wir spielen die Lockeren und sind dabei ver spannt bis ins Mark. Unser Lächeln ist zu angestrengt, unsere Stimmen sind zu hoch. Unser Versuch, so zu tun, als mache uns die ganze Situation nichts aus, ist vollkommen unglaubwürdig.

Wenn einem nichts mehr einfällt, soll man bekanntlich übers Wetter reden. Oder über was Berufliches. Ich versuche es mit beidem. Sicher ist sicher.

»Und, müsst ihr das Haus auch von außen auf Hochglanz polieren?« Meine Gags waren schon mal besser. Charlotte lacht trotzdem zu laut.

»Herr Schmittke meinte vorhin zu mir, dass das deine Aufgabe ist. Ich soll dir nach der Mittagspause Lappen und Eimer geben.«

»Sehe ich aus wie 'ne Putzfrau?«

»Ich etwa?«, fragt sie zickig.

Scheiße! Charlotte wirkt ehrlich gekränkt. Das kommt dabei raus, wenn man krampfhaft versucht, locker zu wirken. Die Sache mit Charlotte und mir ist wohl endgültig gelaufen.

Nach dem Essen teilt Michael Andi und mich zum Ausräumen und Auswischen der Kühlräume ein.

»Ich weiß gar nicht, ob ich in dieser Küche noch arbeiten kann, nach dieser traumatischen Erfahrung mit dem Wasserkocher«, gebe ich Andi zu bedenken.

»Du machst gleich eine traumatische Erfahrung mit meiner Faust!«

»War nur ein Appell an deine christliche Nächstenliebe.«

»Ich kenn nur Eigenliebe, und die füllt mich voll und ganz aus.«

»Sind die heißen Nächte mit deiner Hand auf Dauer nicht etwas eintönig?«

»Alter!«

»Schon gut, schon gut. Würde vorschlagen, du holst die Kühlsachen raus und ich wische. Du packst mit deinen Händen ja gern mal richtig zu.«

Andi holt aus und stoppt seine Faust erst einen Millimeter vor meinem verbrannten Oberschenkel. Höchste Zeit, die Sticheleien einzustellen.

»Danke, Botschaft ist angekommen. Ich hör auf.«

»Kluge Entscheidung.«

Die letzten Arbeitstage des Jahres plätschern beschaulich dahin. Im Haus herrscht ohne Gäste eine ganz andere Atmosphäre. Alles wirkt ruhig und friedlich. Geradezu adventlich. Bis zum Weihnachtsurlaub haben Andi und ich gemeinsam Frühschicht und verbringen unsere Frühstückspausen jeden Tag in einem anderen Aufenthaltsraum. Logisch, dass die Pausen deutlich länger ausfallen als sonst. Am letzten Tag schenkt Schmittke jedem im Team ein selbst gebackenes Lebkuchenhaus. Die für den Bau nötige Feinmotorik hätte ich ihm gar nicht zugetraut. Dass es lecker schmeckt, allerdings schon. Seinem Körperumfang nach zu urteilen backt er für sich selbst jedes Jahr einen Lebkuchen-Wolkenkratzer.

Die süße Söldnerin

Ich hasse den Januar. Der ultimative Arschloch-Monat. Totale Tristesse. Draußen ist es grau statt weiß und drinnen quält einen der Weihnachts-Silvester-Blues. Vor Kurzem glitzerte alles festlich, der Weihnachtsmarkt war das perfekte Alibi, um sich mit allem möglichen Zeug vollzustopfen und tagsüber Alkohol zu trinken, jeder freute sich auf seinen Urlaub, und Geschenke gab es auch. Und jetzt? Geht's wieder von vorn los. Bis zum Frühling ist es ewig hin, vom Sommer ganz zu schweigen, und im Briefkasten stapeln sich die Rechnungen. Dabei ist man nach Bescherungsexzessen und Silvesterpartys sowieso pleite. Und als wäre das nicht genug, wartet auf die meisten auch noch die Steuererklärung.

Umso wichtiger ist es, dass ich diesen Monat vergolde. Dummerweise muss ich dafür endlich mit dem Schlüssel zu Suse. Meine letzte Chance. Es könnte der Auftakt zu einem Studentenleben in purem Luxus sein. Auslandssemester in Barcelona statt BAföG. Drei-Gänge-Menü statt drei Mensagerichte zur Auswahl. Penthouse statt Wohnheim – inklusive der nackten Mädels aus der gleichnamigen Zeitschrift. Geld macht sexy. Gold auch. Oder was auch immer in diesem Schließfach auf mich wartet. Hauptsache, darin liegt nicht noch ein Hinweis.

Am ersten Arbeitstag des Jahres nutze ich die erstbeste

Gelegenheit und fahre zur Sparkasse. Eigentlich soll ich nur bei Aldi einkaufen. Egal, ich sag Schmittke nachher, dass es unglaublich voll war und an der Kasse entsprechend lange gedauert hat. Die Kühlschränke der Leute sind nach den Feiertagen bekanntlich leer. So wie die im St.-Stephanus-Haus, und das nicht nur, weil wir die Rattenkadaver rausgeholt haben. Kleiner Scherz. Waren natürlich keine drin. Nur Mäuse.

In der Bank halte ich Ausschau nach einem süßen Mäuschen namens Suse. Hoffentlich ist sie aus ihrem Skiurlaub zurück und muss keinen Dienst in der kleinen Vorstadtfiliale schieben. Schließfächer gibt es mit Sicherheit nur hier am Hauptsitz.

»Kann ich Ihnen helfen?«, spricht mich eine Beraterin an, die eher an einen Elefanten als an eine Maus erinnert.

»Ja, Sie könnten mir verraten, wo ich Suse finde.«

»Sie meinen Frau Schmittke?«

»Genau die.«

»Die sitzt dort hinten in der Ecke. Gehen Sie einfach durch.«

»Vielen Dank.«

Bis zu ihrem Tisch sind es locker dreißig Meter. Der Laden ist riesig. Besonders viel los ist heute nicht. Leider. Dann würde es weniger auffallen, wenn wir gleich in den Schließfachkeller gehen. Aufgeregt stehe ich vor ihrem Beratungstisch.

»Hi!«

»Hallo! Wir haben uns ja ewig nicht mehr gesehen«, stellt sie voller Wiedersehensfreude fest.

»Stimmt. War lange krank.«

»Schlimm?«

»Ja, nee, ich hab mich mit Heißwasser verbrüht. Ist 'ne ziemlich große Wunde am Bein. Aber heilt ganz gut.«

»Oh Gott, du Armer. Setzt dich lieber.«

»Danke. Hab schon gedacht, du bietest mir nie einen Platz an.«

»Selbstverständlich biete ich dir einen an, immerhin könntest du ein gut betuchter Kunde sein, der bei mir eine Menge Geld anlegen möchte.«

»Abheben trifft es eher.«

»Aha, das heißt?«

»Für dich gilt doch das Bankgeheimnis, oder?«

»Sicher.«

»Also bleibt alles, was wir besprechen, unter uns?«

»Kommt drauf an. Wenn du Gelder aus kriminellen Geschäften waschen willst und morgen der Staatsanwalt auf deinem Stuhl sitzt, dann nicht.«

»Keine Sorge, alles legal. Habt ihr Schließfächer?«

»Ja. Was da drin liegt, ist aber oft nicht ganz so legal. Oder zumindest nicht versteuert.«

»Was genau in dem Schließfach liegt oder woher der Inhalt stammt, weiß ich nicht, aber genau deswegen bin ich hier.«

Ich hole den Schlüssel aus meiner Hosentasche und halte ihn Suse unter ihre niedliche Stupsnase. Schade, dass es nicht der Schlüssel zu ihrem Keuschheitsgürtel ist. Ein Schatz ist sie allemal.

»Der gehört zu unseren alten Schließfächern.«

»Wirklich?«

»Dazu müssten wir ziemlich tief in die Katakomben.«

»Ich bin bereit.«

»Moment! Unter welchem Namen ist das Schließfach registriert?«

Mist! Bei der Nachfrage fällt die Ausrede mit meinem Opa flach.

»Keine Ahnung. Hab den gefunden.«

»Gefunden?«, fragt sie misstrauisch.

Der Moment der Wahrheit: Mit Halbwahrheiten und Viertellügen komme ich nicht an Suse vorbei. Hoffentlich nimmt sie das Bankgeheimnis ernst. Ich erzähle ihr alles von Anfang an: vom Gästebucheintrag, den Hinweisen im Keller, im Wald, an der Badestelle und wo ich den Schlüssel gefunden habe.

»Bei meinem Onkel im Haus?«, fragt sie ungläubig.

»Nicht in seinem Haus, im St.-Stephanus-Haus. Das gehört ihm ja nicht«, bereite ich meine Rechtfertigungsstrategie vor, warum der Schatz mir zusteht.

»Weiß er davon?«

»Nein.«

Sie schaut mich eine Zeit lang prüfend an.

»Das soll auch so bleiben, nehme ich an?«

»Korrekt.«

»Hm, gut. Meine Provision beträgt für gewöhnlich fünf Prozent. Da es sich jedoch um einen sehr ungewöhnlichen Fall handelt, würde ich zehn Prozent vorschlagen.«

»Das ist Erpressung!«

»Das ist Marktwirtschaft.«

Die Frau macht mich immer schärfer. Ein Pokerface ist jetzt wichtiger denn je.

»Sieben«, sage ich eiskalt.

»Zehn.«

»Okay, acht.«

»Zehn.«

»Mein letztes Wort: neun. Aber nur unter Schmerzen.«

»Zehn.«

Ich kann diese Frau nicht leiden!

»Okay, neun Komma fünf. Gilt. Komm, schlag ein.«

Sie beugt sich langsam über den Tisch, gibt mir ihre zarte Hand und sagt: »Zehn. Macht Spaß, mit dir Geschäfte zu machen. Dann wollen wir mal.«

Ich bewahre die Fassung und lasse ihr den Vortritt. Zum einen weiß nur sie, wo es langgeht. Zum anderen hole ich mir die skandalösen zehn Prozent über die Aussicht auf ihren perfekten Hintern zurück.

Mit dem Fahrstuhl geht es zunächst eine Etage tiefer. Von dort aus gehen wir einen hellen Flur entlang bis zu einer Marmortreppe. Suse dreht sich zu mir um.

»Dort geht's zu den neueren Schließfächern. Wir müssen hier lang.«

Sie zeigt auf eine schäbige Tür auf der linken Seite des Flurs. Die Treppe dahinter ist mit einem verblassten und ausgetretenen roten Teppich bezogen.

»Du musst hier dringend durchsaugen«, necke ich sie.

»Wozu? Falls in deinem Schließfach was Anständiges drin ist, muss ich hier nie wieder runterlaufen.«

»Ich drück dir die Daumen. Vielleicht reichen die acht Prozent bis zur Rente.«

»Zehn! Noch so ein schwacher Versuch, und es sind elf!«

»Elf? Du bist zwar hübsch wie eine Elfe, aber elf Prozent gehen trotzdem zu weit.«

»Hm, ein Anmachversuch im einsamen Keller – schwierig«, murmelt sie. »Könnten glatt fünf Prozent Schmerzensgeld wegen sexueller Belästigung obendrauf kommen.«

»Was sagt eigentlich dein christlich geprägter Onkel dazu, dass aus dir eine kalte Kapitalistin geworden ist?«

»Keine Ahnung, wollen wir ihn fragen?«

»Besser nicht.«

»Dachte ich mir. Wir sind da.«

Nach Eingabe eines Zugangscodes öffnet sich automatisch eine schwere Eisentür. Dahinter kommt ein muffiger kleiner Raum mit alten Schließfächern zum Vorschein. Endlich! Eine monatelange Suche findet ihr glorreiches Ende.

»Welche Nummer steht auf deinem Schlüssel?«, fragt Suse, als wir im Tresorraum stehen.

»394.«

»Okay. Dann ist es genau, äh, 392, 393 – hier!«

Ich gehe näher ran und überprüfe die Nummer. Sie stimmt. Jetzt wird's spannend. Er passt! Der Schlüssel rutscht bis zum Anschlag ins Schloss und dreht sich. Nach zwei Umdrehungen öffnet sich das Türchen. Joa, ist denn heut scho' wieder Weihnachten? Suse zieht die Metallkassette heraus und stellt sie auf einen kleinen Tisch in der Mitte des Raums. Ich hab den Puls eines Marathonläufers kurz vorm Ziel. Ach, was sag ich: den eines Sechzehnjährigen kurz vor seiner Entjungferung! Wir trauen uns kaum, dic Kassette zu öffnen.

»Es ist dein Schlüssel«, sagt Suse. »Du darfst.«

»Du könntest für deine zehn Prozent ruhig etwas mehr tun und die Kiste selbst öffnen.«

»Bin ich verrückt? Nachher kommt mir 'ne Giftschlange entgegen.«

»Wie soll die darin zwanzig Jahre überlebt haben, hm? Völlig abwegig.« Meine identische Befürchtung beim Öffnen der Sitzbank in der Umkleidekabine verschweige ich.

»Dann mach sie auf«, meint Suse.

»Du Mädchen! Also gut, geh beiseite.«

Vorsichtig hebe ich den Deckel. Nichts zischt, rasselt oder beißt. Trotzdem halte ich die Luft an. Stichwort Grabsucher im alten Ägypten und Pilze in der Luft. Wer weiß, was in der Kiste wuchert.

Alte D-Mark-Scheine! Bündelweise! Die Kiste quillt fast über. Suse und ich starren gebannt auf das Holstentor und die Symbole auf den Hundertern und Tausendern.

»Scheiße, ist das nicht alles nur noch Altpapier?« Enttäuschung macht sich in mir breit.

»Nee, das kann man bei der Bundesbank umtauschen. Allerdings nicht, ohne dass eventuell jemand unangenehme Fragen stellt, bei der Menge.«

»Vielleicht sollten wir es erst mal zählen.«

»Gute Idee. Aber nicht mit bloßen Händen. Bei so alten Scheinen weiß man nie, ob nicht irgendwelche Pilzsporen drankleben. Moment, wir haben hier unten Filzhandschuhe.«

»Filz?«

»Für Leute, die in Ihrem Schließfach wertvollen Schmuck aufbewahren. Damit der nicht korrodiert.«

Andächtig bleibe ich allein mit den Scheinen zurück. Ob ich mir unbemerkt zwei, drei Bündel in die Hosentasche stecke, um Suses Anteil Richtung fünf Prozent zu drücken? Lieber nicht, ohne Handschuhe. Gier bringt einen immer um.

»Bitte.« Suse hält mir ein Paar weißer Stoffhandschuhe hin, wie sie Kuratoren in Museen tragen.

»Danke. Was hältst du von folgendem Plan: Wir sortieren erst nach Scheinen und machen dann Zehntausenderhaufen.«

»Guter Plan.«

»Umso leichter können wir deinen Siebenprozentanteil ausrechnen.«

»Herzlichen Glückwunsch! JETZT sind es wirklich elf.«

»Als ob du so einen krummen Anteil im Kopf ausrechnen könntest.«

»Stimmt, fünfzehn rechnen sich viel leichter! Mach ruhig weiter so.«

Behutsam holen wir das wertvolle Bundesbankpapier aus der Schatulle.

»Hier liegt ein Brief drin«, ruft Suse plötzlich, als alle Scheine auf dem Tisch liegen. Sie reicht mir einen weißen Umschlag.

»Aaah, gibt der große Unbekannte seine Identität preis?«, frage ich mehr mich selbst als Suse.

Spielerisch wiegt sie ihren Kopf hin und her.

»Möglich. Vielleicht verrät er auch, warum er das gemacht hat und was wir mit dem Geld anstellen sollen.«

Upps! Dass er das schon im Gästebuch getan hat, habe

ich ihr natürlich nicht erzählt. Was wird passieren, wenn sie erfährt, dass das Geld zu hundert Prozent für das St.-Stephanus-Haus ihres Onkels gedacht ist? Ich reiße den Umschlag auf, ziehe den Brief heraus und lese laut vor.

Verehrter Finder,
meinen Glückwunsch und meine aufrichtige Hochachtung! Sie sind meinem kleinen Spiel gefolgt und haben die Suche auf sich genommen. Vielen Dank dafür.
Vermutlich fragen Sie sich: Wozu das Ganze? Nun, ich möchte es Ihnen gern erklären. Zusammen mit meinem christlichen Ritterorden – einer ungezwungenen Herrenrunde aus Liebe zur Tradition – habe ich viele glückliche Stunden im St.-Stephanus-Haus verbracht. Von 1958 bis 1988 waren wir jedes Jahr im Sommer dort zu Gast. Nach nunmehr dreißig Besuchen neigt sich meine Lebenszeit aufgrund eines schweren Leidens dem Ende zu. Kinder habe ich keine, meine Frau ist vor fünf Jahren verstorben, und weitere Angehörige sind mir nicht vergönnt. Deshalb möchte ich den Großteil meines kleinen Vermögens einem guten Zweck zukommen lassen: dem Erhalt des St.-Stephanus-Hauses. In der Hoffnung, dass möglichst viele, die nach mir kommen, genauso glückliche Stunden darin verbringen werden. Eine notariell beglaubigte Anweisung allein erscheint mir jedoch zu profan – und zu langweilig, wenn Sie mir diese Bubenhaftigkeit gestatten. Obwohl mein Anwalt, Herr von Notz aus Eutin, von nun an eine solche Anweisung verwahrt. Mit dem

Auftrag, das Kuvert erst in zwanzig Jahren zu öffnen. Bitte legen Sie ihm diesen Brief vor, damit er sein Mandat als erledigt ansehen kann.
Wie Sie wahrscheinlich wissen, sind einem als Mitglied eines Ritterordens Sagen, Mythen und Schätze nicht gänzlich unbekannt. Deshalb freue ich mich umso mehr, dass Sie meinen Hinweisen gefolgt sind. Und dass sie Sie tatsächlich bis zu meinem Schließfach geführt haben.
Für Ihre Mühen möchte ich Sie selbstverständlich gerecht entlohnen. Bitte entnehmen Sie den Finderlohn, den Sie für angemessen halten. Bitte bedenken Sie dabei, dass das übrige Geld im St.-Stephanus-Haus sicher gebraucht und gut verwendet wird.
Vielen Dank für die Erfüllung meines letzten Wunsches und die kleine Freude, die Sie mir bereitet haben. Sicherlich habe ich jeden Ihrer Schritte von meiner Wolke aus vergnügt verfolgt.

Herzlichst
Hermann von Nienstetten

Stumm blicken Suse und ich einige Zeit auf den Brief. Reden erscheint uns in diesem Moment unangemessen. Darf man einen letzten Willen missachten? Wird man mit solchem Geld überhaupt glücklich? Ab welcher Summe würde mir der Finderlohn ein schlechtes Gewissen machen?

»Scheiße«, seufzt Suse irgendwann. »Das Geld ist für das Haus meines Onkels.«

»Na ja, nicht alles. Wir sollen uns einen Anteil nehmen.«

»Aber nur einen kleinen. Wie hoch ist Finderlohn normalerweise?«

»Keine Ahnung.«

»Okay, sagen wir, jeder von uns bekommt fünf Prozent.«

»Zehn.«

»Ach, jetzt auf einmal?«

»Ja, was? Eigentlich hatte ich mit neunzig gerechnet!«

»Ich glaube, ich verzichte ganz auf meinen Anteil«, sagt sie nachdenklich.

»Willst du mir ein schlechtes Gewissen machen?«

»Nein! Ich würde das Geld nur für Klamotten und Urlaub ausgeben. Im St.-Stephanus-Haus ist es besser angelegt.«

»Also ich investiere es in mein Studium. Das ist durchaus sinnvoll.«

»Als ob du dir davon Bücher kaufst. Das fließt doch komplett in den Studentenkeller und in flüssiger Form deinen Hals runter.«

»Möglich. Aber auch das dient dem Studium. Studera et celebrera, oder so ähnlich. Hatte kein Latein.«

»Was du nicht sagst. Wie dem auch sei: Lass uns endlich zählen.«

Am Ende ist auf dem Tisch kaum noch Platz für neue Zehntausenderstapel – es sind dreißig Stück! Wir zählen nach, um ganz sicher zu sein.

»Leck mich fett!«, stoße ich hervor.

»Wollen wir lieber ein drittes Mal zählen?«, fragt Suse ebenso ungläubig.

»Das ändert, glaube ich, nix.«

»Das sind 300 000 Mark!«

»150 000 Euro!«

»Oder 200 000 Dollar! Beim aktuellen Kurs.«

»Angeberin!«

»Fachkraft!«

»Und was machen wir jetzt, du Fachkraft?«

»Du nimmst dir deine zehn Prozent Finderlohn. Mein Anteil geht komplett mit dem restlichen Geld ans St.-Stephanus-Haus.«

»Hm, 15 000 Euro Finderlohn. Ist irgendwie 'ne krumme Summe.«

»Wir können gern 10 000 draus machen.«

»Wäre eher für 50 000 Mark.«

»Das wären dann aber 25 000 Euro. Auch 'ne krumme Summe.«

»Gut, irgendwas ist ja immer. 15 000 Euro bzw. 30 000 Mark wären aber beides krumme Summen.«

»Aha, das ist mir neu.«

»Tja, wieder was gelernt.« Blöderweise kann ich mich über die 25 000 Euro nicht richtig freuen. Fühlen sich falsch an. Verdammte Erziehung! Vermasselt einem die besten Deals.

»Okay, zehn Prozent Finderlohn ist angemessener«, grummle ich.

»Gute Entscheidung«, lobt Suse und gibt mir ein Küsschen auf die Wange. Dafür hätte ich auch ohne Geschacher 10 000 Euro rausgerückt.

»Wofür war der?«, frage ich und laufe rot an.

»Für deine Großzügigkeit. Meinem Onkel liegt wirklich viel am St.-Stephanus-Haus.«

»Es gäbe eine Möglichkeit, wie du mich noch weiter runterhandeln könntest«, wage ich einen sicher sehr gewagten Vorstoß.

Suse schaut mich aus schmalen Augen an.

»Es gäbe auch eine Möglichkeit, wie ich deine Wange mit der flachen Hand röten könnte, ohne dich noch einmal küssen zu müssen.«

»Einen Versuch war's wert. 'tschuldige. Aber als Schatzsucher im Geldrausch …«

»Bist entschuldigt. Das Schmerzensgeld bleibt immerhin in der Familie.«

Suse holt zwei Stoffbeutel aus dem Nebenraum. Gemeinsam packen wir 30 000 Mark in den einen und die restlichen 270 000 in den anderen Beutel.

»Wollen wir deinem Onkel die gute Nachricht zusammen überbringen?«, frage ich sie beim Hochgehen.

»Auf jeden Fall! Muss dich mit dem Geld ja im Auge behalten.«

»Über dieses mangelnde Vertrauen in unserer Beziehung müssen wir dringend mal sprechen«, erwidere ich empört.

»Welche Beziehung? Der Geldrausch scheint bei dir wirklich schlimme Folgen zu haben. Kannst in diesem leer stehenden Büro ja kurz runterkommen. Ich hol meine Jacke und sag Bescheid, dass ich die Mittagspause vorziehe. Du müsstest mich nur wieder zurückbringen.«

»Kein Thema. Hab genügend Spritgeld dabei.«

Wir parken neben dem Hintereingang der Küche, wo Michael steht und eine raucht.

»Suse!«, ruft er erfreut. »Was willst du denn mit dem Typen hier? Der ist nicht gut genug für dich!«

»Halt den Rand, du bist schon viel zu alt für sie!«, pöble ich zurück.

»Das kann sie ja wohl selbst entscheiden«, feixt Michael.

»Stimmt, Jungs, kann ich. Ihr seid beide nicht mein Typ. Der eine zu alt und der andere nur 'n kleiner Zivi – da läuft bei mir nix.«

Michael und ich fassen uns synchron mit schmerzverzerrtem Gesicht an die Brust und sinken halb zu Boden. Blöderweise kommt genau in dem Moment Schmittke aus dem Haupteingang.

»Was ist denn hier los? Brauchen wir wieder einen Notarzt?«

Dem Stich ins Herz folgt der metaphorische Schlag in die Magengrube. Hat Andi gepetzt?

»Upps«, flüstert Michael, »das wollte ich dir noch sagen: Ich hab damals sofort geschnallt, dass du dich in meiner Küche verbrüht hast. Andi hat vergessen, die Pfütze wegzuwischen. Die war sogar noch warm. Hab mich leider verplappert.«

»Bei dir ist ein Geheimnis so sicher wie eine Torte in Schmittkes Büro, oder?«, zische ich.

»Na, meine Herren, was gibt es denn zu flüstern?«, gluckst Schmittke, als er bei uns angekommen ist. »Keine Sorge, ich bin ganz froh, dass Sie die Sache nicht als Arbeitsunfall außerhalb Ihrer Dienstzeit gemeldet haben,

Timo. Sonst hätten wir eine Menge Papierkram am Hals und einige unangenehme Fragen von Herrn Fischer. Der besucht uns übrigens demnächst. Bis dahin gibt es noch viel zu tun.«

»Was will der denn? Will er den Laden persönlich dichtmachen?«

»Kontrollbesuch. Findet alle paar Jahre statt. Aber mit unseren neuesten Buchungszahlen sind wir gut gerüstet.«

»Nicht nur damit. Suse und ich müssen dringend was mit Ihnen besprechen. Unter sechs Augen«, sage ich mit Blick auf das Tratschweib mit Kochmütze neben mir. »Bei Michael ist ja kein Geheimnis sicher. Auch kein Bankgeheimnis.«

»Bankgeheimnis?«, fragt Michael hellhörig.

»Musst du nicht was kochen?«, frage ich zurück.

»Jajaja«, meckert er und verzieht sich in die Küche. Suse und ich folgen Schmittke in sein Büro.

»Bitte, setzt euch. Was möchtet ihr mir erzählen? Habt ihr beide ein Techtelmechtel?« Schmittke schaut mich argwöhnisch an.

»Was?«, frage ich erschrocken. »Bin ich lebensmüde?«

»Wie darf ich das verstehen?«, erwidert Schmittke scheinheilig. In Wirklichkeit liegt die Kneifzange zum Durchtrennen meiner Bremsleitungen bestimmt längst griffbereit. Suse schüttelt lächelnd ihr hübsches Köpfchen.

»Timo kann das St.-Stephanus-Haus retten«, sagt sie.

»Streng genommen hab ich das bereits, durch meine zahlreichen Werbeaktionen. Im Grunde bräuchte das Haus diesen Beutel gar nicht«, unternehme ich einen letzten Versuch, an meinen Hundertprozentanteil zu kommen.

»Willst du etwa schon wieder verhandeln?«, droht Suse.

»Nein«, leiere ich genervt. »Also, es fing alles damit an, dass Sie mir den Auftrag gegeben haben, die Gästebücher zu sortieren.« Ich erzähle Schmittke die Geschichte in aller Ausführlichkeit, um die Glaubwürdigkeit zu untermauern.

»Tja, und das haben wir im Schließfach gefunden«, beende ich meine Erzählung und kippe den Inhalt des kleineren Beutels mit den 30 000 Mark auf seinen Schreibtisch.

»Timo!« Suse verleiht ihrer erneuten Drohung mit einem tödlichen Blick erheblichen Nachdruck.

»Oh, hab die Beutel verwechselt. Kann vorkommen. Das ist nur mein Finderlohn. Hier ist die restliche Summe.«

Drei Sekunden später türmt sich vor Schmittke ein gewaltiger Haufen schnöden Mammons.

»Mein Gott!«, stöhnt er. »Von wem ist das?«

Ich gebe ihm den Brief.

»Herr von Nienstetten? Das sieht ihm ähnlich«, sagt Schmittke, nachdem er den Brief gelesen hat. »Ihren Finderlohn sollten Sie auf jeden Fall wieder einpacken, Timo. Den haben Sie sich redlich verdient.«

»Danke, das sehe ich, im Gegensatz zu Ihrer Nichte, genauso. Zwanzig Prozent sind wirklich angemessen.«

Suses Fuß trifft mich gezielt am Schienbein.

»Zehn!«, ruft sie.

»Streitet euch nicht«, schlichtet Schmittke. »Freut euch lieber. Wie tauschen wir das Geld um?«

»Indem wir es zur Bundesbank bringen. Angesichts der Summe könnte es allerdings sein, dass sich der Staatsanwalt meldet und wegen Schwarzgeld oder Geldwäsche ermittelt«, meint Suse.

»Ach, mit dem Eutiner Oberstaatsanwalt und dem Sparkassendirektor gehe ich regelmäßig kegeln. Und den Anwalt von Herrn von Nienstetten kenne ich auch seit Jahrzehnten. Mit dem Brief und dem tadellosen Leumund des edlen Spenders kriege ich das geräuschlos geregelt.«

Schmittke wischt die Bedenken mit einer Handbewegung endgültig beiseite und schwelgt lieber in Modernisierungsplänen.

»Ich weiß auch schon, was wir mit dem Geld machen«, freut er sich, leiht sich meine Handschuhe und verstaut die Scheine schnell wieder im Beutel, bevor Michael zuuufällig aus der Küche kommt. »Wir müssen dringend renovieren. Dann wird die Hütte endgültig voll. Mit 135 000 Euro lässt sich einiges machen. Am Ende bleibt bestimmt noch was für Werbeanzeigen in allen Gemeindebriefen im Norden übrig. Dem Fischer kann ich das als ganz offizielle Erbschaft verkaufen. Erbschaftssteuer muss man auf so eine Summe nicht zahlen, glaube ich. Oder kaum. Ansonsten zwacken wir unbemerkt was vom Geld ab, um nicht über irgendeine blöde Höchstgrenze zu kommen. Handwerker wollen sowieso am liebsten schwarz bezahlt werden. Merkt kein Mensch.«

»Sehr gut durchdacht«, lobe ich ihn. »Man könnte meinen, Sie hätten eine kriminelle Ader.«

»Sizilianisches Blut. Meine Großmutter mütterlicherseits kam aus Italien.«

»Das erklärt auch die durchgeschnittenen Bremskabel«, denke ich etwas zu laut.

»Wie bitte?«, fragen Schmittke und Suse im Chor.

»Hm? Äh, nix!«

»Doch, da war was!«, meint Schmittke. »Irgendwas mit durchtrennten Bremskabeln.«

»Ja? Ach, das ist nur ein dummes Gerücht. Glaubt sowieso keiner.« Abgesehen von notgeilen Typen wie mir, die zu sehr auf den perfekten Hintern seiner Nichte fixiert sind.

Schmittke beugt sich zu mir vor.

»Ich habe bei dem ehemaligen Freund meiner lieben Nichte selbstverständlich nicht die Bremsen manipuliert. Kräftig angeschnauzt hab ich ihn, nachdem er sich so schäbig verhalten hat, das stimmt. Dass er unmittelbar danach einen kleinen Autounfall hatte, war reiner Zufall.«

»Der Zufall ist das Pseudonym, das der liebe Gott wählt, wenn er inkognito bleiben will«, fabuliere ich, um mein Ansehen bei Schmittke aufzupolieren.

»Wo haben Sie das gelesen – auf einem Kalenderblatt?«

Okay, hat nicht ganz geklappt.

Nach unserer Besprechung startet Schmittke das Projekt »Fischer beeindrucken«. Zwar haben wir das Haus bereits vor Weihnachten auf Hochglanz gebracht, allerdings nur in den Bereichen, die auf den ersten und zweiten Blick sichtbar sind. Herr Fischer wird aber garantiert einen dritten und vierten peniblen Blick bis in die allerletzte

Ecke werfen. Zum Beispiel in die Kellerräume mit der Haustechnik. Zudem müssen noch einige Kleinigkeiten repariert werden, wofür Andi und Rogowski zuständig sind. Eine meiner Hauptaufgaben ist die abschließende Überprüfung der Buchungslisten und die Aufbereitung etlicher Akten. Schmittke klärt in der Zwischenzeit die Sache mit den Anwälten und entwirft eine Präsentation. Ihm schweben diverse Grafiken vor, die den Anstieg der Buchungsanfragen, unsere Werbeaktionen und die geplanten Renovierungsarbeiten zeigen. Generalstabsmäßige Vorbereitung an einer Zivildienststelle – welch Ironie.

Fischers Waterloo

Zwei Wochen später ist es so weit. Schmittke tigert den ganzen Morgen nervös durchs Haus. Seine Sitzung auf der Personaltoilette hat heute weitaus länger als die übliche Viertelstunde gedauert. Für den geschulten Beobachter ein Grund, sich Sorgen zu machen.

Michael, Andi und ich stehen in der Küche und gucken durch die Fenster auf den Parkplatz.

»Was schätzt ihr: Was für 'n Auto fährt der Fischer?«, fragt Michael.

»'ne langweilige C-Klasse in Silber. Mit Grundausstattung«, rät Andi.

Mein Tipp geht in eine ähnliche Richtung.

»Ich sag: einen blauen Golf mit öden 75 PS, Radkappen und Agrarhaken.«

»Mit was?«, fragt Andi.

»Anhängerkupplung.«

»Ach so.«

»Hm«, überlegt Michael, »ich glaube, er ist 'n total dynamischer Unternehmensberatertyp. Heißt, der fährt eher 'n Sportwagen. In Schwarz.«

»Um was wetten wir?«, will Andi wissen.

»Die beiden Verlierer müssen die restlichen Früchte aus der tödlichen Bowle essen, die wir zu eurer Abschiedsparty aufsetzen werden«, sagt Michael.

»Abschiedsparty?«, frage ich überrascht.

»Ja, hat Schmittke euch nichts davon erzählt? Der Abschied von Zivis wird bei uns immer gefeiert. Vor allem, weil wir froh sind, sie endlich los zu sein«, lacht er. »Ich könnte mir gut vorstellen, dass die Party dieses Mal um einiges größer ausfällt.«

»Wieso?«

»Na, warum wohl? Weil du dem Schmittke die Kohle bündelweise auf den Tisch gekippt hast.«

»Du kriegst auch alles mit, oder?«

»Jup. Bin besser als die Stasi.«

»I. M. Koch«, witzelt Andi. »Nur mit dem Informellen hat er's nicht so.«

»Wohl wahr«, nicke ich. »Du meinst, Schmittke lässt von dem Geld was springen?«

»Wehe nicht!«

»Eine C-Klasse!«, ruft Andi.

»Mit Radkappen und Agrarhaken«, rufe ich. »Hat definitiv unter hundert PS. Würde sagen, die Luft wird ziemlich dünn für dich, Michael.«

»Abwarten.« Der Wagen parkt mitten auf dem halb leeren Platz. Der Fahrer steigt aus. »Ha! Unternehmensberatertyp! Maßanzug, Lackschuhe, gegelte Haare. Gleichstand!«

»Toll, was nun?«, fragt mich Andi.

»Nun werden wir uns die Früchte wohl teilen müssen.« Mein Stammbaum muss seine Wurzeln bei König Salomon haben.

»Ich hab jetzt schon Kopfschmerzen«, jammert Andi.

»Auf jeden Fall sollten wir Timo am Morgen danach

vom Wasserkocher fernhalten«, gluckst Michael und gibt Andi High Five.

»Hahaha«, nöle ich. »Ich geh rüber zum Büro, Informationen sammeln. Von Schmittke werde ich wenigstens ernst genommen.«

»Ja, geh zu Papa, du Heulsuse«, ätzt Michael.

»Ihr seid voll gemein!«, rufe ich zurück.

»Wenn du petzt, kriegste nachher in der großen Pause Kloppe«, droht Andi.

Ich schleiche mich in den ersten Aufenthaltsraum neben der Eingangshalle, von wo aus ich dank offener Bürotür alles mithören kann.

Im Büro macht Schmittke vor Fischer bereits den Bückling. Ergebenst und mit ausladender Geste bietet er ihm einen Sitzplatz an. Allein zur Vorbereitung dieser sorgfältig einstudierten Szene mussten Andi und ich durch alle Aufenthaltsräume und Gruppensäle latschen, um die zwei besten Stühle mit den neuwertigsten Polstern für Schmittkes Büro zu finden.

»Mein lieber Herr Fischer, schön, dass Sie sich die Zeit für uns genommen haben«, schmiert Schmittke ihm den Honig gleich kiloweise um den sorgfältig getrimmten Dreitagebart.

»Muss ja«, antwortet Herr Fischer völlig unbeeindruckt. »Der letzte Check-up ist über fünf Jahre her.«

»Da haben Sie natürlich recht, Herr Fischer. Bei aller Bescheidenheit darf ich sagen, dass Sie sich für Ihren Besuch den spannendsten Zeitpunkt in der Geschichte unseres Hauses ausgesucht haben. Wir stehen besser da als je zuvor. Bei uns herrscht große Aufbruchsstimmung.«

»Na, das werden wir ja sehen. Wie steht es denn aktuell mit den Buchungszahlen?«

»Gut, dass Sie das fragen.« Schmittke lässt den dicken Buchungsordner beherzt auf den Tisch knallen. »Wie Sie wissen, haben wir einige sehr günstige und äußerst erfolgreiche Werbemaßnahmen für unser Haus auf den Weg gebracht.«

»Die nicht mit der Synode abgestimmt waren, sehr richtig.«

»Stimmt, die aber sicherlich ganz im Sinne der Synode waren. Seitdem haben sich die Buchungsanfragen vervielfacht.«

Fischer grummelt und zieht den Ordner zu sich herüber. Einige Zeit blättert er ihn still durch. Schmittke dreht zusätzlich seinen Monitor um und weist Herrn Fischer auf seine tollen Grafiken hin.

»Die Frage ist, wie lange dieser Boom anhält«, setzt Fischer kritisch nach.

»Das weiß man in diesem Geschäft nie. Aber wir sind sehr zuversichtlich, dass Gäste von damals zu neuen Stammgästen werden. Die Mund-zu-Mund-Propaganda läuft auf Hochtouren, wie von allen Seiten zu hören ist.«

»Ihr Wort in Gottes Gehörgang.«

»Gutes Stichwort: Uns hat kürzlich ein Geschenk des Himmels erreicht.« Schmittkes Endorphinwert steht kurz vor einem neuen Allzeithoch.

»Wie meinen Sie das?«

»Ein ehemaliger Gast hat uns 270 000 Mark vermacht.«

»Wie bitte? Gibt es dazu einen Aktenvermerk?«

»Noch nicht, die Erbschaft ist ganz frisch. Reiche ich in Kürze nach. Ich wollte es Ihnen gern persönlich sagen. Rechtlich ist bereits alles geregelt, und das Geld wird demnächst in Euro umgetauscht. Eine sehr spannende Geschichte.«

»Die Frage ist, ob die Geschichte ein gutes Ende für Sie nimmt. Wissen Sie, aus welchen Quellen das Geld stammt?«

»Ja, aus einer äußerst honorigen. Von dem Geld können wir dringend nötige Sanierungsarbeiten finanzieren, um die Attraktivität des Hauses weiter zu steigern. Außerdem schaffen wir neue Technik für die Tagungsräume an, bequemere Liegestühle für die Wiese, die Sonnenterasse wird aufgewertet und vieles mehr. Ach ja, eine groß angelegte Anzeigenkampagne in allen norddeutschen Gemeindebriefen wird es auch geben. Danach können wir uns vor Gästen kaum noch retten, würde ich sagen.«

»Ich bin begeistert«, entgegnet Herr Fischer tonlos. »Dieser ehemalige Gast hat Ihnen das Geld einfach vermacht?«

»Mit einem persönlichen Brief und einer testamentarischen Verfügung, die er bei seinem Anwalt hinterlegt hat, ganz genau. Er hatte keine Angehörigen mehr und hat sich bei uns dreißig Jahre lang sehr wohlgefühlt. Wahrscheinlich waren wir wie ein zweites Zuhause für ihn. Ist doch schön, dass nicht nur Tierheime mit solchen Erbschaften bedacht werden, nicht wahr?«

»Ja, schön. Das schaue ich mir bis zur nächsten Synodensitzung auf jeden Fall genauer an. Zeit für einen Rundgang.«

»Sehr gern, Herr Fischer. Ich hole nur schnell einen meiner Zivis, damit er hier die Stellung hält. Schließlich wollen wir stets für unsere Gäste erreichbar bleiben.«

»Ja, ja«, antwortet Fischer genervt.

Das ist mein Stichwort. In der Geschwindigkeit eines Olympioniken – gut, sagen wir eines Paraolympioniken – renne ich durch den Speisesaal zurück in die Küche. Keine zwei Sekunden später kommt Schmittke von der anderen Seite herein.

»Meine Herren, es geht los! Andi, halten Sie bitte die Stellung im Büro. Herr Fischer und ich starten zum Rundgang – zu dem Sie bitte mitkommen, Timo. Falls zwischendurch irgendwas aus dem Büro geholt werden muss oder Ähnliches.«

»Alles klar, Chef«, sage ich und folge Andi und Schmittke in die Eingangshalle. Michael bleibt feixend zurück.

»Herr Fischer, darf ich Ihnen Andi und Timo vorstellen, unsere sehr tüchtigen Zivis? Besonders Timo haben wir den aktuellen Aufschwung des Hauses zu verdanken.«

»Aha, kamen die Werbeideen von Ihnen?«, fragt Herr Fischer.

»Genau«, antworte ich und gebe ihm kalt lächelnd die Hand.

»Auf geht's«, ruft Schmittke.

Zunächst will Fischer den Schlaftrakt sehen. Schmittke schließt ihm wohlweislich nur die besten Zimmer auf. Danach geht es in den Keller, wo ich einst Kaspar Hauser vermutet hatte. Die Aufenthaltsräume, die Küche und der

Trakt mit den Gruppenräumen werden ebenfalls gründlich inspiziert. Fischer schaut wirklich in jeden verdammten Winkel. Immer wieder versucht er, mit gezielten Fragen Schwachstellen aufzudecken. Schmittke pariert jede einzelne mit der Souveränität eines Silberrückens, der seit Jahrzehnten in seinem Revier der Chef ist.

»Die Belüftung der Mitarbeitertoilette ist nach wie vor absolut unzureichend«, bemängelt Fischer zum Beispiel, als wir vor Schmittkes Lieblingsörtchen hinter der Kartoffelschälmaschine stehen.

»In dem Punkt gebe ich Ihnen recht, Herr Fischer. Die eigentliche Mitarbeitertoilette befindet sich allerdings im ersten Stock, hinter dem Pausenraum. Zudem habe ich für dieses Klo die strenge Dienstanweisung herausgegeben, dass hier nur kleine Geschäfte erledigt werden dürfen«, heuchelt Schmittke mit überzeugendem Gesichtsausdruck. So viel zum achten Gebot mit dem falschen Zeugnis.

Die versiffte Badewanne in unserer Ziviwohnung – Modell »Barschel« – möchte Herr Fischer am liebsten eigenhändig rausreißen.

»Das müssen Sie gar nicht«, sage ich. »Da legt sich sowieso keiner rein. Das St.-Stephanus-Haus ist für uns ja keine Wellnessoase. Hier wird hart gearbeitet, zum Wohl unserer Gäste.« Was mein Chef kann, kann ich erst recht.

»Tja«, sagt Herr Fischer resigniert, als wir wieder zurück im Büro sind, »mir bleibt nichts anderes übrig, als Ihnen meinen Segen zu geben. Bei Ihnen läuft es anscheinend besser als gehofft, äh, gedacht. Es gibt in meinem

Zuständigkeitsbereich weiß Gott andere Häuser, die in einem sehr viel schlechteren Zustand sind und vor allem schlechter geführt werden.«

»Das freut mich wirklich sehr zu hören, lieber Herr Fischer«, antwortet Schmittke. »Vielen Dank für das Kompliment. Obwohl ich es schön fände, wenn alle Häuser erhalten blieben.«

»Das wird kaum möglich sein. Eins muss über den Jordan gehen. Auf der kommenden großen Synodensitzung wird sich herausstellen, welches. Zu dieser Erbschaftssache schicken Sie mir bitte einen ausführlichen Bericht mit allen Unterlagen.«

»Den bekommen Sie, mein lieber Herr Fischer«, lächelt Schmittke.

Zerknirscht reicht uns Herr Fischer die Hand und trollt sich.

Bombenstimmung

Die Erleichterung ist bei allen im Haus zu spüren. Wir sind gerade noch mal davongekommen. Fünf bis zehn Jahre Bestandsgarantie seien uns sicher, meint Schmittke. Mehr kann man fürs Erste nicht verlangen. In zehn Jahren ist der Fischer sowieso nicht mehr im Amt.

Die letzten Wochen bis zur Abschiedsparty sind ein reines Fest. Schmittke und Rogowski verzichten aus lauter Dankbarkeit sogar darauf, Andi und mich für allzu schwere Arbeiten abzukommandieren.

»Das können Ihre Nachfolger machen«, sagt Schmittke in solchen Fällen. »Immerhin haben die es nur Ihnen zu verdanken, dass sie überhaupt noch ihren Zivildienst bei uns leisten können.«

Schon Tage vor der Party beginnen Andi und ich auf Schmittkes Geheiß mit den Vorbereitungen. Die erste Arbeitsanweisung, die wir gern befolgen. Statt zum Herrenausstatter für Berufsbekleidung fahren wir nun zum örtlichen Getränkemarkt und reizen die maximale Zuladung des Opel Kombi voll aus. Natürlich nicht allein mit Getränken. Im benachbarten Supermarkt beladen wir zwei Einkaufswagen mit Knabberkram, Süßigkeiten und herzhaftem Essen für ein üppiges Büfett. Für einen würdigen Abschied darf man nicht auf den Euro schauen – zumal, wenn er nicht aus dem eigenen Portemonnaie kommt.

Am 23. März ist Partytime. Exzellent! In Saal drei, dem gemütlichsten Tagungsraum, der außerdem nicht zu groß ist für zehn Leute, ist alles vorbereitet. Direkt am Eingang haben wir vier Tische für das Büfett zusammengeschoben. Michael hat sich wahrlich selbst übertroffen: mit Salaten, einer Suppe, Fleischplatten, Antipasti, frisch abgebackenem Brot und, als Sahnehäubchen, Pudding in Weingläsern. Daneben stapeln sich die Kisten mit Bier, Wein und Softdrinks. Eine Flasche Schnaps als Verteiler nach dem Gelage darf auch nicht fehlen. Am anderen Ende des Saals, unterhalb des großen Wandteppichs, haben wir eine kuschelige Sitzecke eingerichtet. Mit tiefen Sesseln aus dem Clubraum, kleinen Beistelltischen und bequemen Stühlen. Andi hat extra seine Musikanlage von zu Hause mitgebracht und wird den DJ geben. Deckenfluter mit Dimmern und zahllose Kerzen sorgen für angenehm warmes Licht und festliche Atmosphäre. In der Mitte des mit Parkett ausgelegten Saals bleibt genug Platz zum Abzappeln, falls jemand zu vorgerückter Stunde die Tanzfläche stürmen möchte.

Vorher stürmen wir alle das Büfett. An vorderster Front: natürlich Schmittke. So einen Körper kriegt man nicht geschenkt. Mit vollem Einsatz schaufelt er sich die ersten zweitausend Kalorien auf den Teller. Andi sorgt mit James Last und seinem Partysound für die passende Stimmung. Das Siebzigerjahre-Ambiente in diesem Haus verpflichtet.

»Ich glaube ja, dass ich ein viel zu guter Kalorienverwerter bin«, meint Schmittke kauend in unserer Sesselecke.

»Inwiefern?«, frage ich nach.

»Mein Körper zieht aus jeder Nahrung die komplette Energie heraus und parkt sie auf meinen Hüften. In der Steinzeit wär das super gewesen, wo es nicht überall was zu essen gab. Heute ist das ein Fluch.«

»Stimmt. Wir Stoffwechsellegastheniker wären in der Steinzeit draufgegangen. Allerdings hätten die Säbelzahntiger mehr Interesse an Ihnen gehabt.«

»Apropos Steinzeit«, schaltet sich Michael ein, »habt ihr die Bowle im Steinkrug angesetzt?«

»Logisch«, antwortet Andi. »Absolut tödliche Mischung. Knallt härter als 'n Gigolo.«

»Was habt ihr reingekippt?«

»Alles, was da war und wegmusste: Wein, Sekt und Früchte ohne Ende. Und dann haben wir's mit Rum abgeschmeckt.«

»Oh Gott«, stöhnt Michael.

»Der kann dir bei der Bowle auch nicht helfen«, grinst Andi.

»Ich sehe, Sie haben nichts dem Zufall überlassen, meine Herren«, lacht Schmittke.

»Gewissenhaft bis zum Schluss«, bestätige ich.

Charlotte bleibt fast die ganze Zeit stumm. Seit meinem verunglückten Spruch mit der Putzfrau haben wir die Versuche, locker-lustig miteinander umzugehen, weitestgehend eingestellt. Ob sie noch sauer ist auf mich? Bevor ich heute Abend endgültig gehe, will ich die Sache klären. Bis dahin muss ich mir nur genug Mut antrinken. Zum Beispiel mit dem Verteiler, den wir uns alle nach dem Essen genehmigen und der für neuen Platz in unseren Mägen sorgt. Vor allem für noch mehr Alkohol. Es wird ein bunter Abend, wie er im Gästebuche steht. Inklusive Überraschungsgast: Gegen neun Uhr stößt Suse dazu – mit einem Typen an ihrer Seite. Das Bild hätte ich zum Abschied nicht gebraucht, aber egal, meine Partylaune ist mir heilig. Die lasse ich mir nicht von einem Typen vermiesen, der unerklärlicherweise eine Traumfrau abbekommen hat, die eigentlich mir zugedacht war. Nüchtern betrachtet – was im Moment schwerfällt – muss man allerdings zugeben, dass Suse und ich nur geschäftlich miteinander zu tun hatten. Der entscheidende Funke ist nie übergesprungen. Vor allem nicht bei ihr. Beschwingt tänzle ich auf die beiden zu, wobei es sich von selbst versteht, dass ich ihn aus Gründen des Stolzes zunächst ignoriere.

»Hi, was machst du denn hier?«, rufe ich. Andi ist mittlerweile zu lautstarkem Neunzigerjahre-Eurodance übergegangen. Wir arbeiten uns langsam voran.

»Mein Onkel hat mich eingeladen. Immerhin kann die Party nur dank meiner Hilfe so üppig ausfallen«, schreit sie direkt in mein Ohr. Wie kann ein Mensch nur dermaßen gut riechen?

»Natürlich … Freut mich, dass du hier bist«, antworte ich.

»Mich auch. Das ist übrigens mein Freund, Mike.« Sie zeigt auf den Typen neben ihr. Mike reicht mir die Hand, ist mit seinen Augen aber längst beim Büfett. In dem Fall will ich ihn selbstverständlich nicht aufhalten!

»Greif zu, solange Suses Onkel noch was übrig lässt.« Das lässt er sich nicht zweimal ins Ohr brüllen und zieht ab. Offensichtlich hat Suse einen Onkelkomplex und sucht sich ihre Stecher nach deren Fixierung aufs Essen aus. Ich hatte also nie eine reelle Chance.

»Möchtest du was trinken, Suse?«

»Ich dachte schon, du fragst nie«, lächelt sie.

Gemeinsam gehen wir zur improvisierten Bar und stoßen mit der toxischen Bowle auf einen wunderbaren Abend an.

Eine Stunde später eröffnen Michael, Andi, Suse und ich offiziell die Tanzfläche – zu aktueller Dance-Mucke. Jetzt hält es niemanden mehr auf den Sitzen. Selbst Charlotte wird langsam locker. Ich hole zwei Kurze von der Bar, gehe zu ihr rüber und drücke ihr eins der Schnapsgläser in die Hand.

»Hi.«

»Hi.«

»Bist du noch sauer auf mich?«, frage ich etwas unsicher.

»Weswegen?«

»Na, wegen dem Spruch mit der Putzfrau. Du siehst wirklich nicht aus wie eine. Sonst hätte ich dich auch nicht angebaggert.«

»Du hast mich angebaggert?« Sie kommt einen Schritt auf mich zu und schaut mir direkt in die Augen. »Jüngelchen, ich habe dich klargemacht! Nicht umgekehrt. Das wollen wir doch mal festhalten. Ich wollte dich und hab dich einfach genommen.«

»Du hast mich genommen? Das kratzt jetzt 'n bisschen an meiner Männlichkeit.«

»Du kommst drüber hinweg. Dafür hattest du Sex mit

einer älteren Frau. Damit kannst du bei deinen Freunden noch genug angeben.«

»Ich würde nie …«, empöre ich mich.

»Ja, komm …«, grinst sie. »Krieg ich nun endlich den Schnaps oder soll der in deiner Hand warm werden?«

»Jawohl, Madam! Bitte schön. Auf alles, was passiert ist. Schwamm drüber.«

»Schwamm drüber. Und Schnaps.«

Wir exen unsere Gläser und besiegeln die endgültige Versöhnung mit einer letzten, herzlichen Umarmung.

»Alles wieder gut mit deinem Mann?«, wage ich mich ein letztes Mal aufs verminte Terrain.

»Ja. Wir haben uns ausgesprochen und wollen es noch mal miteinander versuchen.«

»Schön. Freut mich für dich, ehrlich.«

»Danke.«

»Gut. Schluss mit deiner depressiven Stimmung. Ab auf die Tanzfläche!«, befehle ich und gebe ihr einen Klaps auf den Hintern. Den werde ich, neben ihren göttlichen Titten, am meisten vermissen. Sie hebt drohend den Zeigefinger und zieht mich am Ohr aufs Parkett.

Zu vorgerückter Stunde wankt Schmittke mit deutlicher Schlagseite auf mich zu.

»Timo, zzzeigen Sie mir doch mal ganz genau, wo sie diesen Schlllüssel gefffunden haben«, lallt er.

»Jetzt?«

»Natürlich jetzt! Ab morgen sind Sie ja nicht mehr hier.«

»Okay.« Neugierig schließen sich uns Andi und Michael

an. Gemeinsam gehen wir den Saaltrakt hinunter bis zum Schrank vor Saal vier. Schmittke gibt mir seinen Generalschlüssel.

»Okay, Jungs, Räuberleiter«, sagt er, nachdem wir das Klavier herausgeholt und die Luke geöffnet haben.

»Sie wollen da hoch?«, frage ich erschrocken.

»Na klar! Ich bin hier der Chef. Also muss ich dieses Haus bis in den letzten Winkel kennen, falls der Fischer noch mal wiederkommt. So, Räuberleiter!«

»Ich hab's mit der Bandscheibe«, versuche ich meinen Rücken zu retten.

»Und ich hatte schon mal 'nen Hexenschuss«, meldet sich Andi.

»Papperlapapp! Sie machen zu zweit eine Stufe, und Michael schiebt mich hoch.«

Wir tun wie uns befohlen und stoßen dabei einen lauteren Kraftschrei aus als Anabolikahünen im Fitnessstudio. Bis zur Hüfte flutscht es ganz gut, aber dann gerät unser Unterfangen ins Stocken. Besser gesagt: Schmittke steckt fest. Es geht weder vor noch zurück. Schmittke zappelt mit seinen Beinen wie ein Fisch auf dem Trockenen. Andi, Michael und ich brechen vor Lachen zusammen und lassen ihn los. Doch selbst jetzt fällt er nicht von allein aus der Luke.

»Das ist nicht witzig!«, schimpft Schmittke.

»Das kommt ganz auf die Perspektive an«, lacht Andi und holt sein neues Fotohandy raus. »Moment, das muss ich kurz für die Nachwelt festhalten.«

»Sie machen doch nicht etwa ein Foto?«, ruft Schmittke empört.

»Doch«, antwortet Andi. »Ich denke, das ist ein guter Zeitpunkt, um noch mal über meine Abfindung zu sprechen, Herr Schmittke. Ab tausend Euro ist das Foto so gut wie gelöscht.«

»Zivi!«, brüllt Schmittke.

Michael und ich kommen, trotz Lachkrampf, wieder auf die Beine.

»Vielleicht schmieren wir Sie an den Seiten mit Margarine ein«, schlage ich vor.

»Ich schmiere Ihnen gleich eine!«, zetert Schmittke.

»Gut, dann halten Sie die Luft an und wir ziehen. Auf drei: eins, zwei …«

Schmittke fällt wie ein Sack Zement auf Michael, Andi und mich.

»Was macht ihr denn hier?« Charlotte steht fassungslos vor dem Schrank und hilft uns hoch.

»Wir haben soeben in einem von der Synode angeordneten Experiment festgestellt, dass die Luke zum Dachboden dringend erweitert werden muss«, antwortet Schmittke hochoffiziell. »Ich brauch jetzt ’n Schnaps! Männer, ich geb einen aus. Das Handyfoto wird gelöscht, Andi!«

Gegen drei Uhr morgens ist der Krug mit Bowle praktisch leer. Abgesehen von der fünf Zentimeter dicken Schicht Früchte, die den gesamten Boden bedeckt. Ich winke Andi und Michael an die Bar.

»Männer, Wettschulden sind Ehrenschulden.«

»Oah, muss das sein?«, jammert Andi.

»Ja, das muss sein«, bestimmt Michael. »Jeder schaufelt sich ein Glas voll. Als krönenden Abschluss.«

»Wie wäre es, wenn wir durch die Terrassentür in den Garten gehen und uns das Obst mit Blick auf den See genehmigen?«, schlage ich vor.

»Geniale Idee, Zivi«, nickt Michael.

Schmittke und die anderen hängen bereits voll in den Seilen – genauer gesagt in den Sesseln. Wir füllen drei Gläser randvoll mit Früchten, ziehen unsere Jacken über und gehen nach draußen. Der See liegt spiegelglatt vor uns im Mondlicht.

»Michael, Andi – es war mir ein Fest«, verkünde ich feierlich mit erhobenem Glas.

»Mir auch«, sagt Andi.

Michael räuspert sich.

»Das soll jetzt nicht schwul klingen, Jungs, aber ich werde euch vermissen«, ergänzt er leise.

»Wir dich auch«, sagt Andi.

»Okay, bevor einer heult, würde ich sagen: Prost! Oder besser: guten Appetit!«, sage ich.

Michael schiebt den ersten Löffel mit Früchten gut fünf Zentimeter an seinem Mund vorbei. Andi und ich grinsen uns an und zucken mit den Achseln. Was soll's, nach null Uhr hat man auf einer Party noch nie jemanden in Würde essen sehen.

Feindkontakt

Mein Schädel ist dicker als meine Morgenlatte. Und das, obwohl meine Blase randvoll ist. Würdige Nachwirkungen der besten Party meines Lebens. Gott sei Dank wurde ich damals nicht ausgemustert. Mag gar nicht daran denken, was mir alles entgangen wäre. Und das nicht nur, weil meine Morgenlatte bei dem Gedanken an Charlotte erst recht anschwillt. Für so eine Affäre hätte ich vor einem Jahr noch getötet. Das darf die Bundeswehr natürlich niemals erfahren!

Ich komme mir vor wie einer der Apollo-Astronauten, der zurück auf der Erde nicht glauben kann, dass er tatsächlich auf dem Mond war. Ich war auf der Venus und wäre beim Wiedereintritt in die Realität dank Charlottes Mann beinahe verglüht. Suse war auf ihre Art genauso heiß wie Charlotte, nur jünger. Aber selbst wenn sie keinen festen Freund hätte, wäre aus uns nie was geworden. Nicht nur, weil ich an meinem Leben hänge und beim Bremsen nicht ins Leere treten will. Ihr perfekter Hintern hatte offensichtlich eine weitaus höhere Anziehungskraft auf mich als meine optischen Vorzüge auf sie. Kann ich nicht mal eine treffen, die auf mich steht und in meinem Alter ist? Die meinen Hormonspiegel durch die Decke jagt, die über meine Witze lacht und die mich gern klarmachen würde? Nach dem zurückliegenden Jahr will ich ja wirklich nicht undankbar klingen, aber wäre das zu viel verlangt?

Nach einigen Tagen der Regeneration mit viel Wasser und wenig fester Nahrung sitze ich im Zug und starre auf die vorbeifliegende Holsteinische Schweiz. Heute geht es nicht an den Arsch der Heide. Heute geht es an den Kieler Meerbusen. Das BAföG-Amt hat eingeladen zu einem nicht ganz ungezwungenen Kennenlernen.

Auf dem langen Amtsflur suche ich die Tür für die Buchstaben A bis F und hocke mich neben andere Studenten mit ähnlichen Nachnamen auf den Fußboden.

»Hi«, höre ich eine erotische Stimme. Ich hab's gewusst – kaum in der Stadt angekommen, schon geht es los, das ausschweifende Studentenleben. Ich schaue nach oben und blicke in ein bekanntes Gesicht.

»Hi! Was machst du denn hier?« Vor mir steht Lena. Komisch, irgendwie klingt sie anders als sonst.

»BAföG beantragen. Und du?«

»Ich auch! Das ist ja verrückt, dass wir uns dann beim BAföG-Amt treffen. Hättest mir ruhig verraten können, dass du hier heute auch einen Termin hast.«

»Vielleicht wollte ich dich ja überraschen«, lächelt sie.

Statt eines Kapuzenpullis trägt sie diesmal eins von diesen Oberteilen, die eng und lässig zugleich anliegen und an einer Seite über die Schulter bis zum BH-Ansatz runterrutschen. Ich brauche einen Moment, bis ich aufhören kann, auf ihre nackte Haut zu starren.

»Wie geht's?«, fragt sie.

»Mittlerweile wieder gut. Die Abschiedsparty bei meiner Zivildienststelle ist etwas aus dem Ruder gelaufen.«

»Klingt gut. Klingt vor allem so, als könntest du einen Kaffee vertragen, sobald wir hier raus sind.«

»Definitiv. Und wie geht's dir?«

»Mittlerweile auch wieder gut. Hab meinen Freund zurück ins Saarland geschickt. Hat nicht geklappt mit uns in einer Wohnung.«

»Oh, das tut mir leid.«

»Muss es nicht.«

»Okay, dann tut's mir nicht leid«, grinse ich.

Sie lächelt mich verschmitzt an.

»Ist das so?«, fragt sie mit einem komischen Unterton. Shit. Das durchtriebene Luder hat mich mit zwei Sätzen in die Ecke gedrängt.

»Ohne meinen Anwalt sag ich nix mehr«, versuche ich aus der Ecke herauszukommen.

»Ich hab dir schon mal gesagt, dass du keinerlei Rechte hast!«

»Das werden wir ja sehen«, drohe ich eine Gegenoffensive an, versuche es gleich darauf aber lieber mit einem Ablenkungsmanöver. »Hast schon einen Wohnheimplatz?«

»Ja, im Max-Kade-Haus, direkt an der Uni.«

»Echt? Ich auch.«

»Wirklich? Cool!«, freut sich Lena genauso wie ich.

»Frau Kohls, bitte«, ruft eine Dame vom Amt aus Zimmer G bis K.

In aller Ruhe hebt Lena ihre Tasche vom Boden, sodass ihr Oberteil noch weiter runterrutscht und über zwei Sekunden lang den Blick auf das freigibt, wofür Männer immer wieder ihre Ehen riskieren – und ich in jüngerer Vergangenheit sogar mein Leben.

»Bis gleich, Herr Nachbar«, zwinkert sie mir zu und winkt dezent mit einer Hand. »Wir sehen uns im Studentencafé nebenan.«

Geht doch. Ich zwinkere und winke zurück.

»Bis gleich, Frau Nachbarin.«

Danksagung

Mein besonderer Dank gilt Vater Staat, Herrn Schröder, Michael, Alex, Anne, Heike, Bettina, Silke, Gudrun und Herrn Ermoschin für ein unverhofft unterhaltsames, entspanntes und sonniges Jahr, an das ich immer wieder gern zurückdenke.